徐小斌经典书系｜第十二卷 散文随笔集

密　语

徐小斌　著

作家出版社

总序 梦想成精——徐小斌的小说世界

陈晓明

　　徐小斌在当代中国文坛虽然说不上是妇孺皆知，但说她声名远扬是不为过的。这当然主要体现在徐小斌是一位个性显著的作家，喜欢她的人会盛赞不已。无疑，徐小斌是一位实力派作家，她获得的赞扬与她作品创造的意义相比是恰如其分的，甚至有不少评论家会说，徐小斌是一个被低估的作家，她的作品中显然有很多的内涵还有待深入挖掘。徐小斌内心十分沉静，始终以自己的方式写作。她对文学的那种执着的态度和方式，是当今中国作家所少有的。徐小斌追求一种纯粹的文学，一种用汉语的纯美品性来书写的文学。这种说法似乎显得很不必要，这能说明什么问题呢？她似乎并不为时代热点所动，也不追逐重大的历史命题，她的探索也不介入某些潮流。但徐小斌个性鲜明却又具有多面性：对于一部分人来说，徐小斌是一个玄奥的有神秘主义意味的作家；在另一些人看来，她是一个准女性主义者；一些人认为她的写作非常前卫，也有一些人会把她看成一个把传统风格发挥到极致的人。说到底，这主要源自她的写作本身的多面性。但不管怎么说，徐小斌对小说孜孜不倦则是肯定的。对于她来说，小说就是她的生存世界，她倾心于这个世界，把自己全部交付给这个世界。以这种态度来写作小说，也就不难理解徐小斌的小说充满着虚构的色彩，这个世界融瑰丽的想象、诗性、形而上的神秘意念于一体，在我们的面前无止境地伸展敞开。

一、让女人成为文学的精灵

徐小斌的小说写出一系列极其独特的女性形象，足以让她在当代中国文坛独树一帜。她笔下的女性与在历史和现实中还原的女性形象很不相同，她的女性形象，更主要是诗意想象与神秘体验的产物。1993年的《迷幻花园》标志着徐小斌写作的新阶段，她把女性的绝对的爱欲放置到她的写作中心，把语言的精致化，与生存世界不可知的可能性及其宿命论思想相结合，构造了一种纯粹隐含着复杂变异的小说叙事文体。《迷幻花园》属于实验性很强的作品，它没有明晰的故事情节，但是有着非常精致的感觉片段。写过《对一个精神病患者的调查》的徐小斌写下这种小说是一点也不奇怪的，那篇关于精神病人的小说，据说给诗人海子以很大震动。而《迷幻花园》又是一次对女性的某种接近疯狂状态的心理描写。在最低限度上，这篇小说可以看成是关于两个女人和一个男人的故事。显然，这个故事并不重要，重要的是它引向对女性绝对命运的探寻。少女之间惯有的纯真友情，在这里被处理成女人最初的"镜像置换"。芬与怡最初通过对方认识到自己的特征，并且在后来的岁月里，她们总是处在奇怪的分离和重叠的状态中，她们各自占有对方的位置，又不断迷失。徐小斌似乎试图表明女人永远找不到自己的位置，芬夺取怡的位置不过是完成了一次放逐。女人的形体与灵魂永远错位，因为中间总是插入一个绝对的男性，她们永远无法跨越这道门槛。徐小斌对女人存在境遇的书写，充满了绝望的诗情，那些悲剧式的女性闪烁着精灵一样的美感。

随后的《双鱼星座》看上去是在讲述"一个女人和三个男人的古老故事"，但这个古老的故事被徐小斌以非常个人化的当代性的经验加以改造。卜零，这个优雅而聪明绝顶的知识女性——与其说这是典型的知识女性形象，不如说是知识女性乐于认同的自我形象。这个优雅的女人在三个男人之间周旋，对家的厌恶，对权力和社会制度的拒绝，与对爱欲的纯粹追寻相混淆，使卜零如此密切地扣紧这个时期的物质生活。那些流行的俗世价值观念，又不断地在虚幻的空间、在自我的想象中呈现。古典时代温情脉脉的两性关系，那个生活的寄托——家，在这里却是生活的牢笼，一个极为虚假而没有实际内容的处所。在20世纪90年代，这个被普遍描述为商业/文化二元对立的时代，徐小斌率先展开了对变了质的两性关系的书写。这一切混杂着对这个时代的流行价值的抨击和那些生命神秘体验的寓言性叙述，使得徐小斌的这个既古老又当下的故事具有犀利的直接性和女性神话学的另类经验。

徐小斌一直在探索一种新的写作法则，促使那种玄妙的形而上的思想意念与明晰流畅的故事相交合——这在某种意义上也表征着20世纪90年代趋向于形成的多元性的叙事法则——显然，对女性爱欲的关注使她找到连接二者的自然通道。把女性的爱欲与某些循环论和文化原始神话相混合，构成她叙事的内在意蕴，它们使她的那些关于女性爱欲的故事具有不可知的神秘性。她刻画的那些女性像是一些镜子中的人，像在水上行走的精灵，她们以遗世孤立的姿态决绝地走向生活的绝境。然而，她们却又异常明晰地折射出当代生活的那些直接的现实和流行的价值观念，以女性的特殊的话语实践对当代生活作出尖刻的析解。她的叙述是一些独白，又是一种现实；是一种呈现，也是撕裂；是一种抚慰，更是一种抗议。

《敦煌遗梦》是徐小斌20世纪90年代有代表性的长篇小说，它显示了她对形而上事物的爱好，以及具有多元综合的描写生活的能力。这部长篇更是抓住"敦煌"这个神秘而神奇的空间来展开叙事。宗教的神秘、世俗的爱欲、权力和阴谋，三位一体构成这部小说的叙事主体。

整个宗教世界在叙事中起到了双重的作用，其一是与世俗的爱欲相对构成了一个"生命之轻"的叙事圈；其二是宗教的那种神秘性氛围与世俗的阴谋构成了一个"生命之重"的叙事圈。这两个叙事圈又经常交合在一起，它们显示了生存的复杂意味。

小说叙事的表层是一个典型的浪漫的爱情故事。男主人公张恕和女主人公肖星星邂逅于敦煌，他们之间很快就产生了感情。但这个感情关系很快被另外两个人的出现打破了，一个是无晔，另一个是玉儿，这里迅速出现了四角关系。令人惊异的是他们各自都找到了另一种爱欲，出现了错位式的爱情。这部小说的叙事，或者说肖星星和张恕这两个人物总是在精神、爱欲、阴谋三者之间循环，他们像某种怪圈组合在一起，在每一个极端总是预示着另一个起始，总是向另一个对立项转化，而具有一些奇妙的双重意味。这部小说无疑企图求解生命存在的极端含义——它是那些女性末世学或宿命论、灵魂转世学说以及玄奥的博弈论相混淆的超级方程式。然而，对于徐小斌来说，这些形而上的理念，这些神秘而玄奥的宿命哲学，绝对不是她要明确解决的理论问题，它们仅仅是一些悬而未决的背景。她的小说的叙事是快乐的，是灵巧而智慧的。她把中国古代的宗教与当今中国的生存现实相连接，把最神秘的宗教体验与女性的爱欲经验相混淆，把邂逅的浪漫与贩卖文物的国际阴谋相接轨……这些都显示了徐小斌的小说叙事的开放笔法和引人入胜的精彩结构。

徐小斌发表于 2000 年的《女娲》是一部神秘而怪诞的作品，在短篇小说的篇幅里，讲述了一位虚构的燕国公主的奇特人生，在战国征伐、荆轲刺秦的历史缝隙中，这个未得史书记载的女性寻觅着自己的人生价值。她曾追逐情欲，却爱而不得，她曾试图重整河山，却发现什么也改变不了。在命运的无声指引下，她终于走向了女娲的神巫洞，在最深的自我封闭中接近了最玄妙的真理。这个神秘主义的故事始终有一个爱情故事的形状，公主的爱情和她的开悟纠缠不可分割，不可捉摸的世界本质有了感人至深的世俗形象，二者严丝合缝，折射出徐小斌高明的叙事策略和深刻的形而上思考。

二、虚构绝对的女性历史

多年来，徐小斌一直在讲述女人的历史，20 世纪 80 年代中期，她远离文坛中心，沉静而执着地写作。人们几乎突然才意识到这个人是一个不容忽视的存在。1999年1月的某个周日，在北京新落成的巨大的图书大厦里，《羽蛇》的首发式签名售书吸引了络绎不绝的读者，创下半天售出三百七十多本的纪录，把徐小斌的书写事业推向炫目的高峰。但在闪烁的镁光灯下，徐小斌却依然沉静如初。对于她来说，《羽蛇》不是结束，而仅仅是开始。

《羽蛇》是一部纯净深刻的作品，散发着古典主义的怀旧情调。但在其单纯的外表下，掩藏着相当丰富的关于女人历史的种种探究。

《羽蛇》构造了一部绝对的女人历史。说其绝对，是指这里的女人历史与男权历史相对立，这部历史顽强地抗拒世界历史的宏大叙事。《羽蛇》的叙事明显是一种历时性的结构，小说的情节发展与中国现代史同步，历经民国、新民主主义革命、社会主义革命、文化大革命、改革开放、跨国资本主义时代。小说历时几近一个世纪，概括中国现代启蒙与革命的变迁过程，一个家族无可挽回地走向破败的历史。以玄溟为首的女人群体，也是一部中国现代历史。历史的变迁，使这些女人历经沧桑，面目全非，她们由富贵而贫困，由娇艳而衰老，由天真而怪戾。历史严重改变了这些女人的外部，但没有改变女人的内在性。这些女人一如既往，执着地根据自己的内心愿望顽强生活下去，她们几乎是自觉走向命定的归途，但她们从不根据外部历史的变化而改变自己的品性和内心生活。玄溟是一个旧式中国妇女，这个据说曾被慈禧太后抱在怀里的聪明伶俐的女孩，后来看上去像是传统中国父权的卫道士。事实上，玄溟象征性地意指着中国传统父权的危机。小说中晚清时期的"老爷"，即玄溟的丈夫不过是"纸老虎"，几乎是缺席的。小说写到这个家族最高的男权人物"老爷"的时候很少，我们知道他不过是个洋务买办（铁路局长？），在外面养了小，很少回家，保持着中国传统男权的不少恶习。传统中国的男权历史不仅半殖民化，而且陈腐不堪。玄溟真正操持着这个家族，统治着这些女人，她们自成一体，构成一个后母系社会。徐小斌是有意还是无意？这个家族的男性或虚弱不堪，或英年早逝（如天成）。这个家族不再是男权驾驭女人的强权社会，而是男人落入女人圈套的生存游戏。陆尘这个风度翩翩的男人，没有逃脱玄溟为若木设计的婚姻规划。徐小斌笔下的男人通常都是一些庸碌之辈，或者是一些漂亮脆弱的剪纸式的人物。虽然男权构造的历史庞大而充满暴力，但作为个人的男性却无所作为。男人是一些集体性的群居式的盲从动物。徐小斌的女人却始终不渝地有着她们的发展史，乃至于个体发展史。每一个女人都有她的存在理由，她的选择与目标，她们永远怀着最初的生命动机，坚忍不拔地走向生命的终结。玄溟着笔虽然不多，但整部小说却始终渗透着她的气息。这个女人历经半个多世纪，历史已经发生翻天覆地的变化，但她却依然故我，还保持着她对这个家庭的精神支配，她甚至连口味都没有变化，她没有迁就外部社会，她有着自身不变的历史——一种看上去微不足道的然而却是最具韧性的自在的历史。

玄溟的精神在若木的身上以更加怪戾的方式加以繁衍。若木跨越几个时代同样没有改变个人的品性，革命把陆尘变成一个平庸的技术官僚，但却没有改变若木拿着金钥匙掏耳朵的姿势。受过良好的中国现代启蒙教育的若木，知书达理只是她的外表，用于俘获一个理想丈夫的手段，她的骨子里却渗透着中国传统妇道人家的本性。这正如浸淫现代性的中国，并未摆脱它的传统本性一样。若木在年轻时就习惯于颐指气使，对女佣进行精神虐待毫不手软。成为母亲之后，她并不像中国文学里通常的母亲形象那样温柔贤惠，而是一个尖刻怪戾、反复无常、冷漠自私的女人，总之，她凭着她的本性生活，与玄溟一样拒绝被历史同化。

小说的主人公羽和她的两个姐姐绫和箫，这是几个个性鲜明独特的女子，能把几个女人写得活灵活现，性格迥异，也可见徐小斌的笔力非同凡响。绫与箫是不同类型的女子，绫的故事充满了女人凭着内心冲动去选择生活的渴望，绫机敏善变，但她从不屈从于环境，我行我素是她的本性，她选择丈夫和情人完全凭一时的冲动。这个开放的女子实际非常自私，她渴望男人，但她却用了低俗的手段去控制男人，甚至加害自己的妹妹箫。看上去老实的箫，也有着自己对命运的不动声色的主动把握，徐小斌笔下的女人都很有质感，就在于她们每个人都有自己的本体存在，有着自己不被外部世界异化的内心生活。在任何时候，女人的个人生活史都是一部不可更改的独特史。徐小斌从不回避直接表现女人的内心欲望，女人对自身的身体意识，反复地读解自己的身体，这是徐小斌表现女人自我意识的一种方法。尽管这种视角多少夹杂了一些男性的欲望化想象，但徐小斌优雅的叙述总是能创造一种动人的氛围。

当然，小说的主人公羽是徐小斌刻意创造的一个绝对的女性。之所以称之为绝对的女性，在于羽是一个非同寻常的女性，她的存在方式，她的经验已经超出日常生活中的女性，而是由关于女人的绝对概念构造而成。或者说，她是一个本质性的女性。这并不是说徐小斌描写的这个女人只是从概念出发，这与我们过去批评的"左"派政治所设定的概念化人物根本不同，后者不过是政治意识形态规定的同语反复的产物，而前者则是作家个人能动地认识世界的思想结晶。羽被刻画为神经质，具有神秘主义本能倾向，向往形而上学，对不可知世界的迷恋，文身，与佛教徒和异见人士的爱恋，变相的反俄狄浦斯情结（即仇母情结）等等，所有这些没有一个行动表明羽属于现实世界。羽始终觉得自己与世界格格不入，周围充满了生活的陷阱，但她只是顽强地保护着个人的内心幻想，她与周围的世界无关，她只根据她的内在本质行动。羽像是徐小斌理解的关于女人的本质，或者一种本质的女性。关于羽的叙事，完全采用了诗化的和神秘化的表意策略。对羽的表现可以看出徐小斌叙述的特殊方式，羽的幻想特征使小说具有双重世界存在的可能性，羽一方面沉湎在自己的拉康式的"幻想界"里，另一方面却经历着真实的"现实界"。她所经历的那些事件和人物，如果做些简单的考据学工作的话，可以找到纪实性的原始素材依据。但这些并不重要，羽的故事可以进行拉康式的读解，令人惊异的是，羽是对拉康理论的女性主义式的改写，也就是说，杀父娶母的"俄狄浦斯情结"被改变成一个女人作为主体的故事。与之相关的"菲勒斯"崇拜，也被最大限度地改写了。羽似乎从来没有成年，处在历史的脱序状态，她同时也疏离于母系社会的历史。"脱离了翅膀的羽毛不是飞翔而是飘零，因为它的命运，掌握在风的手中。"羽在飘落，始终向着黑暗飘落。徐小斌对一种状态和感觉的把握是相当出色的。

小说中出现了几个男人的形象，他们无一例外属于女性历史的反面。圆广/烛龙也只有在羽的幻想界里才具有超凡的精神力量，一旦回到现实界，例如烛龙，后来也不得不显出凡人的疲惫。男人的历史是可疑和可悲的，也许是无意的，徐小斌写到的两位可以为女人接受的男性，烛龙和朋，一个是流亡的异见人士，另一个是携款外逃的经济犯。这就是男人的历史。支撑这个世界的强大的男性力量，正处在深刻的危机中，这两个男人不过象征性写出了这个时代的男性与世纪初的男性（老爷之流）所遭遇到的不同命运。

但不管如何，《羽蛇》讲述的女人的故事无疑是独特而丰富的。这部"后母系社会"式的女性史，展示了女人是如何按照自身的历史延续性，拒绝和疏离男性轰轰烈烈的现代史的生活历程。在现代性的宏伟历史进程中，自在独立的女性史在徐小斌的笔下并不是平静自在自为的，这部女性的历史也不是和谐融洽的，女人在现代史的背景上，开展了自己的历史活动，成为女性书写自己历史的起源。就是在这个从社会学的角度来看作为一个由血缘关系构成的女性家族里，女性之间的排斥和敌对，构成其历史的主导内容。这也许是徐小斌的惊人之处，当她把女人的历史与男人的历史对立起来时，她并没有去讲述一部女权主义者惯常要关注的姐妹情谊（与男权世界对抗），而是女人之间，特别是女性亲人之间的敌对。这些女性都进入宿命论式的对立和仇视。一个排除了男权的女人世界，充满了令人惊异的压制与颠覆、爱与背叛的斗争。在所有这些斗争中，母女之间的对立构成矛盾的轴心，母亲对女儿的控制与戕害，女儿对母亲的逃避与反抗，形成层出不穷的环节。

若木在年轻时为母亲玄溟所支配，上学时母亲居然坐在后座监督，母亲设下圈套为她找一个如意郎君，女儿的生活按照母亲的意志发展。幸福这一概念被母系社会的权力所曲解。当若木成为母亲后，她也没有放弃对女儿的精神压迫，羽时时感受到母亲的冷漠，从小她就顽强地相信"母亲不爱她"。在女儿发现母亲的"不爱"时，羽又在找寻另一个母亲，她与金乌的关系，就更具有恋母的意味。确实，小说中不止一处写到"寻母"的情节，血缘关系似乎发生危机，而精神之母则在她们的心灵里占据着支配地位。金乌同样是一个"失母"的人，徐小斌在这里编织的故事有着某种哥德尔数学悖论式的怪圈。这些遭遇母亲遗弃的女儿，却在坚持不懈地寻找精神之母。而金乌和羽的相遇，更像是来自母系社会的某种原初记忆。她们在撒满鲜花的浴池里采取的性行为，在小说的叙事中，无疑有奇特的象征意义。这个行为如果把它理解为是对母系社会的原始记忆的某种恢复，不过是一种施行成人礼的史前仪式的象征行为。也许在徐小斌看来，血缘并不足以构成母系社会的内在凝聚力，相反，她看到血缘关系的困境。徐小斌骨子里是一个反社会的唯美主义者，她把一切社会性的结构关系，都看成是违背人性、压制人类之爱。只有"美"才是维系人类相爱相亲的根本纽带。在某种意义上，徐小斌讲述了一部后母系社会的历史，她又以血缘关系为支点对其进行解构。她显然在设想重建一种女性历史的可能，这就是以"美"的理念为新的历史起源。

三、关于美与神秘以及神话写作

徐小斌从来不掩饰她对美的赞颂，以至于这在她的小说叙事中成为一种障碍，她的主要人物几乎都是超凡脱俗的，美在精神上战胜一切丑恶事物，美本身就是最高的神性。在小说中不难看到，所有美丽的事物都遭遇到政治或人性的迫害或亵渎，但在所有与美的对抗中，政治或人性之恶在精神上早已处于劣势。金乌或金乌的父母都无不如此。徐小斌笔下的美的事物也经常夭折或最终毁灭，特别是她的作品中经常出现一些年轻的男子，他们主要是女性幻想的纯粹男性形象。徐小斌的审美理念的核心是女性的怪异之美，来自于女性的神秘本质。因此，"美"在徐小斌的小说叙事中，就不仅仅具有感官的特征，它们具有复杂的思想内容。特别是这些美的事物所具有的神秘主义倾向，使徐小斌的小说叙事透示出准宗教的精神底蕴。

神秘主义是徐小斌始终不渝追逐的思想意蕴，这使她的小说叙事在一种透明的质感中，隐含着某种不可知的宿命论观念。早在《敦煌遗梦》里，徐小斌就试图把宗教思想作为小说叙事的背景意义，起到隐喻作用。在《羽蛇》中，可以看出徐小斌的这一做法更加圆熟老练，羽的那种对外部世界、对母系家族统治的厌弃，根源于她内心的宗教冲动，她对神秘性事物的向往。她的类似梦游的刺青行为，是她幻想的宗教经验。烛龙不用说，完全是一个根源于她的女性原初记忆的男子。羽的行为和感觉，因为宗教的背景，而并不让人觉得怪异，使羽可以超越现实的逻辑，执拗地在自我的世界里行走。刺青不过是一种视觉效果，是徐小斌借此沟通神秘世界的一种符号代码。刺青是一种反常的重写身体的行为，它以符号化的方式给身体命名，通过对肉体的改写而遮蔽肉体，并给予肉体以精神性的象征意义，它使活的肉体与远古图腾，与已死的历史相连接。文过身的身体不再是单纯的肉体，它已经给予一个象征的和超越的来世。隐秘的文身是对现世的一种逃遁，就像当今时代展露在外的文身是对社会的反抗一样。确实，徐小斌借助了象征符号，赋予她的人物以特殊的超验性存在。因此，徐小斌的小说总是有一种形而上的超越性意义，她在那些日常性的世俗化的生活的深处，置入不可知的神秘主义意味，这使她的小说具有引人入胜的可读性，又不失玄奥的生命体验意义。

徐小斌的小说写作富有才情，想象奇崛瑰丽，她热衷于制造空灵优雅的艺术氛围，在处理那些年代久远的故事时，可以看出她的叙事得心应手，对徐小斌来说，小说叙事并不是形而上观念的产物，也不是一些概念化的演绎，尽管她的小说隐含着难以言喻的不可知论或宿命论的意义，但她的大部分故事主体都来自她个人的直接经验和记忆。仔细阅读徐小斌的这部小说，也不难发现，那种强烈的虚构色彩，与某种可以在经验中印证的事实相混合，构成小说叙事的内在张力。小说的叙事呈两极发展，幻想中的超验世界和可理解的现实世界。这两条线索平行发展或交叉运行，使小说叙事虚虚实实，变幻不定。可以看出徐小斌驾驭小说叙事的出色才能。但同时也可以看出，徐小斌在迷恋那些玄奥的观念的同时，也难以拒绝那些蛊惑人心的直接经验，这使她在如何把握小说叙述视角方面具有双重性：她不断地用描写性很强的句式去表现她那些"真实的"直接经验。并且随着小说叙事切近当代生活，特别是靠近当前的生活，小说越来越采用纪实手法。小说到后半部分差不多抛弃了对幻想经验的表现，而转向更实的现实经验。到底是这些已经发生过的真实故事吸引徐小斌，使她有理由相信，现实（已经发生的经验）比幻想经验更有力，还是因为那些玄虚的描述已经令人疲倦？一些当代作家只要一写到当前生活，就感到困乏无力，他（她）们几乎处在双重困境：现实本身以两极形式呈现出无法捉摸的特征，要么现实就是一团毫无生气的日常流水账，它使文学虚构无从下手；要么现实本身就神奇精彩，它使文学虚构相形见绌。很显然，徐小斌一写到当代生活就遭遇到后一种情况，她的经验世界里存留了一些使文学虚构黯然失色的故事，她试图用实录的手法使之再现。小说的虚构功能已经难以与现实本身不断创造的奇闻逸事相媲美，对"事实"（或真实）的崇拜，已经成为当代由电视媒体制造的认知体系的首要真理，文学虚构不得不怀疑自己传统的审美观。如果说，传统现实主义对"事实"（或真实）的强调，不过是在意识形态先验论意义下的虚拟，那么，当代虚构文学已经不再严格依附于一种强制性的意识形态，它只是从现时代的认识论意义上，对"真实"和"纪实"表示认同（屈从）。但就《羽蛇》的叙事总体而言，徐小斌把握幻想界和现实界的关系还是相当成功的，一部叙事跨越近一个世纪的小说，并没有笼罩旧时代的氛围，相反，始终充满了当代气息，这得益于作者随时把握住的主观化的叙述视角，并自然地把故事引入当代现实。

总之，《羽蛇》是一部奇特而值得耐心读解的作品，作为一部少有的在历史变动中全力书写女性的小说，徐小斌揭示了一部意味无穷的女性系谱学，特别是她触及的存留在母系文化谱系中的深刻矛盾，既反映了人类最久远的经验，也提示了人类现在以及将来可能面对的问题。这部小说的丰富、深刻和优美，都表明了当代中国女性写作所达到的高度。没有任何理由认为女作家写的具有女性主义倾向的作品就是好作品，或值得一读的作品。就像中国任何概念都要迅速庸俗化和廉价一样，女性主义这只标签也快被弄得面目全非。指认徐小斌小说的女性主义特征，并不是因为作者的女性身份（正如女权主义者西泽斯所说的那样，女性作者完全有可能写作非常男人化的书），也不是因为作者讲述了一群女人的故事，更重要的在于作者以相当坚定的方式，揭示了一段含义丰富的女性自我认同的历史，女性自我异化的历史。性别身份的危机也许是徐小斌率先意识到的难题，这在当今中国文化中，其真伪一时尚难以断定，但徐小斌率先对此作了表述。徐小斌在这部小说的题记里写道："世界失去了它的灵魂，我失去了我的性。"事实上，世界并没有完全失去它的灵魂，因为文学一直在修复它；女人也没有完全失去她的性，因为文学使人们重新认识女人的性——这就是《羽蛇》的意义所在。

四、历史与文学相遇

在中国文坛，徐小斌虽然没有大红大紫，但她肯定是一个真正的实力派作家。没有人怀疑她对文学语言有着精致入微的理解，也没有人不为她所营造的神秘主义诗性所感动。她总是不温不火，不疾不徐走着自己的路。《羽蛇》是当代小说中难得的精品之作，数年过去了，徐小斌并未乘胜追击，只是不时出手一些唯美主义式的小说，若隐若现地印证着她所向往的那种飘逸境界。出人意料，2004年盛夏，徐小斌出版了一部长篇历史小说《德龄公主》（人民文学出版社），这显然令文坛大吃一惊。一直热衷于进入虚构的神秘诗性深处的徐小斌，何以会闯入务实的历史小说领地呢？历史领域曾经一度构成一部分先锋派作家的语言实验飞地，那是回避现实矛盾而又可以展示文本和个人独特感觉的有效空间。苏童、北村等人都有过类似的举措。但回归写实的道路来切入历史小说,这还是一种新奇之举,徐小斌这回可算是另辟蹊径。

这部小说讲述年轻漂亮而聪慧的德龄公主在欧洲长大成人回到中国,进入皇宫受到慈禧太后恩宠的故事。这个故事还交织着德龄公主与年轻的美国医生怀特的爱情,她的妹妹与光绪的感情纠葛。小说通过德龄公主的交往关系,展示了皇宫里种种人情世故,恩怨情仇。德龄公主目光所及,正是清王朝腐败无能走向衰败的历史时期,也是中国近代历史剧烈变动,内外交困的关键年代。小说把宫廷里的险象环生的权力斗争与风云变幻的政治风云结合在一起,揭示出从传统封建社会进入现代社会的历史艰难行程。总之,这是一个少女和一个帝国的故事,它呈现了一个庞大的古老帝国在风雨飘摇中度过的最后时光的情景。在全球化迅猛扩张的今天,看看百多年前古老的中华帝国初始遭遇西方文明挑战的场景,无疑更加令人触目惊心。

当然,"历史"在当今消费主义盛行的时代也变得神情暧昧,人们越是远离历史,越是失去历史,人们越是要以想象的方式重温历史。历史变成了人们消费的必需品,而历史也在消费中被放大或者消解。进入20世纪90年代,随着中国经济神话腾飞,媒体这个后工业化社会的典型产业的兴盛,"历史"成为小说、影视剧的热门素材。就近年而言,描写清史的小说或历史剧不在少数,徐小斌有什么过人之处还要做此选择?据说她花了整整四年工夫,阅读了从北图到首图的几百本资料,从收集资料到写作到修改,其中的甘苦不言自明。这显然比徐小斌做她擅长的虚构小说要困难得多。显然,徐小斌把握住德龄公主就等于把握住一个独特视角,而这一视角是过去的清史小说或影视剧所欠缺的。这一独特视角就是中西文化在近代转型时期的交汇与冲突。尽管过去的作品也写到这点,但都只是作为一个局部的视点附属于民族矛盾和政治斗争的主线,在徐小斌这里,德龄公主这一视角则是深入而全面地展示以慈禧为首的清廷对西方文明的极其复杂的心理和接受过程。

德龄的父亲是驻法公使，她自幼受到西式教育，她和妹妹容龄是舞蹈家邓肯免费收的二位学生，通晓西洋礼仪、教养、音乐和多国语言。慈禧对她的欣赏，与慈禧惯常给人的狭隘保守闭关锁国的形象大有出入。小说虽然也写到慈禧种种保守愚昧的思想与行为，但她对德龄的接受，对西方文明的有限吸收，似乎更深入细致地展现了清帝国对西方文明的回应。小说写到慈禧由抵触到接受卡尔给她画像的故事，这明显表明慈禧对西方文明做出的姿态，同时也表现了慈禧真实的心理变化过程。一个更具有积极态度面向西方文明的人物是光绪皇帝，小说写了光绪与容龄之间的朦胧的情爱关系，容龄教光绪弹钢琴、学英语，甚至还有西方宫廷舞，光绪显示出更加开放和富有热情的态度。德龄和容龄二人本身就是西方文明的象征，与其说她们是古旧的东方文明的女儿，不如说是西方现代文明的使者。她们带着西方的现代观念、现代生活方式、现代审美趣味走进这个古老的皇宫，她们带来了一股清新的更富有人性的自由气息。小说从这个角度非常细致透彻地表现了近代中国接受西方文明的艰难而富有戏剧性的过程，按照徐小斌所下的资料功夫，可以信得过她叙述这个中西文明在近代中国相遇时的情景和那些动人的细节。

小说始终贯穿的德龄与美国医生怀特的爱情故事，这本身就是中西文明交汇冲突的深刻写照。在那些日常生活的叙述中，这段爱情故事被写得充满浪漫气质。已经相当西化的德龄，一旦面对怀特的爱情，不同文化之间的差异性依然难以抹去。但徐小斌把这份爱情写得楚楚动人，那是更为纯粹的青春期的美好爱情，在这一意义上，人性超越了民族性。

多少年来在文学方面的磨炼，即使是在纯文学的水准上，徐小斌的叙述才能和语言功夫无疑是上乘的。做足了材料方面的功夫之后，徐小斌可以发挥她的想象力，这是一次历史的文学化，也是文学的历史化，它造就着一种新的文学品质。流行的（或者说主流的）历史小说主要以写事件为主，大起大落描写事件主脉，刻意构造戏剧性矛盾，罗织人物正反分明的冲突等等，使当今主流的大多数中国历史小说已经模式化。另一类则是戏说，无边无际的胡编乱造。在当今的文学格局中，历史小说一直是划归在通俗读物的范畴，在文学史的叙述中，也只是专列章节加以阐述，似乎与主导文学的现实没有实际关联。徐小斌的这部"历史小说"可以看出它鲜明的文学品质，这就是纯文学与历史小说的融合。从主流文学的意义上来看，徐小斌从历史那里借来材料，展开她对近代中国历史的探究，写出这个时代的帝王将相才子佳人的悲欢离合的命运。从历史小说的角度来看，徐小斌把纯文学的那种叙述方法融合进了历史题材，她强调叙述视点，强调叙述时间的变化和对比，强调人物性格和心理描写，强调语感和工整的句式，强调神秘体验和诗性氛围的营造……所有这些，都使这部小说达到相当高的艺术水准，也摸索出纯文学与历史小说结合的崭新道路，可以说开拓了历史小说表现的空间，把历史小说提升到主流文学的高度。

当然，在艺术上，这部小说让我们再次想起《红楼梦》的传统，想起作者沟通的那种古典记忆。这倒不是说慈禧使人想起贾母，光绪身后晃着宝玉的影子，德龄容龄也可见出宝钗黛玉的姿色，小说的笔法、叙述风格和人物性格命运的刻画，都秉承了《红楼梦》的格调，应该说作者是下了功夫吃透《红楼梦》，颇得《红楼梦》神韵。一部包含着历史悲欢的作品，对一段剧烈变动的历史的呈现，能讲述得如此精致细腻，如此楚楚动人，把一个少女引入一个古老的帝国，一部历史的裂变与一段情缘的诀别，诡异而凄美，惊心动魄却悠长如歌，这就是历史与文学相遇，文字与心灵相交，心灵与诗意相合。

在《德龄公主》出版的当年，《秋瑾的东瀛之旅》这部短篇小说也发表于《山花》（2004年第7期）杂志上，对《德龄公主》的历史讲述进行了某种补充。虽然这仍是一个与德龄有关的故事，但故事的主人公换成了另一位在中国近代史上赫赫有名的女性——秋瑾。秋瑾不同于徐小斌笔下其他的女主角，她主动进入了"大历史"场域之中，并始终以一位革命者的形象出现。徐小斌擅写的情爱在这里为历史变局的激情让出了空间，秋瑾与德龄的交往在一个更大的历史层面上折射出"革命"和"改良"两大变革思想的碰撞，这不再是"女人的历史"，她们是成为了历史主体的女人。徐小斌已无须以神秘缱绻的诗情书写历史，历史本身便迸发出了浪漫的火星。

五、关于本真之美与重返童话

徐小斌的小说一直以追求唯美和神秘而引人注目，她多年前的小说《迷幻花园》《双鱼星座》等，给人以极深的印象，那是先锋小说渐渐落下帷幕的时期，徐小斌另辟蹊径，以语言的典雅唯美和对不可知的神秘探究，给纯文学注入了特有的女性气质。如果说这个时代确实有个人化写作，那么徐小斌应当是最为自然的个人化写作。

徐小斌出道甚早，20世纪80年代中期就写有《对一个精神病患者的调查》。徐小斌似乎在文坛边缘行走，保持着自己对文学的独特理解。要说世俗化或商业化，徐小斌可能最有条件，她所供职的单位，她所从事的影视剧编剧专业，不知有多少机会去赚取元宝。令人奇怪的是，徐小斌似乎与她的这份工作若即若离，她矢志不渝的是她心目中理解的文学。她对文学的那种追求，虽然不是狂热性的，但却是最为内在而最有韧性的。商业上的成功从来不能使她心里踏实，对她来说，只有文学，纯粹的文学上的自我肯定，这才是她要告慰的自我心灵。

很显然，2010年，徐小斌出版《炼狱之花》是她一贯的文学追求和人生态度的直接表现。这部小说破天荒地由人民文学出版社与长江文艺出版社联袂出版，与徐小斌过去的小说企盼形而上的神灵不同，这回徐小斌把一些海底精灵请到了俗世。过去徐小斌对于现实世界的表现，采取了神秘的超越方式，这回却是直接的揭示批判。其实近年来中国作家对现实的关切始终没有松懈，不用说那些底层写作延展的历史与阶级批判，现在有更多的作家，对现实进行精神性的思考，也就是说，他们时刻在追问：我们这个时代的人们的精神到底出了什么样的问题？范稳出版的《大地雅歌》在异域文化中探寻纯粹之爱来纠偏当代世俗功利；莫言的《蛙》通过戏剧糅合进小说的形式，反讽式地刻画当代价值的错位；有张炜的《你在高原》如此高亢的对当代现实的全方位质询；也有徐小斌这样的切入现实的某个区域，去揭开当代人的肉体与精神的困境。

《炼狱之花》讲的是影视娱乐业的故事，这方面的故事是否是徐小斌的亲历不好判断，但她有直接经验、有第一手资料这是毋庸置疑的。徐小斌当然不会满足于玩一些爆料的技法，她不过是把影视界或娱乐业作为故事表现的质料，她要探究的还是人性在这个时代的变质，人类的本真的善与美到底处于何种境况。

小说显然与《安徒生童话》的《海的女儿》有关，这个想变成人的美人鱼，如今在《炼狱之花》中是一朵海底的百合花，她也来到了人间，历经着人间一切是是非非。不幸的是，她涉足了影视业，这个看上去美妙神奇的世界，却是充满了比其他行业更为密集的尔虞我诈。一个来自海底的几乎是纯真纯美的女孩，就这样历经着人世间的卑劣与丑恶。徐小斌通过百合这个人物，几乎是把童话世界强行与当下的现实世界重叠在一起，在童话的映衬下，她来观看这个世俗的欲望横溢的现实世界。这似乎是反着写童话，不是从人世间去往童话世界，而是从童话世界来到人世间。

这部小说明显是按照童话的美学规则来构思的，好人与坏人都清晰可见，几乎所有的男人这一谱系大都是坏人和害人的妖魔，女人则是好人和受害者。男人的谱系：铜牛、老虎、金马、阿豹……女人谱系：百合、天仙子、曼陀罗、罂粟、番石榴……男人属于动物科，女人属于植物。这本身包含着徐小斌的女性主义立场。动物凶猛、贪婪、富有进攻性和侵略性；植物则属阴性，自怜自爱，孤芳自赏。但植物也有毒性植物，如曼陀罗、罂粟几种。番石榴作为植物虽然属于果树，但这里作为一个女人的名字，却包含着坚实诡异。徐小斌的命名本身就是一种童话手法，她用童话的人物、童话的思维、童话的美学来重建当下的小说，那就是纯文学与畅销文学连体的一种方式。既获得可读性，获得更为广泛的读者受众，又依然不失严肃文学具有的品性。

海百合这个人物是作者设想出的中国版的"海的女儿"，她来自海底世界，对人的世界几乎懵懂无知，她以未经文明洗礼的纯粹自然的生命状态，来到人世。显然，徐小斌是想去探究一个完全没有世俗功利的女子，在今天的现实中将会遭遇到什么样的结果。这无疑是徐小斌设计的叙述策略，海百合天真无邪，她如一面镜子，映衬出一切现实的欲望。而她的善良天真也表达了徐小斌对当代人性异化的深刻批判。与她相对的那些人，在进行动物化命名的同时，也显现了他们的性格特征：铜牛如牛一样憨傻，却是内心虚弱；老虎也是只纸老虎；金马就更是非驴非马；阿豹也徒有其名，只是在罂粟的股掌之中。徐小斌的动物化命名，充满了对男性动物化的戏谑，这与百合所代表的非人类的本真之美的世界构成了鲜明对照。但在小说的叙述中，海百合就是只如镜子一般安详地放在那里，无须什么正面冲突，所有冲突，只是人类的这些男性动物不自觉地露出的蠢态。

天仙子也是作者寄寓的一个理想化的人物，作为一个追求纯粹文学的作家，天仙子与这个现实世界格格不入，最终只能遭遇到冷落和凄凉。天仙子的女儿曼陀罗却是怪戾狠毒，她的脸上长了一朵曼陀罗花——那或许是炼狱之花吧，她却要割下百合哥哥脚心的曼陀罗花。如此这般的故事，离奇得也只有在童话世界里才能被理解。天仙子对女儿失望，对人世间也失望至极，小说借天仙子之口，对现实世界的人欲与权力的横行给予猛烈抨击——她看透了人类世界的本质。

徐小斌在这部小说中，毋宁说是唱了一曲本真之美的挽歌。"海的女儿"几乎是她那一代人在动荡年代里接受的纯美幻想，徐小斌过了如斯年月，却要还此宿愿，她只好让她的"海的女儿"来到当今的现实，来到她所熟悉的娱乐世界。其实徐小斌作为一个叙述人，也充当了小说中的一个角色。那是她始终在场的叙述，由此表征了 20 世纪 50 年代人的美学记忆——如此纯粹，如此本真，奇怪地存在于那个政治极度强大的年代之外，而有一种一尘不染的古典之美，甚至延续至今，在今天被重新唤醒，来到如此解放张狂的时代，却徒有遗世孤立的美感。而向人们步步紧逼的是曼陀罗花般的后现代狰狞之美。与其说徐小斌解释和解决了当代道德和审美的困惑，不如说她留给我们更加不安的思考。

2018年的《入戏》是徐小斌又一部涉及影视业的力作，不同于《炼狱之花》的童话之美，徐小斌在这部中篇小说中直面了影视行业内部的潜规则。女主人公梅清风是一个以创作为业的典型的知识女性，却身处生活的烦琐与工作的阴暗的双重压抑之下，既心怀正义又无能为力，终于成为"入"不了"戏"的"失败者"。她的痛苦在于她活得太过本真，无法把生活当作一场荒诞而庸俗的戏剧。梅清风的形象延续了徐小斌对女性人物的创作传统，她是一个以自我的内部世界来对抗外部世界的人，但她更多地带有了不愿长大的孩子的天真与任性。在"影视行业潜规则"的社会化叙述之下，隐藏着一整个向纯真的"孩子"——女性——倾倒过来的"成熟"世界。不同于对梅清风的赞赏，在《无相》中，徐小斌对杰的态度更多的是嘲讽。这个故事同样具有影视行业的背景，杰是一个文化投机者，总以为自己可以完美地玩弄规则与控制人心，结果却只剩下空虚。杰曾经有过一个可能的救赎机会，那就是忠诚的女友珊妮，但她也在杰的操纵和推动下，被卷入了物欲的洪流。杰在投机与纵欲之后，又试图回归纯真女性的怀抱，而这显然已经不可能了，在社会批判的大主题下，"浪子回头"这个永恒的性别关系想象被彻底打破了。

向外张望的野心勃勃的男性和注视内部的孩子般的女性，是徐小斌小说中常见的一组性别关系。《别人》是一部专注于心理书写的笔法细腻的小说，躲藏在自我的世界里的"老姑娘"何小船神经质地在一副塔罗牌上寻找自己的命运，小心翼翼地避开爱情的伤害，却仍不免落入任远航的情感陷阱无法自拔。何小船一旦沾染上爱情便不由自主地完全奉献了自我，但她视若生命的爱情在任远航那里却要排在工作、名誉等许许多多社会性因素的后面，男女双方对爱情截然不同的态度必然导向最后的悲剧。小说的内涵不止于此，任远航对何小船的爱情始于那个颠倒错乱的激进革命年代之前保留下的孩童式的纯真，但在历史创伤和个人经验的双重扭曲之下，"本真"已经成了一个遥远的幻影，任远航可以不付出任何代价地追忆，却再也不可能为曾经的爱与真承担丝毫风险。相较于《别人》的绝望，《无执》这个同样涉及那个激进革命年代的故事则更多地留下了希望。在那个充满压抑的时期，出身不好、身体瘦弱如孩童的郑小米在周围的迫害欺压下，依靠幻想来自我拯救，并幸运地遇上了一个让她的幻觉成为现实的男人，但他们之间直到最后也没有发生实质的爱情，郑小米的"无执"让这段回忆停留在极端年代两个年轻人的友谊，也在严酷外部环境中为纯真留下了一个内在的空间。这些有关遥远的"本真"记忆的或无望或温暖的故事，都流露出徐小斌对现实的深刻不安与思虑。但她在内心深处也许还是愿意给希望留下一席之地的，这从徐小斌的新作《无调性英雄传说》中可以略窥一二。这是一部对古希腊神话的改编之作，神话和史诗中的神祇和英雄们成为了对抗压抑世界的革命者，从人类文明的古老源头之中，徐小斌重新找到了理想主义的纯真与力量。

徐小斌的写作始终在提醒着人们，文学写作的真正要义是什么，什么是一个作家理应长期坚持的本色。她也许不能完全梦想成真，但她已经梦想成精。

2019 年 3 月
改定于北大朗润园

自序　我对世界有话说

　　我对世界有话要说，可惜，这世上没有几位真正的聆听者。于是只好用笔说。

　　十七岁，我曾经试图写一个长篇，叫做《雏鹰奋翮》，写一个女孩凌小虹和一个男孩任宇的故事，写得非常投入，写了大约有将近十万字，写不下去了。多年之后我重看这篇小说，真是奇怪我当时怎么竟会有这样的耐心，写出这样密密麻麻、工工整整的蝇头小楷：出身于高级知识分子家庭的凌小虹与出身于干部家庭的任宇，有一种非常纯洁也非常特殊的感情。由于出身的不同，在那个特殊年代他们之间不可避免地发生误会。小虹的父亲被殴打致死后，她生活无着，被赶出自己的房子，到过去保姆住的地方蛰伏，却遭到保姆儿子王志义的性骚扰。性格刚烈的她在反抗中杀了王志义，只身潜逃。任宇寻找未果，痛彻心肺。后来任宇与几个好友一起囚渡红河，到越南参加抗美援越，遇到了一个酷似小虹的女子。写到这里，我不知如何往下写了，就停了笔。这杳子片叶纸，在交通大学院里的小伙伴中间传来传去。每个人见了我都会问：后来他们俩怎么样了？

　　多年之后《东方时空》总策划、我的好友杨东平把《雏鹰奋翮》作为"文革"中的地下作品写入了他的一本书里。

　　真正的写作其实是从大学时代开始的。

怪得很，也许因为那时是全民文学热，学经济的学生照样对文学爱得一塌糊涂，并且常不自觉地用一种文学品位与标准来衡量人。大学二年级，开了一门基础课叫做"汉语写作"，让大家每人写篇作文。我写的是杭州孤山放鹤亭，有关梅妻鹤子的故事，只有千余字，只是选了一个特殊的角度。（后来此文全文发表在《光明日报》上。）老师对我说："你为什么不写小说？你是个潜在的作家。"

事隔不久，汉语教研组杜黎均老师找到我，向我索要一篇小说。这位杜老师"文革"前曾做过《人民文学》的编辑。我拿了一篇四千字的习作给他，事后再不敢问起。谁知这篇习作后来竟登上了《北京文学》1981年第二期新人新作栏的头条，还配了很精美的插图。我惊喜之余又写了第二个短篇《请收下这束鲜花》，作为自然来稿投给我当时最喜爱的刊物《十月》。小说情节很简单，写一个情窦初开的小女孩爱上了一个青年医生，后来医生得了绝症，在弥留之际，小女孩冒着大雨赶去看他，那医生却早已不认识她了。完全写小女孩的内心秘密，无疑在当时的社会语境下是独特的。这篇小说后来获得了《十月》首届文学奖。记得发奖大会那天，《十月》当时的主编苏予特别向大家介绍了我——获奖作家中最年轻的一位，周围坐的都是当时的文学大家们，对我说了些鼓励的话，令我诚惶诚恐——从此，便穿上红舞鞋，再也脱不下来了。

80年代我的经历充满了戏剧性，其中之一便是与《收获》的相遇。1983年我写了生平第一个中篇《河两岸是生命之树》，那时，对外开放的大门刚刚开了一道缝，正因如此，门外的景色看起来如此新鲜。我被一种写作的激情啮咬住，它使我整天处于一种癫狂状态，我每天都和小说人物生活在一起，忘了我属于他们还是他们属于我，写到动情处，趴在桌上大哭一场，此小说应当是我情感最投入的一部，三十多年后的今天，依然有读者在问："这本书在哪里有卖？"

《河两岸是生命之树》是《圣经》中的一句话，全句为"河两岸均有生命之树，所产果实十有二种，月月结果，其叶可治万邦之疾"。——在一个伤痕、寻根的年代引用《圣经》的话，也算是比较特别了。

在宗璞的鼓励下，我把此小说作为自然来稿寄给了《收获》，竟然在一周之内就得到了请我去上海改稿的电报。最有趣的是当时的《收获》编辑郭卓老师手持《收获》为接头暗号在车站接我，上了编辑部的木楼梯她就边走边喊："接来了，是女的！"——后来她告诉我因为我的名字编辑部产生了歧义。后来就是李小林老师把我约到武康路她家里谈小说。当时小林老师对小说人物关系的分析深深打动了我——一个无名作者竟得到如此认真的对待，固执如我，也不能不彻底折服。那一天的大事是见到了巴金。当时巴老从一个房间慢慢走向另一个房间，我看着他和蔼的笑容，尽管内心充满崇仰，却说不出一句话来，甚至连一句通常的问候也说不出来——不知为什么那时我觉得凡心里的话表达出来就会变味儿——我的心理年龄始终缺乏一个成长期，人情事故方面基本是白纸一张。

此中篇发在了1983年第五期《收获》的头条，并选入了《收获》丛书，那是我出版的第一本书。

收到了很多读者来信。许多人为它一鞠感动之泪，许多人把自己的经历细细地告诉我，甚至是秘密和隐私。我相信巴尔扎克那句话了："只有出自内心的，才能真正进入内心。"

1985年发表《对一个精神病患者的调查》。那时常有些古怪的念头缠绕着我——我常常惊诧于人类的甲胄或曰保护色。人类把自己包裹得那么严，以致许许多多的人活了一生，并没有露出自己的本来面目。渐渐地，连本来面目也忘却了。甲胄与人合为一体，这不能不说是一种悲哀。在适者生存的前提下，任何物种都要学会保护自己，或曰：学会伪装和自欺。在某种意义上，人类为自己涂上的保护色有如鲛鳒鱼的花纹或杜鹃的腹语术。

人要做自身的真正主人谈何容易？！

然而，总有些人要反其道而行之，我笔下的女孩景焕便不愿认同那条既定的轨迹，她拼命想挣脱，她想获得常轨之外的尝试，挣脱的结果是落入冰河。——然而上天给了她补偿。就在她堕入了冰河的瞬间，她看见了弧光——那象征全部生命意义的美丽和辉煌。

人类的创造力产生于痛苦和偏差的刹那。那是另一种人生。

而大多数人则被一种无形的力量牢牢束缚着，周而复始地在一条既定的轨迹上兜圈子，很安全，但无趣，且无意义。

　　智利有位学者曾说："落后和不发达不仅仅是一堆能勾勒出社会经济图画的统计指数，也是一种心理状态。"这句话说得很深刻。

　　《对一个精神病患者的调查》改编成电影《弧光》，是我生平第一次与电影界合作。现在想起，在当时拍这样的电影，也是需要相当的勇气的。

　　打我很小的时候就有些奇思异想：走进水果店我会想起夏娃的苹果，想起那株挂满了苹果的智慧之树，想起首先吞吃禁果的是女人而不是男人；徜徉在月夜的海滩，我会想象有一个手持星形水晶的马头鱼尾怪兽正在大海里慢慢升起；走进博物馆，我会突然感到那所有的雕像都一下子变得透明，像蜡烛一样在一座空荡荡的石头房子里燃烧……"宇宙的竖琴弹出牛顿数字，无法理解的回旋星体把我们搞昏，由于我们欲望的想象的湖水，塞壬的歌声才使我们头晕"（[美]，威尔伯）。我想，早期支撑我创作的正是我对于缪斯的迷恋和这种神秘的的晕眩。

　　1987年写第一部长篇《海火》，过了两年才出版。二十年后再版，沈浩波说，这小说一点没过时啊。可是在当时，确实是被忽略的。

　　我写："历史，就是因照了太多人的面孔而发疯的一面镜子。"我写了当时的历史：改革开放的背景下年轻人的生活。一个美丽的女孩，同时却又妖冶、阴毒、险恶，一个不美的女孩，同时却又纯洁、善良、天真；然而，小说却违反了一贯的"中国式道德判定"。"恶"由于它的真实而具有一种魅力；而善良、天真等等这些字眼却显得苍白无力、令人怀疑。起码，这些字眼是无法独立生存的，也正因如此，美丽与不美的女孩正好构成了一个人的两种形态：外显与内隐，显性行为与潜在本性——所以，在小说最后的女主人公所做的梦中，两个女孩裸身在大海中相遇，不美的女孩问：你到底是谁？美丽的女孩回答：我是你的幻影，是从你心灵铁窗里越狱潜逃的囚徒。

20 世纪整个 90 年代我对写作的热情近于疯狂。一口气写了很多的小说。

譬如很多人说看不懂的《迷幻花园》：许多年前的一个中午，两个女孩在苏联专家设计的平房前聊天。一个女孩掏出三张纸牌问另一个女孩，从此她们的命运就被决定了。那三张不同颜色的纸牌分别代表生命、青春和灵魂。

这听起来似乎十分荒诞，但却有着一种令人心悸的真实。人生并非希腊神话里的两头蛇可以向任一方向前进，有取必有舍，重要的是：你到底要什么？

《银盾》《黑瀑》《蓝毗尼城》与《密钥的故事》都深藏着隐喻，在本文集《迷幻花园》卷中我有详细的讲述，有兴趣的朋友可以看看。

《末日的阳光》其实是个很重要的篇什，然而可能正如某个朋友所说，此篇应当二十年后再发表。它写了一个小女孩在"文革"初期，被一种猩红色的死亡气息裹挟的另类故事，它的亦真亦幻太生不逢时了，但它始终是我最心爱的小说之一。

写《双鱼星座》的时候，我内心的痛苦已经到了崩溃的边缘。在一篇创作谈里我写道："……父权制强加给女性的被动品格由女性自身得以发展，……除非将来有一天，创世纪的神话被彻底推翻，女性或许会完成父权制选择的某种颠覆。正如弗洛伦斯·南丁格尔胆大包天的预言：下一个基督也许将是一个女性。"

这篇创作谈当时被一些批评家认为是中国女性主义写作的一个宣言。《双鱼星座》获得了首届鲁迅文学奖。

《羽蛇》成为 90 年代末我的最后一部长篇。

写《羽蛇》这样一部小说的想法，从很早就开始了。——一个深爱母亲的孩子被母亲抛弃了，来自母亲的伤害毁了她的一生。——所有的孩子被母亲抛弃的结果，是伴随恐惧流浪终生。

但是我们终于懂得，每一个现代人都是终生的流浪者。现代人没有理想没有民族没有国籍，如同脱离了翅膀的羽毛，不是飞翔，而是飘零，因为它的命运，掌握在风的手中。我们懂得了这个道理，但是付出了比生命还要沉重的代价。

我们是不幸的：生长在一个修剪得同样高矮的苗圃里，无法成为独异的亭亭玉立的花朵；为了保证整齐划一，那些生得独异的花朵，都注定要被连根拔去，尽管那根茎上沾满了鲜血，令人心痛。有幸保留下来的，也早已被改良成了别样的品种，那高贵的色彩在被污染了的空气侵蚀下，注定变得平庸；

我们又是幸运的：在当今的世界上，还有哪一国的同龄人可以有我们这样丰富的经历？童年时我们没有快乐，少年时我们没有启蒙，青年时我们没有爱情，中年时我们没有精神，老年时我们没有归宿——另一个世界的宠儿们闻所未闻的什么大字报、批斗会、通辑令……都曾经走马灯似地从我们年轻的眼前飞驰而过，那真是神话般的叙事，那一切都是发生了的，尽管中华民族有着著名的健忘机制，但是那一切却深深地镌刻在那个女孩以及许多同代人的记忆之中。

于是，在世纪末的黄昏，我找出一张仿旧纸，在上面记下听到、看到和经历过的一切，立此存照。

死去了的，永不会复活。我们也不希望他复活，还魂之鬼永远是丑恶的。

但我们还是忘了，从所罗门的胆瓶里飞出来的魔鬼再也飞不回去了。我们把它禁锢了许多年，每禁锢一分钟，它的邪恶就会十倍百倍地增长。它的邪恶浸润在这片土地上。它毒化了这片土地。它充分展示了另一种血缘中的杀伤力与亲和力，那是土地与人的血缘关系。于是，在我们这个有了高速路、网络对话与电子游戏的时代，形而上的、精神的、灵魂的土壤却越来越贫瘠了。

而羽蛇象征着一种精神。一种支撑着人类从远古走向今天，却渐渐被遗忘了的精神。太阳神鸟与太阳神树构成远古羽蛇的意象。在古太平洋的文化传说中，羽蛇为人类取火，投身火中，粉身碎骨，化为星辰。羽蛇与太阳神鸟金乌、太阳神树若木，以及火神烛龙的关系，构成了她的一生。一生都在渴望母爱的羽丧失了其他两种可能性。那是融化在一起的真爱与真恨，自我相关自我复制的母与女，在末日审判中，是美丽而有毒的祭品。

所以我在题记中写：世界失去了它的灵魂，我失去了我的性。

我写《羽蛇》，是在极端崩溃的状态下进行的，我不是不会哭的孩子，只是我的哭声无人听见。

《羽蛇》飞出去了，她被位于纽约的西蒙舒斯特出版公司签了，预付八万美元，我的代理人说：你高兴一下吧，你的预付比张爱玲还高两万美元呢。

《羽蛇》和五卷本文集出版后，我一直想写一个完全不同的东西。后在一个类似"清宫秘闻"之类的小册子上，发现了德龄姐妹的一段轶事，上面写了她们曾经是现代舞蹈之母伊莎贝拉·邓肯甘愿不收学费的入室弟子。顿时兴趣大增。

读了整整一年史料，一百多本，资料来源主要三部分，一是北图；二是故宫的朋友帮助搜集；三是各个书店，特别是故宫、颐和园等地的书店。在读史料的过程中我发现，有很多历史人物历史场景的描写在历史教科书中是有问题的。譬如对光绪、隆裕、李莲英、对庚子年、对八国联军入侵始末、对慈禧太后当时的孤注一掷、对光绪在中日甲午战争中的勇敢表现和之后的奋发图强，对隆裕和李莲英的定位等等，都有很大出入。

历史背景是大清帝国如残阳夕照般无可挽回地没落，本身就是一个大悲剧，而在前台表演的历史人物包括慈禧、光绪、隆裕等都无一不是悲剧人物，在大悲剧的背景下的一种轻松有趣愉悦甚至带有某种喜剧色彩的故事，这种故事与背景之间的反差本身就具有巨大的张力。

这部小说一不留神很畅销，很多人说："这部小说有阅读快感。"

更多人对我失望，他们原本是希望我写《羽蛇》那种风格的小说。

但我写什么，不是任何人可以左右的。人的成长过程便是一个祛魅的过程。我写了《炼狱之花》，讥讽了黑恶势力，还拿了一个加拿大的奖。

是的我终于不再自我折磨，我真的长大了，变老了。

然后我写了《天鹅》，写了真爱。在这个几乎没有真爱的时代写真爱，无疑是痛苦和困难的。在新书首发式上，评论家施战军说：《天鹅》是当代非常需要的题材，但也是作家几乎无法驾驭的题材，深以为然。

　　其实对于这部小说的最大难点来说，并不在于音乐元素与"非典"场景的还原，而在于写拜金主义时代的爱情，实在是难乎其难，稍微一不留神，就会假，或者矫情。何况，我写的还是年龄、社会文化等背景相距甚大的一对男女。

　　《天鹅》说是写了七年，其实断断续续都不止。

　　之所以写了这么久，简单地说只有一个原因，那就是：写的是爱情小说，可写了半截不相信爱情了——我是个不会做伪之人，对于已经不相信的东西我不知道如何才能继续。

　　突然有一天，我重听圣-桑的《天鹅》，如同一个已经习惯于浊世之音的人猛然听见神界的声音——有一种获救的感觉。这时，来自身体内部一个微弱的声音突然响起："写作，不就是栖身于地狱却梦想着天国的一个行当吗？"难道不能在精神的炼狱中创造一个神界吗？不管它是否符合市场的需要，但它至少会符合人类精神的需要。

　　就这样，经历了四年的瓶颈几乎被废弃的稿子重新被赋予了活力。但是我沮丧地发现，除了极少的一部分文字外，大多数都需要重新来过——因为整部小说都涉及了音乐，还不是一般的涉及，是主脉络都与高深的古典音乐有关——故事的层层递进是伴随着一个手机里的几个乐句如何变成小品变成独奏曲变成赋格曲最后成为一部华彩歌剧来实现的。于是只好报班听课。——在 2011 年的炎夏，我永远穿着同一套灰色夏布袍子往返于课堂与家之间，与那些下了课还不断问问题的人们相反，每次刚刚下课我便神秘消失。以至于培训班结束时一个穿着时尚的女子告诉我，他们给我起了一个外号叫"小幽灵"。

　　我十分务实地想：我才不想去追究那么高深的古典音乐呢，小说里够使足矣。然而，写起来却远不如我想象的那么简单，为了怕露怯，我再度展开了自虐苦旅，沉迷其中，竟几度被我的男女主人公虐得潸然泪下。

《天鹅》尝试了一种"仿真"式的写法。我弃绝了惯用的华丽句式尽量让她素朴自然。恰恰2000年前后我有一次"走新疆"的经历，于是把故事的发生地设置在那里。为了完成小说，我又前后两次去新疆，成本巨大。本来我以为，这样的写作会比之前容易得多，但是进入叙事语境后才明白，原来难度如此之大，我又把自己逼向了绝境。

在《天鹅》扉页我写了，爱情是人类一息尚存的神性。很多人一生是没有爱过的，而且他根本不懂得什么是爱，甚至没有爱的能力，真爱不是所有人都有幸遇见的。正如一位哲学家所言，真爱能在一个人身上发生，至少要具备四条，一是玄心；二是洞见；三是妙赏；四是深情。只有同时具备这四种品质的人，才配享有真爱。

玄心指的是人不可有太多的得失心，有太多得失心的人无法深爱；洞见指的是在爱情中不要那些特别明晰的逻辑推理，爱需要一种直觉和睿智；妙赏指的是爱情那种绝妙之处不可言说，所谓妙不可言就是这个，凡是能用语言描述的就没有那种高妙的境界了；第四个就是深情，深情是最难的，因为古人说情深不寿，你得有那个情感能量才能去爱。深情被当代很多人抛弃了。几乎所有微博微信里的段子都在不断互相告诫：千万别上当啊，在爱情里谁动了真情谁就输了等等，这都是一种世俗意义上的算计，与真爱毫无关系。

我历来不愿重复，可是有关爱，不就是那么几种结局吗？难道就没有一种办法摆脱爱与死的老套吗？如果简单写一个爱情故事，那即使写出花儿来，又有什么意义呢？——这是我面临的又一个难题。终于我找到了一个不一样的思路：物质不灭，但是可以转换形态，所谓生死，堪破之后，无非就是形态物种之转换——所以我设计了一个情节——男主角的遗体始终没有找到。而在女主角按照男主角心愿完成歌剧后，在暮色苍茫之中来到他们相识的湖畔，看到他们相识之初的天鹅——于是她明白了自己该怎么办——她绝非赴死，而是走向了西域巫师所喻示的超越爱情的"大欢喜"——所谓大欢喜，首先是大自在，他们不过是由于爱的记忆转世再生而已，这比那些所谓爱与死的老套有趣多了。

我喜欢那种大灾难之下的人性美。无论是《冰海沉船》还是《泰坦尼克号》都曾令我泪奔。尤其当大限来时乐队还在沉着地拉着小提琴，绅士们让妇孺们先上船，恋人们把一叶方舟留给对方而自己葬身大海，那种高贵与美都让我心潮起伏无法自已。而这部小说最不一样的是关于生死与情感，是用了一种现代性来诠释了一部超越爱情的释爱之书。

2016年4月我参加伦敦书展，是因为获得了2015年度英国笔会翻译文学奖。获奖小说叫做《水晶婚》（中文版曾经刊于《天南》），写一个平凡女子从结婚到离婚的十五年，折射出中国这十五年天翻地覆的变化。

按照西方批评家的分类，这部小说是绝对的女性主义写作。我写了我们所经历的两个时代：铁姑娘时代和小女人时代。

我们小时候听得最多的就是"妇女能顶半边天"，实际上是要在干体力活上做到男女平等，女孩要与男子干一样重的活，那是个崇尚"铁姑娘"的年代，我们这些当时尚在花季的女孩，哪个不是"谈美色变"？我曾经去过的北大荒，麦收季节，无论男女，都要扛着二百斤重的麦包上跳板——试想一个尚未发育成熟的十五六岁的女孩子扛着二百斤的重物，还要走独木桥式的三米长四十五度的跳板，然后把麦包卸进粮囤里，今天想起来是不是很可怕？！有很多女孩因此得了终身的疾病，也有很多女孩尽全力也无法完成，譬如我，被安排去背一百斤的"尿素"，这是很受照顾了，但即使这样，我也几乎被压得吐血。夏锄季节的口号更为荒唐：叫做"活着就要拼命干，死了埋在黑龙江畔"，人命是不值钱的，领导在动员大会上说，每人每天包一根垄，干不完，哭也得给我哭出来！要知道，黑龙江土地的"一根垄"，是整整十四里啊！那时我还只有十六岁，且患着严重的痢疾，中午老牛车送饭只能往人最集中的地方送，这就意味着我这个落后者永远吃不上中午饭，在那样可怕的劳动强度下生着病并且一口饭都吃不上，喝水都要把前面的水缸放倒，像小狗一样地钻进去，才能喝上一口已经见了底的满嘴泥沙的水。岂止如此，我们在特大涝灾中从齐藤深的水里捞麦子，在11月的寒冬从冰河里捞麻，即使来月经也绝不能请假，三十八个女孩睡在两张大通铺上，在零下五十二摄氏度的寒冬没有煤烧，为了活下去，我们去雪地里扒豆秸烧，喝尿盆里的剩水，——我至今吃惊自己是怎么活下来的，惟一的解释就是青春的力量吧？除此之外真的无法解释。

"铁姑娘"的时代终于过去了，但事情并没有因此变好，在今天，是一个地道的"小女人"时代，智商高不高无所谓，最重要的是要"情商"高，而中国式的情商指的是什么呢？就是指女人要懂得如何取悦男人，取悦上司。绝不能动真情，谁动真情谁就是输家。这类人不少，甚至有一批所谓精英女性都是如此。觉得自己很有生活智慧，譬如她们认为在情感中运用手段获取男性青睐，然后让自己在与男人的关系上掌握主控地位并从而获得更多的金钱财富是一件特牛的事。这种人被万千女生羡慕，被认为是高情商。

然而在我看来，这是一种严重的女性自我贬低和丧失尊严。甚至比铁姑娘时代更糟。

我笔下的女主人公杨天衣，无疑是个"低情商"的姑娘，她在这个金钱至上的社会，依然保留了自己完整的天性，这个在少年时代就深受中外爱情作品影响的女子，嫁给了一个与她的价值观截然相悖的人，但她并没有服从命运的安排，她的内心一直顽强地爱着她所爱的，她无法改变她的爱情观。他们的婚姻维持了十五年，十五年的婚姻叫做水晶婚。

20世纪中期之后，在政治需要与纯文学越来越壁垒分明的时候，人的壁垒也越来越分明了。写《羽蛇》的时候我还年轻，因此内心的疼痛也就格外尖锐，这种疼痛带着我对自己祖国的爱、悲伤与无力回天的痛心，也有着我个人的令人承受锥心之痛的情感。而《水晶婚》，是一个朴实的记录，无泪之痛，甚至比有泪的痛更加深邃，更加难以治愈。

本套文集中最新的一部小说，是发表在《作家》2019年第一期的《无调性英雄传说》。这部小说的电子版，我给一些朋友看过，他们的第一反应都是吓了一跳——原来小说还可以这样写？！之所以这样写，是因为近年不断地往返于中国和加拿大之间，与各个领域的朋友不断交流，深感时代已经进入了一个算法的时代，AI和量子纠缠已经进入了我们这个时代，无法回避，而文学也应当像上一次物理学引起的革命那样，有所反应。我的副标题是：《关于希腊男神与科学神兽的故事，以及对荷马史诗的改写》——我的朋友说，这部小说的形式不敢说是绝后，起码是空前的，至今为止，没有人这样写小说。

我深知我的创新是危险的。象征主义画家雷东曾经说过这样一段话："艺术家是一场灾难。在现实世界里他别想期待任何东西。他赤裸地来到这世上，没有母亲为他准备襁褓。不论年纪大小，只要他敢向公众展示出他那独特的艺术之花，他就会立刻遭到所有人的唾弃。所以，要做个艺术家，你就得准备好甘于寂寞，有时甚至是与世隔绝。"

我以为，所有真正的作家、艺术家都逃不掉这个诅咒。

但是没什么了不起的。历史就是一个怪圈，一切都可以触底反弹。何况，在量子缠绕的今天，就更不必惧怕那些长袖善舞的投机者、娱乐致死的堕落者以及暗流涌动的黑恶势力，要知道，他们以出卖灵魂换取的利益、在八面玲珑中编造的春风化雨不过是一堆垃圾，他们貌似成为赢家的人生，在历史的长河中不过是个零，甚至负数。

选择什么样的写作，是我的血液决定的，一切都无法改变，直到蜡炬成灰，我也别无选择。

我写作，因为我对世界有话要说。

目录

我有迷魂招不得

世纪回眸：生命中的色彩

　　最早有世纪末这个概念，是在上大学的时候，读丹纳的《艺术哲学》。丹纳说，世纪末的色彩是玫瑰色的。可是曾几何时，又读刚刚复刊的《世界美术》，在谈到画家弗鲁贝尔时，作者认为弗氏惯用的"紫蓝色"是"世纪末的色彩"。我不知道世纪末的色彩究竟是什么，但无论是玫瑰色还是紫蓝色都很吸引我，我是那种对色彩很敏感的人，正是色彩使我记住了世纪末这个概念。

　　世纪末真的到了。在1997年，香港要回归了。柯受良先生飞越黄河壶口的壮举，也染上了一点世纪末的色彩。大家努力要兴奋，却兴奋不起来。所有能够想出来的游戏都已经玩过了。人们并不知道自己患了世纪病，并且已经病入膏肓。

　　我惟一的本事是逃避。但逃避其实也是一种自欺。按顺时针方向，很清醒地看一看过去，忽然发现我的生命的片段，都染着不同的色彩，我靠色彩来区别它们，每一个片段所象征的色彩，像是偶然，又像是有着一种与生俱来的神秘与宿命，不可理喻。

童　年

　　色彩是我一生的爱好。最早的理想是做一个画家。至今我都认为，没有选择画家这个行当是我一生的错误。我的记忆里充满了色彩：在我出生的那所房子里，有一口很大的镶金嵌银的钟，雕得很精美，钟盘上是罗马数字，钟摆是纯铜的，已经生出绿色的铜锈，但总是走得很准。我从小睡眠就不好，一点点声音也要睡不着，可那钟摆声音很大，却对我毫无影响，很奇怪。钟的两旁是笔筒，造型是典型的中国古董，画的却是日本女人，赤着一双脚，那么鲜活的白脚丫，伏卧在绿的草坪上，只有嘴巴一点点鲜红。那一点鲜红对于我和姐姐们是绝对的诱惑，我们趁着妈不注意的时候，偷着用她的深绛色唇膏，把嘴唇抹得红艳艳的。

童年的色彩是混沌的。我的童年既快乐又痛苦。快乐和痛苦都达到了极致，人格就可能分裂。那混沌的说不清道不明的色彩至今仍是我写作时的养分，也是我内心真正痛苦的来源。我的天性爱吃爱穿爱玩，从小就被妈妈和外婆骂为好吃懒做，我觉着委屈。因为那时并没有什么好吃的，穿就更谈不上了：永远拣姐姐们剩的穿。一件红底黑格的小棉袄穿了三个人，本来极鲜艳的红底子传到我这里成了土红色，上面一层洗出来的白绒毛。

妈妈很早就教我做女红：绣十字布，织网兜，钩手袋……并不是做着玩玩的，而是她心血来潮接了居委会的活儿。那时真的不懂，一个学龄前儿童每晚绣花绣到 10 点，怎么还会被冠以"懒做"之名，于是就难过，就郁郁寡欢，结果就是越发不讨大人的喜欢。

伯父有一回去苏联回来，带回了三件布拉吉，一件白底子青果领，有极鲜艳的绿叶红花，是樱桃那么大小的花，在那时的我看来，真是漂亮极了。这件最大，给了大姐。一件是乳白色的亚麻布，领子和袖口都镶了蓝白格的大荷叶边，很洋气的，给了二姐。我的那件是白色泡泡纱的，在胸口镶了一圈鲜红的缎带，插进镂空的花朵里，丝线挖嵌。照妈的眼光来看，这件是最好的，可是没过几天，吃晚饭的时候，弟弟就偏偏打翻了酱油碟，我的新衣裳就染了一块斑，我哭啊哭啊，我知道新衣裳是不能再复原了，可我想要父母说一句话，说一句公允或者同情的话，这句话没有等来，等来的是一顿老拳，孩子的心就那么容易被伤害——父母虽然都受过高等教育，可在重男轻女这一点上，他们并不比农村老太太更开明。

有时觉得我一生都在做一件事：证明给爸爸妈妈看。但最终我失败了。终于明白了我要的是不可能得到的，连上帝都不可能公平。

我的童年，就像那件泡泡纱的裙子，在红白相间的美丽上面，染了一块斑。

黑龙江

黑龙江给我留下的最强烈的颜色并不是白的雪，而是金红色的霞。之所以泛称霞是因为包括了早霞和晚霞。

常有人表示怀疑："你也去过兵团？"我说岂止去过，我是真正在最底层，干最苦的差事，对方依然满脸疑惑——这疑惑并非因为我显得多么年轻，而是我身上缺乏某种痕迹，某种那个时代特有的痕迹。这种缺乏大概因了我与生活本身的一种距离感，它来源于我的性格——我似乎从小就是个很自闭的孩子。

但这并不妨碍我得到生命中的许多外部经历，甚至是濒死经历。譬如有一回，我躺在一垛麦秸后面睡着了，康拜因呼啸着开过来，我竟没有听见，多亏了那驾驶员鬼使神差地突然想上厕所——五团就发生过麦收时节轧死知青的故事。又如在东北 11 月的风雪中下到冰河里捞麻，在零下五十二度的气候里去做颗粒肥，在那种严寒中没有煤，井台封冻没有水，因此连涮尿盆的水也有人喝，夏锄时因为常常被落在最后，所以总是饿着肚子干活（老牛车送饭只到人最多的地方），在那样的劳动强度下，十六岁的我不知道是怎么过来的。

农忙的季节，清晨 4 点就要出工。天还黑乎乎的，大家就像一群胡羊似的，呼噜噜跟着，扛着锄头，低头打瞌睡。可是忽然之间眼前一亮，黑暗忽然托起一轮金红色的灯盏，那样一颗又圆又大又红又亮的灯盏！不是慢慢升起的，是忽然出现的，以至我每天都有了这样的错觉——这是神祇的启示，可能有什么意外的事要发生了。

那时的每天都在盼着意外，但是一天天都在平淡中度过了，从早上挨到晚上，都是一样的金红色，但是晚上，那是烧尽了的灯盏，烧成了碎片，铺得满天都是，让人觉得惨烈。

于是心里轻轻地一声叹："一天又过完了。"

丙辰清明

丙辰清明的色彩是铅灰的。

那一段时间，天空总是呈现出一种枯澹的铅灰色，那种灰干得拧不出汁水，你不敢久久地凝视它，不然的话眼泪就要落下来。

那时我在北京的一家工厂做刨工。三班倒，我倒成了夜班，白天便一天一天地泡在天安门广场。清明前的两天，广场的气氛已经相当强烈了。有一个人，戴着眼镜，在纪念碑的石台上教唱怀念总理的歌。大家跟着唱，后来他又指挥唱国际歌。周围的人，有人一眼看上去就像是地道的北京小痞子，可就是他们，都一脸严肃地在唱，让我忽然深深地怀疑：小流氓、小痞子，是不是真的存在？那一天下着雨，下了一天雨。雨水从每个人的头发上淌下来，又流到脸上。脚下站久了，被雨水浸泡得冰凉，可是谁也不动。每个人都是一尊雕像，不可侵犯的。那是一次天国里的合唱，乱了阵脚的风是迟到的音乐。我的眼睛被风吹得发酸，终于，眼泪艰难地流了出来，我悄悄地看别人，好像每个人都在流泪。幸好有雨，可以及时地冲刷泪水。那天的雨好像特别凉，简直寒冷彻骨。

多少年之后我的印象中还有这样的画面：铅灰的天空下，有无数个灰色的凛然不可侵犯的雕像。

那一天是丙辰清明的前一天，1976 年 4 月 4 日。

大　学

大学留给我的印象是淡紫色的。有一架很茂盛的淡紫色的藤萝长久地留在我的记忆里。

月光下那架藤萝是美丽的。藤萝的淡紫色在月光下变成梦一样虚幻的色彩，仿佛轻轻一碰，就会像空气一样消融，然后飘逝。这是一种可以自欺和欺人的色彩，年轻的大学生们，就在这架藤萝下制造了无数爱情的陷阱——学财政金融的学生一样可以有浪漫情怀。

如果有人在夜晚的藤萝架下对我说："我爱你"，而且当时的月光是美丽而寒冷的，那么我一定会脱口而出："我也爱你。"

可惜没人对我说过。幸好没人对我说过。

倒是一位老师，教基础写作的老师在藤萝架下对我说过："你为什么不写作呢？你是个潜在的作家。"这位老师曾经在大一的时候出过一次作文题，给全班三十九个同学"良"或"中"，只给我一人得优，并洋洋洒洒写了一篇可以作为评论的评语。

我的写作是从大学开始的。

休　闲

前些年看法国电影回顾展，记得有一部电影叫作《资产阶级审慎的魅力》，内容是什么已记不大清了，题目却记得牢牢的。用"审慎的魅力"这个怪怪的定语来形容我的休闲方式，竟是十分的贴切。

有好些日子没有找到那种安静而单纯的快乐了，居所的周围似乎永远在施工，污染、噪音、拥挤的车辆和人群渐渐把我的空间挤压得越来越小，独自一人写作的时候，常常感到一种莫名的压迫和侵蚀，觉得自己和自己的蜗居有如汪洋中的诺亚方舟似的，是否会颠覆完全要靠上帝的意旨，而个人是无法左右的。

终于有一天，小憩醒来，到报摊上买报纸，忽然发现楼前的树和草坪绿得特别，那是一种金绿色，是新鲜的阳光照在新鲜的植物上的感觉，那一片金色的绿就像莫罗油画里莎乐美戴的金绿色宝石一样，透明，而又神秘，荡漾着一种潮湿的让人感觉到膨胀的气息。有多久没有这样的赏心悦目了啊。于是在草坪的石凳上坐了下来，看报纸。照在身上的阳光又新鲜又暖和，拿着报纸的手指泛着淡淡的绿色——我知道自己是笼罩在绿荫下的，报纸成了道具，反复地看，为了在石凳上坐得更久些，在那一片新鲜而浓烈的金绿色里，我的心静如止水。

从此之后，这便成了每天的节目。好在报纸是每天都要买的。周一和周四的《足球》报，周二的《中国足球报》，周三的《体坛周报》，周五的《足球风》以及什么《体育文摘》《当代体育》等等，清一色的足球消息。我喜欢足球，喜欢李金羽那灿烂的笑容，那是从心里发出来的、没有任何矫饰的笑，我不知他能把这笑容保持多久，更不知中国足球是不是能为世纪末的色彩，平添一道亮色。

偶尔也抬眼看一看遥远的街市，那些日益增多的交通工具，在路口拐角处，不得不增设了一道红绿灯，但就是这样也阻挡不住那些爆满的车流人流，用横行霸道蛮不讲理的姿态，塑造出一个又一个人为的街景，美丽而火爆。但那是一种与我不相干的美丽。我知道自己只能把眼睛收拢来，感受这一小片珍贵的绿色，在这个日益现代化的城市里，这真是一种近似奢侈的享受了。

就在《足球》报以醒目的大标题赫然印出"李金羽头槌定音"的那一天，我的绿地也赫然挖出一道壕沟。我知道，我的具有"审慎魅力"的休闲方式就要结束了。施工的工地终于攻进了我最后的停泊地，下一步，或许就是砍掉那些亭亭如盖的树，搭起工棚，扬起一片钢筋混凝土的粉尘，与街道上的含铅汽油混为一体。

天空的颜色已经很不单纯了，夜晚极少能够看见星星。不久之后，那一小片硕果仅存的金绿色也要消失——起码要蒙上一层灰，才好与这个城市的其他颜色协调。惟一的办法是，趁它还没有彻底消失的时候，抓紧享受，于是这两天休闲的时间骤然多了起来，每天下午4点来钟的时候，一定有一个古怪女人坐在绿地边的石凳上，没完没了地看报纸，直看到夕阳西下，薄暮降临。

那一片豪华的金绿色是在有太阳的时候才出现的，最好是在雨后，农历五月的日子，并且没有风。

往事琐忆

吃

最早的关于吃的记忆是在交通大学的那间平房里。傍晚，一缕阳光斜斜地照进来，妈妈把她嚼碎的炸馒头喂给我——现在想想也要恶心，那时却吃得又香又甜。若干年后我偶然看见一只母鸽子喂小鸽子的情形，也是同样的方法，不过小鸽子是一群，而且特别主动，那母鸽子的嘴被撕得鲜血淋漓，令人感叹母爱的伟大。

小时候口味倒是不高。喜欢吃炸馒头和煎鸡蛋，特别是那种溏心蛋，稀稀的蛋黄被薄薄的一层蛋清透明地遮蔽着，只消用嘴一嘬便可把蛋黄吸入口中，那一种特殊的香味令人回味无穷——至今我仍欢喜吃溏心蛋，虽然报纸上一再警告半熟的蛋不符合卫生要求。

再就是白馒头蘸花生酱，百吃不厌。那时的花生酱味很醇正，加上自家蒸的白馒头，热腾腾的一顿能吃一两个，人便也长得像白面馒头似的。后来的花生酱越来越变味了，现在终于连购货证上的每月二两也不见踪影。但据说仍有正宗的花生酱存在，不过是价钱比那时高出十几倍而已。

那时的价钱实在低得惊人。新鲜黄花鱼只要三四毛一斤，且有人送货上门。那人叫老于（不知是不是这个于字，但我想可能不是卖鱼的鱼），按现在说法大约是个体鱼贩子，每隔一两天总要搞些鲜鱼来卖。我家祖籍湖北，有吃鱼的传统，外婆又是做鱼里手，因此在六七岁之前没断过吃鱼。尤其爱吃鱼眼。小时候我比一般小孩的眼睛更明亮，外婆便说是因了爱吃鱼眼的缘故。也怪，从不注意保护眼睛，几十年如一日地在昏暗的灯光下躺着看书，视力却永远是一点五，戴眼镜不过因为感光组织过于敏感——这样的眼睛让人害怕，好像除童年爱吃鱼眼之外别无解释。

最想去的是广济寺的"居士林"。外婆是佛教徒，一个月总要去做两次佛事。对于我们来说，那真是快乐无比的日子。因为佛事之后便是素斋。无非是些素鱼素肉素鸡之类，统统都是豆制品，但做得精致，且因小孩们总是吃别人的东西香，所以姊妹们想起那素斋便馋涎欲滴。到了三年自然灾害的时候，每每为此争得打架——因为外婆每次只能携带一人，自然大姐被优先考虑，我和二姐则败北下来，一个吼声震天，一个哭声动地。

三年自然灾害期间平添了许多票证。包括"高级点心票"。所以那时有"高级点心高级糖，高级老太太上茅房"一类的童谣，显示了吃不起高级点心的孩子对吃得起高级点心的孩子的仇视和轻蔑。按照父亲的职称，自然也享有高级点心票。但家里僧多粥少，总是不够分。现在没人理睬的玫瑰酥皮点心也是俏货。只有一次香甜地吃足了马蹄酥，并为此生了一场病。病中，妈妈和外婆轮番回忆起她们当年爱吃的东西，让我忽然觉得世界是那么美好，竟然有那么多我从没吃过、并且完全无法想象的东西。譬如妈妈说，她小时候爱吃一种叫作羊角蜜的点心，咬一口，蜜汁便顺嘴流。外婆当然更加博大精深——她年轻时曾掌管着一个大家族——仍能准确无误地报出许多菜名及其做法。而且因为外公过去在铁路上做事，有一些洋人朋友，外婆甚至懂得一点西餐。譬如汉堡牛排、罗宋汤什么的。后来我忽然惊奇地发现妈妈外婆和我一样喜欢画饼充饥——人类自欺的本能无所不在——她们在谈吃的时候眼睛闪闪发光一点儿也不亚于我眼中的光芒，这种谈话最后总是在长叹一声中结束，然后眼中的光便熄灭了。在外婆，还一定要有一个撇嘴的动作，伴随着一声："哼，现在！……"每逢这时父亲也要重重地哼一声，以表示对外婆不满的不满。他是坚信社会主义必定胜利，共产主义必定来到的。

自此我竟很喜欢生病。喜欢在病中咀嚼那些想象中的美味。应该说，自然灾害的影响对我家来说并不大。不过是有时在白面里裹上棒子面，名字也起得很好听，叫作金裹银。偶然地，也和邻家小朋友一起去采槐花、摘榆钱儿什么的，也吃过榆钱儿蒸的饭，马齿苋包的饺子，不过像是调换口味而已，终归没有觉得厌烦。隔壁同岁的男孩小乖却没有我这么好的运气。每天都要去挖野菜，有时还能挖到蘑菇——不过大多数时候挖到的只是一种像蘑菇的东西，叫作狗尿苔。

然而比起东北兵团来，这一切也就算不得什么了。在兵团五年，只吃过一次米饭炒菜。那是在刚去的时候，连里开恩放了一天假，于是大家纷纷去德都县城照相，中午就在那儿找了个饭馆。东北的大米一粒粒的透明而香糯，口感特别好，吃这样的米简直不需要什么菜。那菜不过是肉片青椒和酸菜豆腐，都切得像东北的一切那样硕大，我们在苍蝇的嗡嗡声中喝完了最后一口汤——那一种回味整整延续了五年之久。连队的伙食永远是菜汤馒头。有时因为伙房打夜班碰翻了煤油灯，菜汤里便充溢着煤油味。馒头常常是发了芽的麦面又黑又黏。实在打熬不住只好装一回病，吃一碗病号饭过过瘾。所谓病号饭，不过是擀点面条用酱油一煮，加点葱花味精而已，但在那时却是我们的佳肴了。

自然也有打牙祭的时候。有一回家里寄来了腊肉，正巧有黄豆和土豆，就把土豆用灶灰烤了，满满地煮了一锅腊肉黄豆汤。七八个人围在火炉边，每人手中拿一把小勺，加了酱油膏和味精，当第一层鲜亮的油珠浮起来的时候，勺便纷纷落下去，这一下，宁肯舌尖烫起泡也不再撤嘴了。这样的夜晚常常停电。灯光骤灭。窗外的冰雪便一下子变得很亮。有很蓝很蓝的雪花悠悠地落下。嘴里仍荡着腊肉的余香，整个人变得软软的很容易出现幻觉。于是大家开始在黑暗中讲故事讲各种美好和恐怖的故事。后来，火熄灭了。故事也讲完了。就仰头看天花板上一串串的冰挂，在黑暗中可以把它想象成水晶玻璃大吊灯，就像人民大会堂宴会厅里那样的。

二十多年过去了。这样的故事以后不知是不是还会再有。但肯定有别的故事继续着。各地的风味菜实在吃得不多，能吃中的就更少了。大学期间去过一次上海，曾经为城隍庙的小吃着迷，但日子一长，什么也没留下。倒是1984年去厦门吃中了那里的肉燕汤。所谓肉燕汤，是瘦肉磨成细粉，雪白的卷起来，烧菜做汤都浓浓的十分鲜美。朋友们特意送我一些带回，却无论如何做不出那种味道来。1986年去武汉，有湖北佬介绍三种风味：四季美汤包，老桐城豆皮，小桃园煨汤。果然不错。尤其是小桃园的鸡汤，用一个个小瓦罐煨成，真正原汁原味，纯白得像奶。喝起来浓香扑鼻，回味悠长。豆皮也好。只有汤包因油汁过多，分不出甲鱼馅还是香菇馅的了，味道一律鲜美而已。前年去西北，发现发菜是一样好东西，便买了一包回来，却不知怎样吃，仍在那里放着。人说"吃在广州"，近几年更是听说广东人"长腿儿的除了桌子椅子不吃，带毛儿的除了鸡毛掸子不吃"，连娃娃鱼等自然保护动物都敢招呼，真可谓登峰造极了——只盼他们别把珍奇动物斩尽杀绝。不过我去广东却没能吃上什么。只在深圳吃了几次鱼粥，因为价钱奇贵，已经觉得很奢侈了。最实惠的倒是那次去成都吃的川味火锅。什么黄鳝、泥鳅、毛肚、百叶、猪脑等统统涮将进去，最神奇的是那种调料，简直是鲜香可口的"厨房杀手"，能活活让人吃得撑死也放不下筷子的。我几次问起那调料的配方，主人们都神秘地搪塞着，最后露了一点口风，说是其中掺了罂粟，因此吃了以后会上瘾的。其实主人们倒是多虑了，当时就是有人当众在锅子里撒下毒药也不会败坏老饕们的食欲——"过把瘾就死"，值得！

不知从何时始，大家的嘴越吃越刁。各种饭局以各种名目存在着，且规格越来越高。最后终于物极必反有了四菜一汤的规定。但菜少也有菜少的吃法：基围虾，铁板鹿肉，红烧鲍鱼，扒熊掌，鱼翅汤，也是四菜一汤。不过吃多了，吊人胃口的美味也会变得味同嚼蜡。于是美食先锋派们又开始返璞归真，什么扎啤，二锅头，什么粉条炖猪肉等等又成为一种时髦，犹如西方贵族们开口便是"water"一般，透着身份的不凡。有一位经理朋友请吃粤菜，三个人叫了十几个菜，自己只吃一小碗鱼翅汤，当然，是一百四十五元一碗的。我猜他的胃大概已经接近凝固，只有液体才能渗进去了。

丈夫去国半年，回到家中，我用一碗清汤面接风。他几口吞下，连叫好吃。说是半年没吃过可口的饭菜。我对这种说法却深表怀疑。直到前不久有一次一起出去买东西，中午在王府井的"麦当劳"吃快餐。倒真是快。且又干净舒适。只是口味实在不习惯。丈夫要了"巨无霸""麦香鸡"炸土豆条、热巧克力和菠萝冰淇淋。麦香鸡是女士吃的，秀气些，看着倒是很漂亮，新鲜面包里夹着浅粉的炸鸡肉饼，碧绿的酸黄瓜，嫩黄的生菜，雪白的奶油，连上面的芝麻也透着新鲜干净，及至一吃，却吃出一股怪味，提出质疑之后，丈夫肯定地答复我说，据他在美半载之经验，这确是地道的美式快餐，与美国本土所吃一般无二。只好又换来"巨无霸"，又觉得有股膻味。喝口热饮还有酒味，于是大呼上当。丈夫幸灾乐祸地说，看来你只适合在国内生活，你就老老实实待着吧！最后我只好吃冰淇淋。美国的冰淇淋确实很好吃。

后来侍者换了一支曲子。是小提琴曲。冷冷清清地流动着。我和丈夫都不再说话。透过剔花的窗帘可以看到大街上熙熙攘攘的人群。防寒服构成一块块鲜艳的颜色。不知为什么忽然想起许多年前躺在床上生病的时候，那时头一回听说世界上有一种叫作汉堡牛排的美味。现在真的不知道什么叫作美味了。我相信吃遍世界也不会再有比那一锅腊肉黄豆汤更好吃的东西。那一个冬天的晚上，有蓝的雪花静静地飘落。

穿

十七岁之后便没让家里买过衣裳。

说起来很骄傲的，其实也有种隐隐的心酸。比起那些受母亲宠爱的孩子，我似乎一直是个不受待见的"辛德瑞拉"。妈妈最后一次带我买衣裳，是在我去东北兵团的前一个礼拜。像是生离死别似的，家里忽然对我慷慨起来。使人想起当年武都头在死囚牢里忽然得了一顿好酒菜款待。我却缺乏他"临死也要做个饱鬼"的气魄，眼睛瞟着那时最昂贵的宽条绒，手却只敢怯怯地指向价钱最低廉的那一片。虽然价廉，却力求物美。加上还有一点私心：在蓝蚁之国中悄悄显出一点特色，既不能被人骂，又要与众不同，这便十分的难了。

几件衣裳竟买得十分可心。加起来不到二十元钱。两件衬衫，一件白底银灰条纹，一件雪青色带蓝、绿、黑三色图案，自然都是布的，雪青色那件大概还是三寸布票一尺的布。最欢喜的是那件线呢两用衫：有黑白蓝三色的小格子，都是凸起来的，在那个时代，这也算是很奢华的了。因为有了这几件衣裳，悲伤的心情也退去了几分似的。五年之后，除了雪青色衬衣在夏锄时被汗水泡糟了之外，其他衣裳都完好无损。

从不固定地偏爱某一种颜色。很小的时候，因为一件豆青色核桃呢的罩衫十分漂亮，便很长时间都喜欢豆青色，而且还要那种凹凸不平的手感。特别喜欢母亲年轻时的那一些旗袍。有一件梨黄色乔其纱的，上面散散碎碎绣着鲜红套银边的小六角形，像一颗颗红宝石闪闪发光。有一件西洋红的，是软缎毛葛，上面绣了珠灰和淡青的兰草，那一种柔和婉妙的色调，真是别有一番味道。又有一件纯丝的，是白黑蓝绿四种提花，据说是母亲婚前做的。母亲家先前是个大家族，因为战乱和别的缘故，败落了。但所谓"船破有底"，破箱子里仍留着几件衣裳首饰，于是"倒箱子"便成为我们姊妹童年时的一件乐事。自然也要试穿一回的——趁母亲高兴的时候。只是那时穿着十分的不合适，就是大姐穿也要长及脚面，于是只好站在床上穿，胸前再满满地塞上两块手绢，便自以为漂亮得像公主了。

说起来小时候倒是常常做公主、王后一类的游戏，组织者是隔壁的一个大女孩，我们唤她作"七姐"的。她很能干。大院里二三十个孩子她能招之即来，挥之即去。不知为什么她每每定我为公主。我倒是很乐于当。因为可以戴七姐家的漂亮首饰，包括一种十分精致的骨质手镯和沉甸甸的玉石项链。七姐还要亲自为我梳头——梳十七根辫子，大约扮的是阿拉伯公主，然后所有的女孩子都化了妆，轰轰烈烈地拥着我，从少年之家一直走到靶场。我们这种壮举连大人们也爱看的——那是60年代初的事。

七姐家自然也是大户，也有些库存的。七姐的母亲宗太太也很不俗——那时母亲她们仍然互称太太，都是一些家庭知识妇女。有一位钱太太虽然嫁的是二级教授，但因为没有学历，而且过去做过舞女，大家便瞧她不起。当时我最喜欢的是一位做绢人的张太太。她的先生是那时交大图书馆的馆长。她念过大学却一点没有学究气，十分的文雅，又待人和气，做的绢人精妙异常，是专门供出口的，后来我无论在哪儿也没见过那样的绢人。有段时间我常常去她家学画，每次都是一盘小点心，间或还要弄些莲子羹之类的，还总是怕怠慢了我——她好像总是小心翼翼地对待任何人。她的服饰总是美得意外。譬如一件黑丝绒旗袍，领口上一定要有一枚水晶饰针；米色东方绸大襟外罩就要配上黑底红花丝质披肩；夏天常穿一套白色麻纱衫裤，那种半透明的白穿在谁身上也要脏，她穿着却是纤尘不染。配上那张秀美的化着淡妆的脸，很有一种特殊的韵味。所以小时候我一见到张太太，便盼着自己快快地长。这大概便是我最早的资产阶级思想了。不过即使在斗私批修的高潮中我也没把它亮出来说给人听。

母亲年轻时偶然也装扮一下，总归没有旧照片上的漂亮。俟到文化大革命，就更素气了。旧照片也被大姐铰碎从下水道冲走。张太太被抄了家，第二天便投河自尽了。据说抄出了钻戒和紫貂。奇怪的是当时人们都很麻木，这样的消息一点不能引起轰动。外婆急忙把镀金佛像收了起来。其实据我观察，革命的大姐未必会将这些物什上交。

后来发生的一些事果然证实了我的推测。十七岁那一年从兵团回家探亲，正当"花季"，市面上却仍是一片萧瑟。好不容易在王府井找到了一家"益民商店"，专门卖出口转内销服装的，这地方立刻成了沙漠里的绿洲。我在兵团月工资三十二元，每月七元饭费，五元零花，还要剩下二十元。寄了一些给家里，手上还剩了百十来块，也算是当时同龄人中的"大款"了，便毫不吝惜地花在穿上。先是花九块多买了一件的确良花衬衫，淡绿上有古铜色细致图案的，众人都说好。紧接着又买一件长丝的确良绣花短衫，商标上俨然绣着"精工巧制"和"Made in China"，十四块钱，因为太奢侈，只好把它锁进柜子里。直到1978年上大学的时候才拿出来穿，依然很显眼。后来又有一件毛衣，浅黄的，袖口和下摆有同样的咖啡色大花，在那个年代该算是非常特殊的了。好像是二十多块钱，我在柜台前转来转去，心痒难熬。终于没有舍得买。却又忍不住对邻家的女孩说了。谁知那女孩倒是个有心人，悄悄买了来。终于在我十八岁生日那一天，得到这样一件珍贵的礼物。那时买的衣裳结实得奇怪，怎么穿也穿不坏——一直到去年，才给了做小时工的阿姨，还像刚买了一个月似的。最后一回去益民商店，是在1976年大地震之后。当时都在外面摆摊卖衣服。且一般都是一次性甩卖，价钱低得惊人。有件黑色连衣呢裙，镶威尼斯大花边的，只卖八块八毛钱，因售货员说我穿可能会小，略一踌躇的工夫，便被另一女士抢走，为此我后悔了好长时间。但当机立断亦有后患——有几件衣服便是不顾后果蜂拥抢来的，后来实在是穿不出来。又重新改造设计过，依然无效，只好送了人。还有一件黑色女士呢斜裙，腰太细而下摆太宽，还很容易沾毛，之所以决定买，完全是因为那售货小姐的妩媚笑脸。所以丈夫讥我若去了西方肯定会破产——那裙子还在箱子里搁着，送都送不出去。

时装和流行色不知什么时候开始拥了进来。头一回看皮尔·卡丹设计的时装，还真有点儿看不惯那些光头皮的塑形模特。许多人的审美趣味接受了严峻的考验。过去有"红配绿，看不足"和"红配绿，赛狗屁"的说法，无论是"看不足"还是"赛狗屁"都是极端。中国缺乏中间色。而流行色恰恰以它非黑非白、非此非彼的色彩悄悄散发着魅力。赭石色，淡金色，橄榄绿色，银蓝色……正是色与色之间的过渡，构成了神秘的不可言说的美。

心里终归还记挂着那几件旗袍。有一次，趁着"倒箱子"的机会，怯生生地向母亲提了要求。因想着那件西洋红的实在漂亮得不敢要，便舍而求其次，要了那梨黄的，母亲答应得倒很痛快。谁知觊觎者并不止我一人。待那旗袍到我手里，已变成了一件大襟短衫。我惊得说不出话来。真不知是谁竟能狠下心来剪断如此美丽的旗袍，早知如此，我宁肯不要。面对那伤残的旗袍我哀哀地哭起来，照例被母亲视为乖戾。后来才知道，原来大姐已抢先要了西洋红旗袍并剪去梨黄色的一半。——那时她已去了三线工厂，已经对当初"破四旧"的行为表示悔恨了。

为了补偿，母亲又将那丝旗袍给了我。如同捏了一团火似的，把旗袍收进箱子里，心里仍装着"西洋红情结"。直到几年后朋友从上海给我带来一件真丝双绉的衣料，那颜色恰恰合了梦中的西洋红。做成一件连衣裙之后效果却并不怎样好。洗了几水之后就更差了。从此不再想这种颜色。至于那件丝旗袍，直到结婚之后才穿过一回，丈夫却并不认为太好。且领口已经小了，只好用一枚领针别起来，到底没有张太太那般的风韵。

玩

如今"玩"的含义比任何字眼都广。玩政治玩文学玩股票玩房地产什么都可以一"玩"蔽之，玩可以掩饰一切目的，且透着轻松洒脱。

而"玩"字本来的意义却很单纯——我正是从这单纯的意义上来谈玩的。

一听大人说声"玩去吧"，哪一个小孩不像过年似的？小时候，特别是弟弟尚未出生的那几年，我可以说是嗜玩如命。最好玩的地方自然是"下坡"。交通大学幼儿园再往东有一约四十五度的斜坡，下去之后便能看见几排平房，平房前有一条小河，河边的青苔显出森森细细的美。常有白鸭在河上游。沿河往西去，是一片未开垦的处女地。那里荒草没顶，野花盛开，是我童年时代的乐园。

从闻到春的气息开始，这片荒草甸子便喧腾起来。夏天则是这里的极盛时代。整个大院的孩子们好像都集中到了这儿。有用网子罩蜻蜓的，有采野花、采麻果的，有捉迷藏的，有逮昆虫的，还有捡矿石的……三伏天的大中午，不动弹还出汗呢。就那么汗水滴滴的在荒草丛中穿梭似的跑，在震耳欲聋的蝉鸣声中，嗅着野麻果的气味。到了夜晚，这里更是美得奇特：萤火虫在草叶间闪着蓝幽幽的光，纺织娘低吟着，寂静中流动着神秘。我们拿着火柴盒跑来跑去捕捉着蓝色的光点，光脚丫儿被露水浸得凉津津的。

说到气味，我有个发现：四季似乎都有它独特的气味。夏天的傍晚更是有一种气味勾着孩子往外跑。小的时候我无数次地感受到了，却说不出来。那是一种饱和得快要爆裂的东西，犹如吹得透明的玻璃泡，不，它是柔软的，暖融融的，不断地膨胀着，紧紧地包围着你，让你不断地吻着它，于是你周身发胀，没法儿坐在家里乖乖地吃饭，只想浸泡在那种气味中慢慢发酵直到自己也化成同样的气体。

"我们要求一个人哪，我们要求一个人……你们要求什么人哪，你们要求什么人……"

"卖蒜哩，什么蒜？青皮萝卜紫皮蒜……"

"锯锅锯碗锯大缸，缸里有个小姑娘，十几啦？十五啦，再待一年就娶啦！"

"一网不捞鱼，二网不捞鱼，三网捞个小尾巴尾巴尾巴……鱼！"

每到夏夜，这样的歌谣便此起彼伏，融化在那种特殊的气味里，变为更大的诱惑……

奇怪的是做这种游戏的时候我每每会输。比方说，我总是莫名其妙地被人当作"小尾巴鱼"捞住，无论怎样也难逃法网。说"再待一年就娶啦"的时候，需要事先迅速地找好搭档，我却常常被大家忽然抛弃，变为嫁不出去的"小姑娘"。所以从小我便有一种"怕输"的心理，越是怕输越要输，最后真的到了三十岁才嫁。

但是在有些方面我的胆子又大得出奇。譬如说，爬树，爬墙，偷花之类。春秋之际，特别是春天，交大的整个校园都姹紫嫣红起来。榆叶梅，干枝梅，桃花，杏花，梨花，丁香，迎春……甚至牡丹芍药，枝枝火爆。每当月亮出来的时候，我和邻家的女孩玲玲便悄悄踱到校园里，见到好花便悄悄采一枝。最后集得一束插进自家的花瓶中。不过这是要冒极大风险的。首先是两道门岗，有时校卫队还要夜间巡逻。有一回掐梨花正好碰上巡逻队，我俩不约而同地各自爬上一棵梨树，也许是因为太紧张的缘故，一枝梨花恰巧落在一位师傅的脚边。我吓得气也不敢喘，那一分钟好像持续了一个世纪——终于，没有发生什么。雪白的梨花在月色中有一种温柔敦厚的感觉，回家后在灯下则是透明的，而且靠近根部的花瓣透出一种淡淡的绿，所以看上去像是玉石的杰作，又有一种玉石所没有的香气，静静地在屋中弥漫开来。不过赏花已照例不是我的事，我的全部乐趣都在那历险之中，当然，回家之后还往往难逃一顿臭骂。但那花的美遮蔽了一切，很快大家便陶醉在那香气之中而不再追究我的罪行。

特别喜欢下雨。喜欢看雨后的虹。更喜欢捡雨后的石子。那时的交大还没有柏油路。路上的石子便被冲刷得流光溢彩。一群群穿开裆裤的小屁股撅得像白蘑菇似的，每个人手中都拿着个小玻璃瓶，石子装进去用水泡起来，果然很好看。有时甚至能捡到矿石。姐姐便捡过水晶和云母，我也拾到过一种闪闪发光的石头，大家都说是金矿，我便用玻璃盒子装了做"标本"，后来终于不知去向。

上学之后女孩们都爱玩跳皮筋。跳皮筋时唱的歌谣也有一番历史的演变。姐姐那一茬人唱的是：小皮球，我会跳，三反运动我知道，反贪污，反浪费，官僚主义也反对！而到了我们，则变成：小皮球，香蕉梨，马莲开花二十一，二五六，二五七，二八二九三十一！这个歌谣唱了很长时间，并行不悖的还有：党中央发布总路线，全国人民总动员，鼓足干劲争上游，多快好省加油干，我们要做促进派，最响亮的口号是干干干，干！……更有用电影插曲套的：一束红花照碧海，一团火焰出水来，珊瑚树红春常在，风波浪里把花开……无论套用什么样的歌谣，女孩们都跳得兴致勃勃，即使在冬日的寒风中，女孩们也像翻飞的树叶似的活泼泼地飞舞——那时的衣着确实很朴素，因此不能用什么特别鲜艳的物质来形容。

文化大革命对于许多人来说是一场噩梦，可对于我们这些当时的小学生来说，则充满了一段稀里糊涂的美好回忆。首先是"停课闹革命"，这消息令我们欢欣鼓舞。起先还关心着国家大事，诸如骑车上各大专院校看大字报之类，也曾随大孩子们一起破过一天"四旧"，后来新鲜劲儿过去了，终于不耐，便玩开了，一玩就是两年。那一天"破四旧"是在对门赵太太家。赵先生是二级教授，赵太太又很会为人，因此平时很受尊重的。那一天进得门去，本来小将们很有气势，不想有人太急于建功立业，没看清楚便上去一把撕了一张彩色画像——那人身着帅服，浓眉细目，大家定睛一看，竟是堂堂林副统帅，顿时小将们矮了半截，赵太太轻描淡写地说了几句，反守为攻，小将们军心已乱，不再恋战，赵太太见好就收，及时鸣金收军，双方都很体面。我们这些小萝卜头见"破四旧"十分无趣，便不再加入战斗。

那时主要玩一种"攻城"游戏。在地面上画好方格，方格核心是一圆圈，A方守城，B方便攻城，武器是一装着小石子的布包，B方如能绕过A方防守将包扔至圆圈，B方赢，如B方三次机会均失，也就是说，A方三次防守有效，则A方赢，双方互换。这游戏玩起来很着迷。我却仍然是输。后来发现凡是有规则的游戏我一般都输，却比较擅长某些带有冒险性质的创造性活动。大约智力发展很不全面。另外仍常常去"下坡"，那里的荒草园早已变为一片绿地，夏天的夜晚再没有萤火虫飞来飞去，但那条小河仍在。尽管河水不再清亮，也没有白鸭浮游，雨后却还可以拦鱼拦虾——是极小的鱼虾，可以养，也可以吃。用面粉拌了炸成丸子，蘸上盐和胡椒粉，味道很香。

十六岁不到去了东北兵团。冬天气温常在零下四十度以下，冰天雪地，且一年四季都有活儿干：春天踩格子，夏天铲地，秋天割麦子，冬天做颗粒肥，没有闲下来的时候，与"玩"似乎绝缘。但第二年我便想出了新玩法：秋收时可以把马号的马牵来帮助攒场，于是我便借此机会天天牵马。日子一久，诸马都与我相熟起来，尤其是一匹瞎了一只眼的马格外老实。我便趁着午休时间悄悄把独眼马牵到最辽阔的八号地，企图从骑它伊始，最后达到纵横驰骋的境界。谁知一开始便惨遭失败：我好不容易踩着一块石头翻身上马，后面便忽然雷鸣也似的大吼一声：干什么呐？给我下来！我全身一抖，棉胶鞋正踢在马屁股上，独眼马疯了似的狂奔起来，我在颠得骨软筋麻之后被毫不犹豫地甩将出去，那一刹那真的有天地倒悬之感。第二天，连长在全连会上大吼大叫：连里三令五申不让骑马，可偏偏就有人违反规定！还是个丫头！平时看着蔫不出溜儿的，敢情蔫儿人出豹子！蔫萝卜辣心儿！……

真是"创伤深重欲笑不能，年龄不小不便再哭"。玩的历史遂中断。

直到去年，家里买了游戏机，原是陪儿子玩的，谁知渐渐入迷，自己也非常投入起来。《魂斗罗》能玩到出一身汗，和儿子互相拍着肩膀大叫"好兄弟"，互相埋怨起来更是遭到丈夫的讥笑：这哪像母子，分明是姐弟俩！终于无奈地发现七岁的儿子的反应要快于我，当然，他也常常要赖皮，譬如玩《赤色要塞》时，开花雷都在固定位置上放着，谁吃了谁的子弹便增加杀伤力。他便不管怎样，一律不让我吃，并且在双人对抗的游戏中儿子有个不成文的规定，那就是我只能输不能赢，否则便要闹将起来。我只好为了和平共处而采取绥靖政策。想想童年时越怕输越要输，现在总算没有怕输心理了，却又要被迫输掉，真真这辈子没有做胜者的指望了。大约自古来的游戏便有两种：一是讲究游戏规则，二是成者王侯败者寇，只要赢，不择方法手段。我想，如果有人能把这两者结合起来便该是高手了。可惜我不能。看儿子的吧。

佛　事

过去老人常说，小孩儿的魂儿是飘忽的，不固定的，会常常被莫名其妙地吓坏，所谓"魂不附体"是也。故而有了给小孩儿"叫魂儿"一说。六岁那年，我也曾有过那么一回劫难，吓坏我的，竟是大慈大悲的佛祖。

外婆是个虔诚的佛教徒。小时候，我和她同住一间房。每天在龙涎香的气味和木鱼的音响中沉沉入睡。一切都是那样神秘。尤其让我好奇的，是那座高大佛龛上用红布罩着的玻璃匣子。据说，佛祖释迦牟尼便端坐在里面。外婆将那佛像视同生命一般，以至我活到五六岁也不曾与佛祖有一面之缘。几次想揭开那"红盖头"看看，不知为什么心里总有点怕。

偏我小时又多病多灾，常常莫名其妙地生病，加上特别胆小好哭，性情孤僻，极不讨大人的喜欢。外婆拜佛时常说："我在他老人家（她永远称释迦牟尼为他老人家）面前求一求，为你消灾延寿。"我却并没有因此好起来，暗暗地怀疑外婆是不是真的为我祈祷了。因为我太知道我们姊妹几个在外婆心中的座次——这大约是每个孩子与生俱来的敏感。

满六周岁的那一天外婆忽然发了慈悲，说是要带我去广济寺做"法事"。"求求他老人家保佑你消灾延寿。"外婆说。我心中暗喜。因为我知道"法事"之后照例有一餐"素斋"伺候。以前这种好事都是被两个姐姐垄断了的，我对此向往已久，因此那一天便早早起了床。

外婆早已梳洗完毕，用刨花水把头发抿得油光水亮，发髻上别一支雕花骨簪，利利索索一袭黑色香云纱旗袍，闪闪烁烁一对珍珠镶金耳环，衬出雪白的脸和两道线一般纤细的眉——我相信外婆年轻时定是个美人，不仅漂亮还十分精干，当时外婆虽已年逾花甲，却依然是家里的"大拿"。每天早上都是头一个起床，做早饭，然后给我们三姊妹梳头。外婆梳的头讲究得很：先用梳子，再用篦子，今儿梳盘花明儿又梳抓鬏儿，把我们的脑袋弄得眼花缭乱的。

那天外婆给我戴了一支福字的小红绒花，让我把颜色衣裳穿了，又用香胰子洗了三遍手。比过年过节还隆重。还没去呢，心里便有了隐隐的敬畏。

外婆利索地颠着一双小脚把我领进了广济寺。广济寺在北京西四，当时里面有个"居士林"，隔段时间便要做场"法事"。进得院门，便有几位爷爷奶奶伯伯婶婶很尊敬地同外婆打招呼，外婆也一改平时的严厉面孔而显得春风满面。大家互称"居士"，与外面"三面红旗高高飘"的喧闹俨然是两个世界。

"法事"开始了。因为进去得晚了，我们只在大殿靠门处找了两个蒲团。外婆向一个身披金红色袈裟的和尚作了个揖，双手捧给他一个包包，他接过去，也还了个揖，嘴里不知说了两句什么，便拿了东西到供桌那儿去了。然后外婆恭恭敬敬地跪下来。因为远，又被许多彩条屏障遮蔽着，我仍看不清佛祖的形象。何况我的兴趣并不在那儿——我完全被那一派金红色袈裟慑服了。后来，当一个老和尚扯着尖利的嗓子领经之后，所有人（除了我）一同颂起经来。有许许多多的光头在震耳欲聋的声音中有节奏地起落着，像月亮似的在那一片沉沉的金红色的霞中升起，又沉落。

好容易盼到了用素斋。陆续走进斋房，只见有一张长长的桌子，上面摆满了豆腐面筋之类，还有素鸡素鱼素肉，做得极尽精美，还未品味，便被"色、香"诱惑。我这才觉得早已饥肠辘辘。当时正值三年自然灾害期间，父亲虽然算高工资，无奈一人养活七口，还要给老家的爷爷奶奶寄钱，生活自然清苦。何况我在家历来属于"姥姥不疼，舅舅不爱"的主儿，有好吃的也轮不上，竟有过到外面采槐花、摘榆钱儿充饥的"苦难史"。如今见了这等精致的素菜，岂有放过之理。那一个个文雅的居士们都变成虎狼之状，转瞬间便将满桌饭菜席卷一空，连咸菜碟也空了。自此我方才得到做"法事"的真谛，心里于是也踏实多了。

如果那一天在那时结束，便会成为我终生难忘的美好记忆。谁知节外生枝，这一点记忆最终发生了质变。

当时外婆忽然来了兴致，说是领我在广济寺里转转。于是又转入一个大殿，先是看见笑眯眯的弥勒佛，然后看见一尊年轻将军似的菩萨，双手执杵，很威风的样子。外婆告诉我这菩萨名唤韦驮，是佛教里专门守卫大雄宝殿的护法神，他手里拿着叫作降魔杵云云。说着来到另一个殿的拐角处。这里十分阴暗，阴暗中直挺挺矗立着色彩斑驳的几根柱子。柱子上结着蛛网。冷不防地，我忽然看见那蛛网之中有三尊巨佛在幽暗中俯视着我——那佛像是那样的巨大，又因了年久失修变得无华无彩一片苍黑。面孔上的斑痕构成狰狞的表情，而且他们是倾斜着的，好像马上就要砸到我头上——那种狰狞的俯视对一个孩子构成一种极大的恐惧。我一下子倒退了好几步，几乎摔倒。然后"哇"地大哭起来。哭声一下子破坏了那庄严肃穆的氛围。外婆断喝数声无用，只得好言相哄，我却不理不睬，呜呜咽咽地直哭到家里——后来我才知道，那正中端坐的，便是我向往已久的佛祖释迦牟尼。

当天晚上我发起高烧。怪梦中似乎有不断的狰狞面孔从天而降向我身上碾压下来。迷迷糊糊地不知烧了多少时候，大约还曾说过胡话。清醒之后我看见爸爸妈妈和外婆都在我身边。外婆喜滋滋地捻着佛珠："好了好了，这下你的孽根烧断了，一定会消灾延寿的。"

几十年过去了，我大"灾"没有，小"灾"不断。至于"寿"，恐怕只有留待以后验证了。

近来偶然翻看佛教的书，才知道早期佛教是不出现佛像的。在印度阿育王时期，表现佛的"逾城出家"不过是几个信徒向巨大的佛的足迹跪拜罢了。因为早期佛教认为佛既然是超人化的便不应有具体相貌。直到犍陀罗时期才出现了佛像。

于是心里隐隐有个不敬的想法：似乎还是早期佛教明智一些。

外婆已去了十多年。活了八十九岁，且是无疾而终。不知是不是心诚则灵的缘故。

梦　境

我总觉得梦和一个人的灵性有牵连。当然，这梦不是那种"日有所思，夜有所梦"的梦。这是一些稀奇古怪的梦。是无法用白昼的想象所完成的。我总疑心每个孩子都做过这种梦。不过是人长大了，许多事便忘了，于是不再记得孩提时代的梦。

人的远古灵质一定是被欲望侵蚀掉的。于是灵质也就仅仅属于孩子。好在我的记忆很值得自豪。记得很小的时候常常重复地做同一个梦：我家的便池后侧在梦中出现了一条通道。我钻进通道，便会来到一家商店。这商店总是陈列着同一种方形蛋糕。上面印着两个踢足球的人。下面的梦境有些模糊，我记不得是怎样穿过商店忽然来到一片仙境似的乐园的。总之，呈现在我面前的是一片极美的花，每一朵花上都栖着一只极美的鸟，更确切地说是那时商店里常见的一种彩色绒鸟。这鸟不会飞。可以很容易地把它装进衣袋里。也就是在这时候，我每每要抬头看见一座巨大的牌楼。上写四个大字：极乐世界。梦总是在这一瞬间惊醒。

三十年后我对北大中文系的洪子诚教授谈及此事，他笑一笑说：原来极乐世界藏在你们家的便池后面。

还常做的一个怪梦是：天上乌云翻卷，乌云汇聚成一个个巨大的人头俯视着我。在一种近似绝望的处境中，忽然有两个猎人打扮的人出现在街市上，他们极其高大，腰围兽皮，我便不由自主地跟着他们走，走到哪里并不清楚。总之是摆脱困境了。这个梦，在几十年之后的第三届青创会上，曾请广西的黄女士破译。黄女士当时极火，青年作家们众星捧月似的围绕在她周围。当时因徐星跟她私交较好，好不容易才同意接见。及至见了，很委婉地说她精神不大好，只能圆梦，不能算命，我们立即齐声应道：能够圆梦便很好了，别无奢望。于是和我同房间的女编辑先开了口。那个梦我早已忘却，只记得当时黄女士漫然应道：你已经离了婚，现正渴慕一男性，但你要同他结合，需经一番周折。女编辑黯然神伤，不再说话，我却不以为然。因我自以为对女编辑知之甚深，她结婚不过两年，就是在算命之前还在谈着她的丈夫。离婚当属无稽之谈。心中的敬畏便早已减去了几分。轮到我时，我只将关于猎人的梦讲给她听了，谁知她三言两语，句句中的，特别是对于已发生的事，竟说得毫厘不爽，令我不得不折服。心中感叹原来神灵是有的，只不过并非人人适用而已。

小时候常听妈妈和外婆讲她们的梦。妈妈常做一个噩梦：梦见自己过关，大概是鬼门关吧。有一个老头看守。而且每逢此时便有钟响，令人毛骨悚然。奇怪的是父亲死后妈妈再没做过此梦。外婆是佛教徒，做的梦似乎也有佛性，她梦见自己落下悬崖，有巨手来接，显然是佛之掌。每每感叹：到底是老佛爷慈悲，虽是贪、嗔、痴之人，仍然来救。那几天便加倍供奉，脾气也好了许多。而父亲、丈夫、弟弟这些男性公民则从未说过梦，不知是沾枕头就睡着还是遗忘机制特别强，总之远古灵性似乎是女人专利，难怪连西方也有女人和猫有九条命的说法——均属阴性动物是也。

成年之后，特别是结婚之后很少做梦，自谓原始灵性已遭毁坏，沦为庸人，地地道道的一身俗骨。相反地，姐姐却是中年得道，自三十五岁之后，接二连三地爆出许多怪梦冷门。其精彩程度绝不在我童年梦之下。譬如班禅大师圆寂后她曾有这样一个梦：远方碧蓝的天空显现出金碧辉煌的布达拉宫，她由一小和尚牵引着过一独木桥，小和尚向她微微一笑，伸过手来，每逢讲到此处，姐姐便很动情。并且在过桥之前有遍地蛇状的黄金。无疑桥那边便是彼岸了，那小和尚便是佛祖的使者，前来引渡而已。曾向高人半仙兄讲述此梦，此兄击节赞叹，说是姐姐非凡人也。后来此梦果然部分地应验——此是后话，就不多说了。

婚前做的最后一个奇梦是关于父亲的。其时父亲刚刚去世，我梦见一仙境，背景是原始森林。前面是一面美丽的湖，有梅花鹿在湖畔漫步，父亲与一古装老人正在悠闲自在地谈天，那老人似乎就是老子或庄子。父亲的面容也同老人一样恬淡。这时忽然眼前一黑，仙境逝去，原来竟是一长而宽的银幕，有画外音道：某某某（父亲的名字）教授就长眠在这青山绿水之间。于是场内灯亮，梦醒。此梦几乎原封不动地引入我的一篇小说之中。因父亲生前极善良，又吃过许多苦，我想如果按照佛教教义，他是该有个好去处的。或许是他去了，托梦来告诉我，也未可知。

公正地说，婚后也没有完全断绝预感和应验的老故事。1985 年生小孩之前曾做一梦，那天正好要去医院做 B 超，此前我和丈夫一直认为怀的是女孩，理由便是女孩打扮妈，而我那时的确形神俱佳。谁知那天中午忽然做了个短暂的白日梦，梦见一个可爱的男孩在澡盆里洗澡，周围一圈儿人胳肢他，他咧着没牙的小嘴咯咯地笑。醒来，那笑声似乎还在耳边。给丈夫讲梦的时候他还不以为然，及至B超结果真的是个男孩，他也呆了。最绝的是儿子长到一岁时，简直就和那梦中男孩一模一样，这真不知如何解释了。

所以当读到荣格小时候的神秘故事及成长经历之后我十分心领神会。荣格是极聪明的，他的聪明就在于他很好地转化、并掩饰了自己。聪明人一般都没什么好下场。我总结了两句话，叫作：要么当骗子坑别人，要么当疯子坑自己。如果不想做骗子或疯子，就得像荣格那样掩饰和转化，使自己变成一个凡人（起码在表面上）。变成凡人的最重要因素便是家庭：荣格聪明地娶了一个贤良的妻子，聪明地生了一群孩子。连他自己也说：我的家庭时时在提醒我是个实实在在的普通人，他们保证了我能够随时随地返回到现实的土壤。

荣大师在释梦方面超越了前辈弗洛伊德而自成一体。据说在希特勒崛起之前荣格便从梦中感应到"金发野兽"将要冲出樊笼。在荣格所做的无数个神秘梦中有一个特别引起我的兴趣：他梦见本堂神甫的牧场上有一深深的通道，他走下去，见到一半圆门，上有厚厚的帷幕掩盖，地上铺着石板，有一块红地毯一直铺到一宝座前，那是一个精美绝伦的黄金宝座，是真正的王位。王位上屹立着一个巨人般的东西，那东西的质地十分奇怪，是用活的皮肉做的，无脸无发，一只独眼凝视着天花板。就在这时他忽然听见母亲的声音从高处传来：就是它，这就是那吃人的妖魔！于是荣格大汗淋漓地醒来。彼时他不过还是个三岁顽童。几十年之后他才悟到那帝王宝座上的东西原来竟是一个巨大的男性生殖器。

比起大师来我的梦自然相形见绌了。不过有一点很奇怪，那就是无论东方还是西方，孩子们似乎都对于冥冥中的什么充满了恐惧和敬畏，这大概就是所谓原始图腾崇拜心理吧。但是东西方的图腾似乎很不一样，一个是：神。另一个是：人。当然，也有共同之处：神性的人或曰人性的神。远古时代，人神合一，而后来人背叛了神，也就遭到了神的遗弃。现代人中只有极少数人神性尚存，于是神的宠儿将过去未来现在之事告诉神的弃儿，当属天经地义之事，实在没什么好奇怪的。

想通了这个，便明白了黄女士圆梦的秘密。最让人叫绝的是青创会开过六年之后，也就是今年，方知黄氏当年为女编辑圆梦的极度准确性，女编辑已历经坎坷与当年的有情人终成眷属，真真可喜可贺，只是不知道她是否还记得六年前的那个下午，黄女士慵倦地斜倚在床边，越过所有人的目光，旁若无人娓娓道来。

女　红

女红这个词大概不会出现在下一世纪的辞典上了。就是再细致的征婚启事，大概也不会有擅长女红这样的字眼。电子和机械代替手工，这是个代用品的时代，一切都可以代用。

但女孩的天性似乎不可代用。应当感谢母亲。从很小的时候，她便开始教我织袜子。是一种白色尼龙线。把一种发针拉直了，做成织针，织出的袜子结实得奇怪。我很快掌握了织袜子的技巧，给家里每个人都织了一双。但是母亲似乎有一种收藏的癖好，她不断地让我重复劳动，直至我对织袜子深恶痛绝。

幸好母亲又转移了兴趣。有一回她翻东西，翻出年轻时候描的花样儿，竟厚厚的有一叠，大多是花草，也有怪怪的，譬如有一幅样子，是一朵半开的花，花芯里有一美人的脸，是侧面，有长长的睫毛，我看了喜欢，就学着绣。母亲有满满一匣丝线，大概有十几种颜色，好看得不得了。尤其是茜红色和淡青色两种，简直柔和得像梦，后来竟再没见到那样的颜色。母亲给我一小块白色亚麻布，我小心翼翼地拓下花样儿，用绣花绷子绷了，用了一下午的时间绣好，花瓣用了水红，叶子用了苹果绿，美人的嘴一点鲜红。自以为好看得很，谁知外婆拿出她年轻时绣的茶杯垫，把我的母亲都看傻了。一件宝蓝缎底上绣金钱花，一件淡青缎底上绣荷花莲藕，都是极尽精美。宝蓝色那件，花的轮廓都用金线嵌边，铁划金钩，很像国外教堂那种罗可可式的彩绘玻璃；淡青色的则以银色线为主调，藕是玉白的，两件都滚了边，是圆的"线香滚"，又叫"灯果边"，精细到一朵花看不出丝线的缝隙，只当是又凸起一层缎子似的。后来我把这两件东西缝在一起，做了一个圆形的小钱包，里面放了几件小手饰。宝贝得什么似的，现在还收在箱子里。

后来又学织网兜。现在三十七八岁左右的人都记得，60年代初有一阵织尼龙丝网兜的狂热时期。织一个，可以挣七分钱。积少成多，一个月下来，也算是一笔收入。有些家庭困难的女孩子一天可以织上二三十个，针针飞"梭"走线，看得人眼花缭乱。不知为什么，无论我怎样努力都无法达到这种速度。

还有玻璃丝。也叫电丝。那时的小女孩谁不攒上几大包，各种各色的。本是用来扎小辫儿的，当时女孩以长辫为美。黑黑亮亮扎上两根大辫儿，走起路来，风摆荷叶似的一飘一坠，再配上或鲜红或碧绿或天蓝或杏黄的玻璃丝，煞是好看。后来到了60年代中后期，也就是"文革"时期，女孩剪了革命头，玻璃丝用不着了，于是就用来编东西。在那个许多人累得吐血的年代，我们这些小女孩儿却常常闲得无聊，由无聊而创造，且有公平竞争：每人手里都拿着一把玻璃丝，或编钱包，或编杯套，倒也自得其乐。

渐有了花样翻新。知道玻璃丝还可以编好些别的东西：金鱼，热带鱼，小鸟，蝈蝈，白鹅，葫芦，桃花和梅花。我还在这些作品的基础上创作出蜻蜓，青蛙，小兔吃萝卜等等。有一回，我在姐姐的书包里发现了一只极精巧的小葫芦，翠绿欲滴，我攥住便不肯撒手了，悄悄地给它转移了住处，待到姐姐问起，只咬紧牙关说不知道，直到东窗事发，受了皮肉之苦，依然不交出来。最后姐姐也就算了。好笑的是这些东西竟成了我嫁妆的一部分，新婚那天我宝贝似的拿出来给夫君展览，他看后笑道：你真是个永远长不大的女孩。天长日久，那些宝贝都褪了颜色，早不如记忆中那般绚丽了。

再就是织毛衣。也是很小便学会了。因为有织袜子的基础，所以学起来很容易。后来又学各种花样。在兵团的那几年，曾给母亲织了一件毛背心，是紫红和雪青两色线的，织成玉蜀米花样，并不怎么好，几年之后，却仍见母亲穿着，心里便隐隐有点心酸，早把过去跟母亲之间的恩怨，抛到了很远很远。织毛衣其实是很使人安静的。前些年有一阵我心里很烦燥，什么也干不下去，便开始织毛衣，织了拆，拆了织，就在这种简单的重复劳动中我渐渐恢复了平静，在织针单调的音响中，心如止水。

婚后给丈夫织了一件很大的毛衣。足足用了两斤线。故意要织成那时很时髦的宽松式，织成了很好看，穿起来效果却不理想，闹得丈夫的同事们纷纷开玩笑：老黄，你要警惕哩，这毛衣好像不是为你织的哩！说得丈夫悻悻的，后来果然找借口收了起来，只好又陪他去买新毛衣。

踏缝纫机，也曾是种乐趣。小学的仓库附近有两台缝纫机，少先队干部值班的时候我们常去踏着玩。家里买了缝纫机之后，母亲让我练着匝鞋垫。盛夏的中午，蝉无休止地鸣着，家人在地面铺的凉席上发出轻柔的鼾声，这时踏起缝纫机来特别惬意，间或窗外还有凉风习习，匝好一个鞋垫后，将有一支五分钱的小豆冰棍等着我，可以吃得满嘴甜香。

从兵团回来的那些日子里，因为羡慕外国画报里那些"资产阶级"的衣裙，开始学习裁剪。母亲过去的一本裁剪书是50年代初期出的，有不少好样子（起码在当时这么认为）。我只是看了看，便找出一块三寸布票一尺的布，上去就是一剪子，母亲吓了一跳，咕噜道："这丫头是狠些，我学了这么些年的裁剪，还不敢下剪子呢。"后来那块布做了一件无领无袖的短衫，竟然还穿了些日子。后来自己设计衬衫，是的确良的，有古色古香的蓝色大花，我把剪剩下来的边匝成一道波浪形的花边，镶在胸前，还带卡腰，穿起来效果很好。于是一发而不可收，连续裁了几件衬衫，还都是新样子，有一件按照洋娃娃的衣服做的，灯笼袖，中间镶了宽宽的花边，做成了不敢穿，只好穿在里面露出一点衬领，造成一种"犹抱琵琶半遮面"的效果。后来又和邻家的女孩玲玲合作（我裁她匝），做成一件墨绿色丝绒裙和一件绛红色尼龙裙，穿着绿色的那一条照了好多相片，果然显得苗条多了。

可是从来不敢给别人裁。惟一的一次还失败了。是在苏家坨插队的时候，有个新来的高中生裁一件淡粉的短袖衫，我自以为驾轻就熟，一口答应，谁知裁好之后，袖笼的接缝处对不上，只好又在腋窝处安了一个三角，那女孩并不知这其中奥秘，还千恩万谢的，令我汗颜。

黑龙江兵团的冬闲时期，有一段时间女孩子们狂热地爱上了绣花。自上海知青始，每人拿个绣花绷子，互相描了花样儿，便开始飞针走线，晚上打夜班做颗粒肥，白天休息时间便全天绣花，也不知哪儿来的那么大精力。因为别出心裁地画些绣花样子，我的一切都开始有人代劳：洗衣服、钉纽扣、打饭……真是有绣得好的，有一位叫作陈阿美的上海姑娘，会绣剔空的挖嵌，这一绝技我始终没有学会，只学会一种凸花的绣法，也无非是在绣之前，在丝线下面埋下粗线而已，花很少的钱买上各色府绸布，在上面绣白色的花，然后做成枕套，在那个单色调的时代，成了一种享受。

奇怪的是当一切都极大地丰富起来之后，对那种美的享受要求反而降低了。世界五光十色令人眼花缭乱，一切都来得太容易了，所以不再追求。终于发现自己具有"奥勃洛摩娃"本性。女红已经扔掉了好久，只有在偶尔翻箱子的时候，才找出那些曾经那么吸引我的东西感叹一番，像是在上一个时代得到的馈赠，虽然好，却已经异常陈旧了。

育　儿

羔羔这名字的来由实在有点儿难于启齿。我曾经是个独身主义者，抱定宗旨不结婚的。后来既结了婚，又抱定宗旨不要孩子，像国外那些"丁克夫妻"（Dink）一样的。但还没来得及声明我的观点，孩子便堂而皇之地来了。也曾想让他自行离去，诸法使尽均告失败，愤懑已极，指着肚子，愤愤然道：这羔子！丈夫听了觉得好玩，也随着叫起来。当时并不知是男是女。

很奇怪，就在准备做 B 超的那天中午我做了个梦，梦见一个胖乎乎的小男孩裸身坐在澡盆里，一圈儿人围着胳肢他。小男孩露出没牙的小嘴咯咯地笑，梦醒，笑声仍然余音袅袅。B超结果真是个"带柄儿"的。更邪的是，待到小东西长到一岁，竟与那梦中孩子一模一样。一时颇以为他有点来历。

那时没有自己的房，只好到婆家去"坐月子"。婆家"本部"有一套房，临街尚有一间与人合住，我和丈夫便住进那间房里。因没有厨房，做饭要回"本部"。羔羔又极能闹，半月下来，丈夫脸已发绿，于是急流勇退，上班去也。剩我一个堕入阿鼻地狱，永受轮回之苦。那时节，除一日三餐公公送饭之外，真个是不见天日。日夜伴随的，只有羔羔。

羔羔长得的确漂亮。生下来便很舒展，不像一般的婴儿那样小核桃似的皱皱巴巴。皮肤很白。婆婆常疑心我给他抹了粉。嘴巴红而小，但弹性很好，哭起来也能占去大半张脸。最迷人的便是那双黑而亮的大眼睛和长而弯卷的睫毛，这样的睫毛，大概父母系双方祖上也不曾有过。我坚信是科学育儿的产物——据说核桃可以助长毛发，而我在孕期吃了三个月的核桃。

有一天，秋阳暖暖地照着，喂过奶，羔羔舒服地躺在我怀里，忽然向我甜甜一笑——这是有意识的那种笑！我的羔羔会笑了！我简直想哭，心里也知道从此进入傻妈行列，但就是忍不住眼泪——那种牢狱般的生活使人变得很脆弱，智商也不可抑制地急剧下降，竟常有词不达意，或干脆说不出话来的时候。我只好对着惟一的听众练习说话，直到听众不耐地哭叫起来：或吃，或拉，或撒。看来母爱的产生绝对带有被迫的成分，而一旦产生便不可逆。两个半月之后因为身体的原因同孩子分离了。当看着那小小人儿被爷爷抱走的时候，我真的觉得心在流血，我才发现诸如"肝肠寸断""撕心裂肺"一类的词儿一点儿不过分。幸好羔羔极早便认母，每逢我去，就伸出小手扑向我，任谁也不要了，公婆脸上便悻悻的。但谁又能拆散母与子的秘密契约呢？那是上天所惠赐的，是几世的缘分啊。

两岁时终于接了回来，孩子蔫蔫儿的，大不似先前活泼，"孝心"却是有的：逢我生病，一定要从药盒子里拿了药颠颠儿跑来，把药往我面前一扔，说一声："妈妈，吃苦药吧！"而当我被"苦药"苦得苦眉皱脸时他便咯咯地笑起来，快乐无比。而当他生了病，便一定要我抱着他走，边走还要边唱，一直唱到他入睡。那时最常唱的是《麻雀与小孩》，也是从我母亲那里批发来的——一部30年代便流行的儿童歌剧，一定要整部地唱下来，落了一段大眼睛也要睁开来，于是在那目光下我只好诚实无欺地唱下去，不敢再耍花枪，但心里暗叹还是当爹的说得对："这真是个南禅（难缠）居士啊。"

从小在歌声中长大，于唱歌却没什么天分，羔羔学的第一首歌叫作"河里小鱼游啊游"，实在不能算是唱得好。后来在他五周岁那天，我刻了一幅剪纸：一个大脑袋、长睫毛的小男孩正在挺着小鸡鸡撒尿，很神气的样子，几条小鱼游向河边，张开小嘴接尿，题目叫作"河里小鱼游啊游"。见者一看便叫：这不是羔羔吗?! 丈夫单位的人更有邪的——每人复印了一份珍藏起来。我着实得意。

虽然当"天才儿童"已无望，但在有些方面羔羔却得天独厚。譬如：品尝。又如：鉴赏。品尝便不多说了，诸君自可意会。单说鉴赏：有一回我借来一本很大的巴黎时装杂志。母子俩一起翻着，品评着，忽然发现，儿子的审美趣味无可挑剔，简直令我惊叹，从此每每装扮起来便要儿子来品评，儿子倒也乐此不疲，只是丈夫彼时便要打翻醋壶，冷嘲热讽一番，却也终无大碍。

电视对儿童的影响大到不可估量。孩子们在一起不是"天马流星拳"就是"克塞前来拜访"，画的画是长犄角的机器人，睡梦里也握着变形金刚。过去羔羔从来坚持长大"不娶媳妇"，自打看了《戏说乾隆》之后忽然改了口，说是"娶不娶你们选择吧"。后来才知道原来打动他的是赵雅芝。不过羔羔还是很有正义感的，当对门的小朋友乐乐说"爱上"班里某女孩时，羔羔很严肃地对我说，乐乐导（早）恋了（他始终咬不清字）。表示了极大的愤懑和蔑视。

今年三八节，他写了封信给我。信封上歪歪扭扭地画着一颗心。信里写着：亲爱的妈妈，伟大的三八妇女节到了，我祝您节日愉快，身体健康！……当我还是婴儿的时候，是您养育了我，一把 shi，一把 niao（屎、尿原文如此）地把我养大……现在我上二年级，懂事了，不用您操心了……丈夫在一边嘟囔："整个儿没我什么事儿，我算冤大头了。"我忍不住笑起来，笑着笑着泪水流了出来。我把信放进抽屉的最深层，想着或许二十年后我会把它拿出来，念给他的儿子听。

饲　养

小时候有一天，阳光灿烂的日子。一只中等大小的鸭子慢慢走进我家的院子，在石竹花和仙人掌中间穿行，一身的毛被太阳照得金灿灿地闪光，黄缎子似的。从那时起我们常吃腌得流油的咸鸭蛋。那鸭子每天下一个蛋，有时还是双黄的，外婆说这鸭子是来"还债的"。

其实"还债的"并不止鸭子一个，还有鸡、兔、鸽子。鼎盛时期的鸡和鸽子大约各有十余只，每天光扫鸡屎便要七八次，好在那时住的是平房，每天早早便将它们放出去，看着它们在阳光里打滚儿。只有一只老油鸡永远不玩，"猫"在窝里，脸一红，就下蛋。

还有一只白色来杭鸡，永远瘦瘦的，行动很利索，也是有旺盛的生育能力，只是生下的蛋是白的，石雕样的冰凉，不像那只爱红脸的油鸡，有那样暖乎乎红润润的蛋，让人一看就感到春般的温暖。

兔子有四只，三只白一只灰。白兔是红眼睛粉嘴巴，灰兔的眼睛则是黑的，我和姐姐当然喜欢白色，但据说真正贵重的是灰色，叫"青紫蓝"。后来四只兔子都炖了肉，味道是一样的，皮剥了去卖，价钱却极不同——青紫蓝要高出两倍多。

也曾养过几回猫，时间都不长。很小的时候我在洋灰地上用石笔画画，猫以为我在逗它，扑过来不由分说把我抓了满脸花，我大哭大闹逼迫母亲立即把它驱逐出境，母亲无奈只好把它送了人。很久之后才又养了一只白猫，几乎天天给她洗澡，依然长跳蚤，且招来许多公猫，凌晨4点便开始叫，一夜夜冤魂似的惨号，几声凄厉，几声抽泣，最后终于无法忍受，任其和一野公猫私奔了。

没养过狗。很小的时候只去玩邻家的狗。是一只很小的卷毛狮子狗，只喝牛奶，毛色也和牛奶一样雪白。名字却莫名其妙地叫小花。邻家是颇有洋派头的。男主人是留美回来的，教授。冬天总是穿件黑大衣，领子竖起来，有点"尖头曼"的风度。女主人据说过去是个舞女，但也看不出怎样漂亮，脸黄黄的总爱吸烟，要么就是瘫坐在沙发里，抱着小花玩。

小花的小主人是五哥，比我大五岁，当时上小学四年级。按说他家很有钱，他又是老幺，应当很受宠，但不知为什么他却总是不快乐，常常一个人在门口的石台上枯坐，一坐就是大半天。他有很多洋画，都是成套的，西游记、水浒、封神榜……还有好多玻璃弹球，五光十色。他教我拍洋画，弹弹球。后来他家搬走了，洋画弹球都归了我。他家搬走是因为他父亲——那位留美的"尖头曼"被定为右派。那时我并不懂这个词，只记得在父亲的一本书里画着一个穿黑大衣、竖着领子的人，他嘴里吐出一条条毒蛇。

小花自然也跟着走了。

我最怀念的当数鸽子。曾有过轰轰烈烈的一大群。每天放。鸽子飞向天空的时候有一种壮美的气势。那时的天空很蓝。鸽哨声低低的有如远方的风铃。那时所有的孩子都仰望天空，好像小小的心也跟着飞去了似的。

唤鸽子的嘟噜声我始终学不会，弟弟却学得极像。鸽子飞累了，弟弟一声呼哨，接着卷起舌头嘟噜两声，鸽群便扑棱棱地飞下来，在小米的黄金雨中，争食。有两只索性就站在弟弟的肩上，前呼后拥的，弟弟一副居高临下的表情，简直如同王子般神气。

喂养却是大家的事。我钟爱那只全身雪白、红冠红嘴的雄鸽，常悄悄给它开些小灶。后来又抱着它拍了张照片，那姿势令人想起解放初期那幅家喻户晓的招贴画《我爱和平》。但是好景不长，一只长着凤头的野雌鸽飞来，很快破坏了白鸽的纯洁——一窝小鸽子诞生了。水性杨花的凤头移情别恋，小鸽子嗷嗷待哺。可怜的白鸽只好担负起喂养后代的责任，它每天只出去一小会儿，到点儿便回来，刚一回窝，便被小鸽子撕咬起来，它不断把吃下的东西吐出，依然不能满足儿女们贪婪的需求，一张嘴被撕得鲜血淋漓，那种精神令人想起佛祖当年舍身饲虎或割肉贸鸽。后来，小鸽子长大了，再后来，做成了一碗美味佳肴。白鸽是最后一个被杀的。香喷喷地做好了，却没有人来吃。

后来又养鸟，又养鱼。鸟是一种灰色的山雀，鱼是普通的金鱼。都没养长。雀儿性子烈，几天之后便撞死了，鱼则莫名其妙地一条条死去。鸟或鱼大概既渴望自由又逃避自由，而渴望与逃避之间应当有个转换的过程，这过程是需要承受力的。

婚后基本不养宠物。只是在最近，丈夫从跳蚤市场买了两只金丝熊，名字很好听，看上去却是老鼠形象。对于鼠类，我历来深恶痛绝，但为了丈夫和儿子的偏爱，我只好勉强忍受。终于有一天晚上，丈夫忽然失声大叫，我过去一看，见那雌熊已生出一窝小崽.小东西无皮无毛，呈粉红色半透明状，见了我们，当妈的竟然将小东西一个个吞了进去，顿时那雌熊涨大了一倍，十分可怕，丈夫惊呼着要去抢救，我却感觉雌熊实际上是为了保护小熊，果然，待我们刚刚转身，它又忙不迭地把小东西吐了出来，但那状态实在不能给人以任何美感，我于是下了速速转移的命令，丈夫也只好连夜将此物移居他处。

一窝小东西很快长大，长出了和父母一般的淡黄的毛，也像父母一样能吃，一样低能，一样强的繁殖能力。丈夫拿到单位几只，立即被一抢而空。没抢到的还争相预订。数月后一位女士骄傲地拿出抢到手的金丝熊给我们看，果然毛色金黄，比先时透着鲜活水灵，一问，原来天天给肉吃，还是新鲜瘦肉。遗憾的是两只原是一顺，因此断了香火。丈夫把剩下的一对转移到对门的空房里，每天夜深人静之时，便虔诚地捧了残羹剩饭去供奉，数月如一日。终于有一日，新房主出现了，丈夫急急将金丝熊拿去放生，谁知两三天后其中的一只又回来了。对门的小孩子一开门，惊喜万状，惊叹之声不绝于耳，儿子急忙过去看，回来大叫：乐乐家跑来了一只金丝熊，比咱们家的还大！我瞥了丈夫一眼，他还算沉得住气，只是眉宇间掠过一丝惆怅，或许是藕断丝连吧，谁知道呢。

电　影

好久不去电影院了。主要是因为不断地上当受骗。90 年代以后在我记忆中似乎没有什么好片子。当然，《秋菊打官司》是个例外。

我曾经是个不折不扣的影迷，也许现在还是。头一回看电影是在五岁。因为矮，只好坐在椅子扶手上。演的是《画中人》，好像是根据民间故事《巧媳妇》改编的。海报一直贴到家属区。女演员涂着血红嘴唇，很是醒目。那时我恰巧觉得血红嘴唇的女人美丽。何况她还有一件同样红颜色的衣裳。那片子主要是说一对恋人怎样战胜艰难险阻，最后终成眷属的故事。我流了好多眼泪，姐姐们也哭了。电影院的灯一亮，大家的眼睛都是红的。紧接着又看了一个《华沙美人鱼》，波兰电影。也是说爱情如何战胜邪恶。但这回不觉得感动了。女演员的嘴唇也是血红的，却并不美丽。只莫名地有点怕。好长时间看外国片子都怕，不知为什么。

60 年代初、中期有一大批好片子。像《五朵金花》《刘三姐》《冰山上的来客》什么的。女主角美，情节曲折，插曲好听，这就很够了。美也是在变化着的。那时大家公认杨丽坤、黄婉秋是天姿国色。

所以二十年之后这些片子重演的时候，人们在某种怀旧意识得到满足的同时，不免有些淡淡的失望。生活越来越好，姑娘也越来越漂亮，天姿国色的标准越来越高。何况经过几十年的理想化再塑造，理想形象与实际形象差得太远，因此也就容易失落。不过有一点倒是毋庸置疑的：那时的片子真！服装真道具真，演员的情感更真。没有这点真情，富丽堂皇的画面，离奇曲折的情节，天姿国色的女主角……似乎只能起点副作用。

"文革"那些年的"文化生活"中有一项重要内容便是看"批判"电影。有些片子如《武训传》《清宫秘史》什么的，如不是批判我们便无缘观赏了。那时有句话叫"毒草可以肥田"。为了这可以"肥田"的"毒草"几乎出了人命，蜂拥而入的人群有一次把一收票的大学生踩在了脚下——为的是看《清宫秘史》。我们这些当时的小学生从来以"混票"为荣。"混"不进去便让人瞧不起。我在这方面得天独厚，次次都打头阵且从未有过失败的记录。一旦进得门去，便捡些废票从门缝里塞将出来以营救水深火热中的朋友们，透着勇敢和仗义。不过战胜艰难险阻的结果有时并不怎么样。譬如《清宫秘史》，普通的黑白片子。对白仍像 30 年代的片子似的咿咿呀呀的尖声，周璇看不出有多么漂亮，四个王妃上身不动地走过来，使人想起《聊斋》里的什么情节。将就着看完了，只记得光绪皇帝的一句话：得人心者得天下，失人心者失天下。

那时正面的片子好像只有三四部。演得最多的是《南征北战》。几乎每句台词都背得出来。男孩子们开口就是，"老高又进步了！""以往的失败全在于轻敌呀！""积党国四十年之经验！"等等。总之演反派角色更形象一些。认真想想，似乎北京"侃派"源出于此。

后来终于盼到新片出台。首先看到浩然小说改编的电影《艳阳天》，张连文主演。小说中爱情描写似乎占很大比例。但电影中萧长春和焦淑红连手也没敢握一下，令人大失所望。那时电影中的男女主人公都是守身如玉的清教徒，要么就干脆是孤男寡女，男的没老婆，女的没丈夫，或者是中性人，令人绝不敢想入非非。若是战争片，则硝烟炮火之中，"好人"绝不能衣冠不整，面容不洁，即使流血，也要红是红，白是白，鲜明夺目的洁净。不幸的是，这种"洁净"较之过去的战争片，透着一种不可忍受的虚伪。假丑恶一旦贴上真善美的标签，则比赤裸裸的丑更令人作呕。

真正的电影革命似乎是从《黄土地》开始的。应该给陈凯歌、张艺谋记一功。记得有一回去"美院"，一个朋友异常兴奋地谈起《黄土地》，特别提到演憨憨的小演员和那粗犷的陕北民歌，引得我很想一饱眼福。但直到很久之后才从电视屏幕上看到片子，那时知道有第五代导演之说，并且很偶然地与他们中的一个合作了一把。

身怀六甲的时候连续看了四十部法国电影——是法国电影回顾展，干劲可谓大矣。此前总是对西方电影怀有某种迷信。全部看下来之后，也许是因为同声翻译的缘故，有一种头昏眼花之感，印象较深的只有罗密·施奈德主演的《直观下的死亡》，还有《资产阶级审慎的魅力》《放大》等。《直观下的死亡》讲一个女人被告知患有不治之症，医生不断地给她一种药物让她服用。电视台则不断追踪拍摄，试图将她垂死前的征象记录下来。后来拍摄者爱上了那女人，于是又另有一番动人心魄的爱与死的角逐，谜底揭开，方知那女人本来根本没病，而是电视台为了拍死亡前的镜头买通医生给那女人服了慢性毒药。故事本身就吸引人，加上施奈德高超的演技，确实有一种震撼力。我是在那部片子中真正认识罗密·施奈德的，比较起来，《茜茜公主》不过是她早期的小品而已。

苏联的片子有许多令人叹服之处。如《岸》《德黑兰43年》《怀恋的冬夜》《你的名字》等等，不但拍摄讲究，还有一种非常厚重的东西，那大概就是伟大的俄罗斯文化了。就连喜剧也绝不是轻飘飘的。像《办公室的故事》《两个人的车站》等，都有一种格调，中国的喜剧缺的就是这种格调。这种格调究竟来自什么？是文化还是民族素质？或许因为俄罗斯是个会唱歌的民族，而会唱歌的民族肯定是富于智慧和幽默的。不仅如此，还有一种苍凉和悲壮，像辽阔的田野和奔腾的伏尔加河一样。所以现在我每见到"独联体"这个新名词，心里便有一种说不出的味道。

美国在欧洲眼里就像古老贵族眼中的暴发户。但是暴发户绝不可轻视。何况好莱坞还有那么多超一流的大明星们，达斯汀·霍夫曼、梅丽尔·斯特里普、朱迪·福斯特……更早些的梦露、嘉宝、费雯丽、赫本、马龙·白兰度……真是星光灿烂、若出其里。最绝的是当代最灿烂的明星并不一定是俊男靓女。斯特里普和霍夫曼便很能说明问题。《雨人》中霍夫曼的表演真到了炉火纯青的化境。还要特别提到的是朱迪·福斯特，这位两届奥斯卡影后简直是个精灵。第一次看她主演的《被告》，心里像是发生了十二级大地震。她演得那么逼真，真到了令人不敢正视的地步。说她的表演把做明星的难度推向一个新高峰一点儿不过分，能感觉她是极聪明、极有潜力的。我想她还会有令人惊叹的表现。

我想肯定有许多人会被《去年在马里安巴》这样的片子所倾倒。罗伯－格里耶把作为艺术的电影推向了极致。在这里，人们走入了智慧的迷宫，这迷宫具有完美的想象力和不可摹仿性。被传统思维方式捆绑惯了的人们惊呼遇到了智力的挑战。

但是最让人感到内心撕裂的还是瑞典大师伯格曼导的《呼喊与细语》。大师把人与人之间那种隐秘的、令人悲哀的关系推向了极致。死去的大姐因为生前未能得到姐妹亲情的温暖，死后还在渴望与妹妹体肤的接触；二姐因为厌恶丈夫、不愿与之过性生活而竟然用利器刺破阴道，将鲜血涂得满脸……近年来中国电影在国外声誉鹊起，频频获奖，可恰恰缺少这种揭示人性本身的片子，并且随着电影市场化的发展，这种可能性也将越来越小了。

曾经尝试着写过一次这类的片子，叫作《弧光》。是根据自己的小说《对一个精神病患者的调查》改编的，写一个被世俗社会认为疯了的女孩子。后被一位第五代导演看中，推上了银幕。自小便觉得拍电影神秘，总想看看拍摄过程。开机那天在密云水库。三九天，水面结了很厚的冰。拍的是影片的最后一个镜头：人声鼎沸的冰场。男主人公的目光追逐着女主人公，而寻觅到的却是一个外形酷似女主人公的女孩。为了增加声势，用卡车拉来了许多群众演员，每人劳务费只有两块钱，但大家兴高采烈，可能都和我一样想满足一下好奇心吧。那天是航拍。当直升机降到不能再低时，卷起一阵大风，呼啦啦倒了一片彩色遮阳棚，大家一片惊呼。所以后来镜头中的那些遮阳棚实际都是趴着的，只不过因为俯视角度看不出来而已。旁边一位老头哼唧着说：第五代真能折腾，连航拍都敢玩！待到毛片出来之后，和导演一起看片子，直到结束，心中还在不断地怀疑：这是不是我写的那个《弧光》？然后想起陈凯歌让原作者、编剧阿城看《孩子王》时阿城的回答，他说：我拉的屎我就不看了。

两年之后在报纸上看到《弧光》获第十六届莫斯科电影节特

别奖的消息，终于明白了电影是导演的艺术。要想触电就得练到把亲生儿子送人也不心疼的分上才行，更确切点说，是卖。既然舍得卖，那么无论儿子将来披红挂彩还是蓬头垢面都与你无关，你也就不必庸人自扰了。

电　视

尼克松访华之后不久，伯父家买了台九寸黑白电视机。大家稀罕得了不得。但终归太远，不得常常看。后来邻家买了一台同样的，侄儿轩轩便天天去。逢年过节或有好节目的时候，邻家和我同岁的女孩玲玲也过来叫我。忘了是哪一年国庆招待会了，左邻右舍几家人都来看电视，众人坐得满满的，惟轩轩贴在电视前，一个大脑袋占了半张屏幕，后面的人屡屡抗议均无效，只好随着那晃来晃去的大脑袋来回拧脖子。玲玲的母亲看不下去，说了几句，谁知五岁的轩轩忽然站起，很有尊严地说：有什么了不起，我不看了，我姥爷会给我买的！说罢起身便走。自那日后还真是再没去过。

为了外孙的这几句话父亲下决心买电视。弟弟还为此跑了趟张家口，后来终于买到一台十四寸黑白电视。四百多块钱。其中有我十分之一的投资。其时已是公元 1980 年。

轩轩自然很满足，起码每天可以看到吕大瑜、李娟、赵忠祥等人的头像。但是很快又有了新矛盾：轩轩要看铁臂阿童木，弟弟要看足球，而我和母亲想看文艺节目。

父亲临终前的那些日子特别爱看电视，且不管看什么都要流泪。父亲大概把一生的眼泪都留在那时了，所以他看电视时一定要关灯。记得那时正在播出万人空巷的香港电视连续剧《霍元甲》。每当响起"昏睡百年，国人渐已醒……"的主题歌，大家便都丢了手中的事，聚到父亲房中。

不知自何时始，家中有没有电视已经成为姑娘择偶的标准之一，同时也是男方娶亲的必备物品。我却是来不及讨价还价便糊里糊涂地结了婚。婆家有一台十四寸的彩电，据说是全院第一家，小是小些，清晰度却极好。另有一九寸黑白撂荒在那里，丈夫便抱回新居，孕期无聊时常常看，把腿跷得高高的，很舒服，起码没人跟我抢频道。直到1986年才有了一台自己的电视，十八寸彩色牡丹，我的两笔稿费所换。时隔不久，公公便来将那小九寸索回，说是太婆婆要看评书连播。我因此疑心当初丈夫的举动并没经过讨论、研究和批准。

几乎与此同时，去了公司的弟弟已将家里的十四寸黑白换成二十一寸东芝大彩电，二姐家里也来了一台堂皇的索尼。相比之下我们依然寒酸，但这并不妨碍我和丈夫在寒冷的冬夜偎依在一起看墨西哥电视连续剧，什么《女奴》《卞卡》《诽谤》……永远看不完。也有朋友对我竟执迷于如此低档次的东西感到吃惊。但这并不能改变我看电视的习惯，原因很简单：我喜欢看那些美丽的时装，以及时装中包裹着的美丽的异国女性。

终于电视成为儿子的专利，每天每天，都有一个优美的动画故事在等着他。而每一个故事都有一首优美的歌曲。《蓝精灵》《大白鲸》《花仙子》《玛亚》《咪咪流浪记》……渐渐地，我也被吸引到屏幕前，这才发现安徒生童话的时代早已逝去。我比儿子更早地学会那些歌曲，捏着嗓子装孙佳星，到了可以乱真的水平。

我调到中央电视台搞电视剧，出乎许多人意料，也出乎我自己的意料。

最吸引我的一部电视剧叫作《鹰冠庄园》。不仅有美丽的时装，美丽的明星，更有充满悬念、出人意料的情节，智慧与幽默，阴谋与爱情。每天我都在盼着片头音乐响起——然后不顾一切地冲出厨房坐在电视机前，把做晚饭的任务留给丈夫。后来知道这不过是美国的一部开放式结尾的肥皂剧，已拍了一百多集，还在继续拍。奇怪的是正面人物蔡斯一家远不如那些"坏蛋"们有光彩。老谋深算的安琪，厚颜无耻的兰斯，美女蛇梅丽莎……尤其是恶的集大成者理查·钱宁极具魅力，我疑心编导们写着写着也改变了初衷，最后被恶的魅力所征服。那时我便萌生一念：搞一部中国的《鹰冠庄园》！为了这个梦想我开始涉足电视剧，也就是在这以后不久的一个晚上，我和丈夫儿子散步的时候，看到一个摄制组在首都妇产医院门口拍摄一个镜头：一个年轻女人一脸绝望地缓缓走来。那是个陌生的演员，高而秀丽。就那么一个镜头，竟然重来多次。我忍不住问剧组的一位男士，答曰：此剧名《渴望》，编剧李晓明。

《渴望》带来的冲击波是巨大的，但其中包含了天时地利人和。据丈夫说在美期间亲眼目睹了海外赤子对此剧的狂热。加上接踵而来的《编辑部的故事》，北京电视中心就此奠定了在老百姓心中的位置。中国电视中心不甘示弱，下决心打翻身仗，全体编辑出动，网罗了一批作家献计献策，本人也包括在内。

我混入革命队伍的前提条件是一部叫作《海火》的长篇小说。此书写于1987年，出版于1989年。出版周期已经长得吓人，而出书后又恰逢一个特殊时期，所以很是时乖运塞。好在里面塑造了一个据说可以超越时空，永垂不朽的女孩。于是该书在1991年青创会上被中国电视中心的一位编辑看中，计划改编为八集电视连续剧。谁知一稿出来之后便引起一场争议；就连爬格子友邦也惊诧：此书在文学界亦属前卫者流，改成电视剧恐怕有两种结果：一是费力不讨好，二是引起一场电视剧革命。前一种结果令人灰心，后一种结果又让人害怕，真真不知如何是好。

港台电视剧的走红着实令人不解。《流氓大亨》《人在边缘》《义不容情》三部内容情节等等相似处甚多，都是老大好得像菩萨，老二头顶生疮，脚底流脓地坏。尽管如此，人们还是从头看到尾，一集不落。真是奇怪。过去我坚决排斥武侠小说与港台电视，后来终于发现这其实是个误区。譬如《戏说乾隆》，谁都知道是胡编乱扯，可大家就是喜欢看。说深了，这恐怕和人类的自欺意识有关。劳累一天，谁都想脱离眼前的环境，钻到另一个与现实甚远的世界里，踏踏实实地被骗。

《爱你没商量》和《皇城根儿》使老百姓对电视剧的狂热降温了。时代似乎呼唤着真正的精品——百姓们的口味越来越难伺候。于是我满怀激情地开始圆"庄园之梦"，首先就此问题与一资深电视人进行探讨，他的回答出我意料：中国不可能搞出自己的《鹰冠庄园》。问何以见得，答曰：很简单，因为中国没有庄园。

呜呼！于是我幡然醒悟，弃旧图新。终于明白了"圆梦"一说本身便带有幼稚园心理，是历来行不通的。

但时时常有疑问：如果没有幼儿，哪来的成人？没有梦想，人类又如何会有今天？关键是，要有敢于第一个吃螃蟹的勇士，可惜我没有这种魄力，所以也只好把自己包装起来，等着别人给螃蟹摘去钳子再说罢。

后来电视剧界也有了自己不成文的约定：烂剧比好剧好播，最好播的是红色经典，因为"政治正确"。

峰回路转，现在的那些"抗日神剧"比起当年，简直有过之而无不及。手撕鬼子，裤裆埋雷，……假到让人吐！简直无所不用其极。

对于国人的原创性，我已然绝望。我们根本不尊重原创，导致有些领域（影视界为最）潜意识中认为投机取巧地复制是聪明的做法，原创在他们眼中应当是相反。我们的综艺节目也无一不是复制国外的模板。用最短的时间赚到最多的钱，大约是大多数中国人的最高理想了，怎么能把时间浪费在创造的冥思苦想中呢？所以创造性、想象力对于国人来说，似乎非常的不重要。不然，以这个民族的聪明智慧，怎么也不可能连一个世界级原创性的奖也得不到。

堂堂中华民族，在整个 20 世纪的文化输出中，向世界交了一张白卷。

当时只道是寻常

母亲已乘黄鹤去

2006年12月1日，入冬以来最寒冷的一个日子，母亲走了。

正在做晚饭的时候，电话铃突然响起，侄儿轩轩的声音传来："三姨，姥姥不行了！"我的心剧烈地抖了一下，因为前几天似乎就有强烈的预感。"抢救啊！赶快抢救！！"——"已经叫了九九九，正在抢救！"我急如星火，竟然忘了穿毛衣，披了件大衣就冲到夜晚的寒风里。

在寒风里抖了七八分钟，竟然打不到一辆车！坐地铁！刚刚走进地铁站口，手机又响了："三姨，你直接去积水潭吧！""什么？这么冷的天还要把老人折腾到积水潭？把大夫请到家来抢救，告诉他们我们愿意出双倍的钱！""……三姨，不是的，姥姥……已经走了，抢救无效，已经宣布死亡了……"我的双腿一下子奇怪地软了，走路就像在水上漂，我机械地走进地铁车厢，听见轩轩在说："三姨，你直接到积水潭后面的太平间吧，等着你来挑寿衣呢！……"

然后，就再也听不见了。

1

第一眼看到的是母亲的手。母亲的手，曾经那么丰腴、漂亮、秀气的手，现在干瘪得挤不出一滴汁水，是那种干裂的土地的颜色。母亲的脸是灰白的，大张着嘴，似乎还想向上天要一口气，只要有这一口气，母亲还能活，可是上天就是这么吝啬，他再不肯把这一口气给这个耄耋之年的老人了。

母亲的身上，依然盖着那条家常的旧被子，身上穿的，依然是那件旧毛衣。不知给她买的那些新衣裳，新被子上哪儿去了，还是因为她舍不得穿，舍不得盖？

我的眼泪再也忍不住了，大约是憋得太久，已经滚烫，那样滚烫的泪一滴一滴落下来，好像能够熔化金属，但实际上无比寒冷——在太平间里化成一股白色的水汽，令人寒冷彻骨。

我什么都不懂，1982年父亲去世的时候我还太年轻，一切都是姐姐说了算，可现在一个姐姐在外地，一个姐姐在美国，弟弟全家和侄儿轩轩，四双眼睛都在看着我。

我说：寿衣当然要最贵的，最好的。

太平间的师傅立即把最贵的拿出来，是紫红绣凤的，凤凰是机绣，做工粗糙，土得掉渣，否定。

然后又把各种寿衣统统拿出来：选定了一套紫色绣万字花的，师傅说，老人西行应当铺金盖银，一看，果然垫的是金色，盖的是银色，就点头要了。穿了一半，轩轩突然跑进来说不行，他说姥姥高寿应是喜丧，按规矩要穿大红的衣裤，告诉我医院附近有卖寿衣的，可选择的很多。

挑寿衣挑到手软。终于挑到一种真正的大红，手工绣花，福寿字，缎面儿，金丝绣的垫子，上下有荷花寿字如意，紫红绣梅兰竹菊缎鞋，最满意的是我把那条盖被换成了一条银色绣古画的，上面还绣着驾鹤西行四字草书，雅致且古色古香。

母亲的脸经过淡妆和修整，变成了生前的模样。

2

我是最不受母亲待见的一个孩子。这大概是因为我虽然外表温顺，但其实又倔又拧又叛逆。很小的时候便初露端倪。譬如有一个下雪天，和姐姐们一起到外面玩，把新棉袄全都弄湿了，母亲说该打，就让我们三人伸出手，由父亲用尺子打，大姐二姐还没挨上就哇哇哭了，求饶。我却被尺子打到手肿还坚持着："就出去玩！就出去玩！"含泪咬牙不哭出声——会哭的孩子有奶吃，可惜这句老话在我很大了才知道，那时我早已改不过来了，于是这辈子也就只有吃亏。

小时候我只上过几天幼儿园，阿姨说，走，我们看小鸭子去！我们就排着队走过院里（现在的北方交大，那时叫北京铁道学院）那条石子马路，那条路可以路过我的家，我远远就看见了母亲在门口晾衣裳。门口有两根晾衣竿，形状有些像单杠，中间系四根铁丝，这两排房的衣裳就都晾在这儿。对我们来说晾衣竿还有一重功效，就是当作单杠悠来悠去，比谁悠得高，比谁做的花样多。

那一天，我毫不犹豫地向母亲跑去。尽管阿姨说，不上幼儿园的都算野孩子，我却是宁肯做野孩子也不上幼儿园了。这大概是我的第一次叛逆行为吧，当时我三岁。

五岁之后，我的生活似乎一下子堕入了阿鼻地狱。这原因当然是因为弟弟的出生。弟弟是当时父母两系惟一的男孩，在父系，伯父没有孩子，叔叔还没结婚，当然弟弟是徐家第一个男孩；而在母系的说法就更多了，姥姥原来有个惟一的儿子，就是我们的舅舅，死于战乱，姥姥家虽然是大家族，但是她亲生的孩子只剩了母亲一个。姥姥与母亲的重男轻女世所罕见。有了弟弟，我就被她们抛弃了，并且抛弃得如此彻底。这对于一个敏感的女孩来说，真的就是地狱，何况，在弟弟出生之前，我是被宠爱得太过分了一点，按照母亲的话来说，就是"要星星不敢给月亮"。

十一二岁的时候我曾经在大学生练习射击的时候跑到打靶场，希望有一颗流弹飞来结束我的生命。我幻想着母亲会为我的死流泪，于是我终于得到了自己生时无法得到的爱，每每想到此时，自己就被自己幻想的场景感动得热泪盈眶。

也屡屡想向母亲证明自己：学习好，门门功课都是五分，得各种各样的奖，少先队大队长，优秀少先队员……这一切在母亲看来，统统是零。有一次学校朗读比赛，我朗诵的是《金色的马鞭》，得了第一名，回来把奖状给母亲看，母亲不屑一顾，只叫我快去清扫炉灰——那时，家家都在烧煤球炉子。

母亲的做法，狠狠地伤了我的心。终于有一天我爆发了："你老让我干活儿，我是你的包身工吗？！你干吗不让弟弟干啊？！"——那时我刚刚读了姐姐课本上的课文《包身工》。母亲又惊又怒，我们大吵起来，几天都不说话。

晚上睡不着的时候我悄悄流泪，说什么也不明白，为什么我怎么做也得不到母亲的欢心，而弟弟，一天到晚可以什么都不做，却可以吃好的，穿好的。我暗下决心，一长大就离开这个家，跑得远远的，永远也不回来。

3

这一天终于来了。

正当十六岁的"花季"，我去了黑龙江。

从照片中我看到自己当年的尊容：松松垮垮的一身蓝制服，短辫子，白边"懒汉鞋"，当然，胸前还有一枚像章。瘦弱，苍白。没有任何"花季"的意象连"花骨朵儿"也算不上。

自认为是上山下乡成全了我远离家庭的梦想，所以，刚刚宣布了去兵团的名单，我便匆匆去销了户口，回来后才告诉家里人。父亲听后陡然色变，当天晚上他长吁短叹了一夜，彻夜未眠。我只是悄悄告诫自己，无论在任何情况下都不要动摇，那时我常常看《前夜》《牛虻》《怎么办》一类的书，对十二月党人一类的人充满崇敬，讨厌英雄气短、儿女情长。可惜的是，我骨子里实际上是个儿女情长的人。

离京那天的场面很壮观，值得载入史册。北京站红旗飘扬，大红语录牌上俨然写着：知识青年到农村去，接受贫下中农的再教育，很有必要。车站上人山人海，比肩继踵，当高音喇叭里传出"知识青年同志们，你们就要离开伟大祖国的首都北京了。伟大领袖毛主席教导我们：广阔天地，大有作为，希望你们在屯垦戍边的战斗中，为人民立新功！……"的时候，车上车下哭成一片，颇有生离死别之感。

因为有戴红箍的工作人员阻拦，家长们被围在列车的白线之外。就更加重了悲壮感，真是"哭声直上干云霄"。我始终没哭。整个列车只有我和一个绰号"老齐头"的女孩没哭。父母遥远地向我招着手。母亲哭喊着："快看看你的钢笔是不是忘带了？！"这时火车已经鸣笛，我忽然发现人丛中有卖冰棍儿的，于是示意父亲帮我买根冰棍儿，父亲买了整整一盒，请戴红箍的人转交。火车开动了，我捧着那盒冰棍儿，清清楚楚地看到父母的眼泪，这才感到一阵锥心之痛。过了天津，大家已经摆脱悲痛开始玩敲三家儿，我却忽然意识到这一去就是三千六百里之外，想回家可不那么容易了。想到这个，自己跑到卫生间里，号啕大哭。到了傍晚便开始呕吐，两天一夜的火车我吐了一天一夜，眼前不断出现父母含泪挥手的一幕，火车则以震耳欲聋的单调音响向北疾驰，渐渐地，刺骨的严寒笼罩了我的整个身心。

在东北，我不断地生病，却咬牙不告诉家里。当时我们是挣工资的，每月三百二十大毛，我每月除了饭费七元零花五元之外，全部寄给家里。那时的每月二十元对家里来说是一笔不小的收入啊！我这么做原因只有一个：还债。——因为每每和母亲吵嘴，她总是说"养你这么大……"云云，我就总是犟头倔脑地赌气回答："我欠你的，我会还！"

那时我完全不懂得：谁言寸草心，报得三春晖。

再见到父母已经是两年之后，我第一次有了探亲假。母亲穿上我为她织的一件毛背心，就再也不脱了——那是我下工之后为她织的，紫红和雪青两色线的玉蜀米花样，并不怎么好。几年之后，却仍见她穿着，心里便隐隐有点心酸，早把过去跟母亲之间的恩怨，抛到了很远很远。

4

对于画画，母亲是始终支持的。

大约三四岁的时候，是母亲用石笔在洋灰地上画了个娃娃头。让我照着画，从此就与绘画结了缘。姐姐们也爱画，三个女孩比赛似的，画得满地都是，还编着故事，那就是最早的连环画吧？再大些，上学了，就照着当时的月份牌画了一个《鹦鹉姑娘》。50 年代出的那些月份牌，凡画着女人头像的，似乎与 30 年代上海滩的没什么不同。也是一律的柳叶眉、丹凤眼、檀口含丹、香腮带赤，像是初学工笔的人画的画，连衣褶的线条都是一样的。月份牌上画的是个古装的姑娘，拿一把宫扇，巧笑倩兮，美目盼兮，最别致的，是旁边一个架子上踏着一只鹦鹉，毛色斑斓得很，好些年后我才知道，那是鹦鹉中的名贵品种，叫作琉璃金刚鹦鹉。

我是用铅笔画的，然后用彩色铅笔上色。母亲破例地表扬了我，拿给邻居看，就宣传出去。几天之后母亲兴冲冲地说，图书馆长的太太张师母（后来我以她做原型，写了个中篇《做绢人的孔师母》）请我去她家里玩，要看看那张画。一早，母亲就让我换上洗干净的衣服，说张师母家是出了名的干净，难得请人去的，去了可要处处小心。

张师母非常客气，浙江人，温文尔雅，很会打扮。脸上皮肤特别薄，一层浅浅的雀斑，扑了一层淡淡的粉。说话从来不会高声大嗓。她先给我端了点心盒子，请我吃点心，然后静静地看了一会儿我的画，问，愿不愿跟她学画绢人。

她是做绢人的，家里摆满了一个个的玻璃匣子，里面是一个个的绢人，基本都是古装仕女，有林黛玉、王昭君、崔莺莺、穆桂英……她做的绢人，都是出口的，特别精美。

我当然愿意，就正式拜了师，帮她画绢人的脸。还画了整整一本古装仕女，后来被老家的爷爷拿走。在学校，我的美术课永远是满分。五年级的时候参加了一次国际少年儿童绘画比赛，拿了个银质奖。我记得当时画的是"战斗的越南南方青年"。第一稿出来后，美术老师让我把那个越南女青年的衣褶改一改，她说，女性的胸是凸起来的，那几道衣褶特别重要。我听了面红耳赤，好像第一次注意到女性的胸是应当突出的。那是我第一次画现代人，此前画那些古装仕女，是用不着注意胸的，只要把脸画得美丽就行了。

我特别喜欢画那些古代美女身上的珠宝饰物，画起来不厌其烦，把一粒粒的小珠子都画得精精致致。有一次还画了一个阿拉伯美女，画的时候我就想，要是将来我也有这样美丽的衣裳穿就好了。然而在我整个的青少年时代，这不过是一种奢望而已。

母亲喜欢这样的画，有一次，她把我画的虞姬贴在脸上细细地看，说："难为这小丫头，一根根头发都画得这样细。"那一天，我万分高兴，哼着歌去上学，又哼着歌回家。

5

几十年过去了，我们四个早已长大成人，回忆往事的时候，母亲总是很喜欢听我们讲，但是很奇怪，所有的记忆都有偏差，生活，就像是《罗生门》，每人眼里都有自己的真实，所以每每回忆起来，总要吵成一片。

母亲是北平铁道学院（北方交大前身）四五届管理系的毕业生，当时的管理系，只有寥寥几个女生。母亲的英文很好，我看过她保留下来的英文作业，那种花体字的英文细如发丝，我无论如何也写不出来。母亲写一笔好字，留下墨宝不多，却件件珍奇。母亲写了六十年的日记，直至去世前几天，还在写，那样工整的蝇头小楷，现在的人，怕是怎样也不会有这个耐心了。

告别的那一天，我们电视剧中心的领导去了，送了三个花圈，他们说，你母亲的相貌好慈祥啊！母亲的遗像在微笑着，音容宛在。

最后的时刻，从美国赶回来的姐姐握住母亲的手，唱了一支小时候母亲教给我们的歌：春深如海，春山如黛，春水绿如苔，白云快飞开，让那红球现出来，变成一个光明的美丽的世界，风，小心一点吹，不要把花吹坏，现在桃花正开，李花也正开，万紫千红一起开，桃花红，红艳艳，多光彩，李花白，白皑皑，风吹来，蝶飞来，将花儿采，倘若惹得诗人爱，那么更开怀！

我们一起加入最后的合唱，歌声中，母亲的灵魂驾鹤西行了……

一生只欠一个人

——记世上最深爱我的父亲

　　我于 1974 年从黑龙江转插回京，此前，已经在北京待了一年多，那时叫作"口袋户口"，也就是黑户口的意思。在黑龙江，我前后住过四次团部医院，有一次被排长背上二八车（一种拖拉机）的时候，我的整条手臂已经紫了。排里的很多女孩都在哭，以为再也见不到我了。谁知到团部打了一针，我又活过来了。如此这般死去活来自然令父母胆寒，1973 年回家探亲之后，我就再没有返回黑龙江。1974 年的冬天，一个异常寒冷的日子，父亲只身一人坐了两天两夜火车，去了我们的师部北安县。父亲当时已经五十三岁，身体很瘦弱，有过两次肺结核大吐血的病史。写到我的父亲，我常常有一种疼痛的感觉，内心深处的痛。这种痛常常让我写不下去。真的没想到，在他去世二十年之后我依然疼痛如初。父亲是我的"阿尼姆斯情结"，他的克己、坚忍、聪慧、英俊、忠厚、善良，让他的几个女儿在成年之后，特别是在择偶时都遇到了麻烦，我们忽然发现所有的男孩都不如我们的爸爸，甚至连长相也是如此，父亲端严英俊的外貌使我们对于所有男人的想象日趋完美，所以也就不可避免地感到失望。当时瘦弱的父亲就在那酷寒中挺下来了，他在师部领导的拒绝声中铺开了一张破席，就铺在师部办公室的过道上，从那天晚上起他每夜都在刺骨的寒风中咳嗽着入睡。终于有一天师长皱着眉头对政委说，我看那个老头越来越瘦了呢，看着挺吓人的，别在咱们这儿出什么事，要不把他女儿的事儿给办了吧。我的命运从那一刻起就发生了根本性的转折。我忘不了在那个寒冷的冬天，我家平房的窗外忽然闪过父亲的身影。预感到了什么，我狂喜地开了门，我的父亲像平常那样克制着自己的表情，那意思是让我们猜一猜结果，我对着爸爸说，我说爸爸你办成了，你肯定办成了！爸爸笑起来，爸爸一笑起来就阳光灿烂，爸爸从破旧的棉袄里拿出一个牛皮纸袋，爸爸说，这是你的档案。我好奇地打开我的档案袋，里面不过是两张白纸，什么也没有。

就是这两张白纸管制了我一生中最美的年华——十六岁至二十一岁。

我从小是个极其敏感、极其渴望爱与被爱的女孩，母亲的重男轻女、对弟弟的极度偏爱和对我的极端漠视深深伤害了我，一个孩子的童年纸船随时可以被彻底淹没，是父亲和老师的爱让我在风雨飘摇的生命河流中侥幸生存了下来。

父亲绝对是羞于表达的人，他永远只流汗水不流口水，而且在母亲明显的态度下，他也并不想为我与母亲争辩。他只是在我取得一点成绩的时候，欣喜地称赞我。父亲是极孝顺的人，老家的爷爷来京，按照伯母的话说：那个老封建，就是奔着孙子来的。伯母似笑非笑地冲着我一挤眼儿："三姑娘啊，甭管你怎么聪明学习好，谁让你是个丫头！你爷爷就是个老封建，就是奔着你的弟弟来的！"

伯母说对了，爷爷的确是"奔着孙子来的"，可是来到北京见到孙子却大失所望——孙子像头倔驴似的，除了闷头吃喝就是出去斗鸡走狗打弹弓，加减乘除勉强应付下来就不再读一个字的书。在学校大院的小男孩中，不读书的风气很盛。大伙儿放了学便混在一起玩，特别是大夏天儿的晚上出来乘凉的时候，北京男孩在路灯下抱着胳膊侃大山那真是北京一景儿。侃大山其实就是吹牛，弟弟特别有吹牛的资本——他打鸟儿的命中率全院儿第一！

好不容易老头找了个能与孙子亲近的机会，看电影。那时候院里还是每周演一次电影，那次是《地道战》，还是弟弟一直念叨着想看的，可一听说爷爷要去，他立即改变了主意，说是作业特别多，得在家赶作业云云。爷爷一听，立即老泪横流，忙着问买车票的事了。父亲看了心疼，又管不了儿子，只好唉声叹气地让二姐陪爷爷出去"走走"。老头摇摇头，雪白的头发和胡子也跟着直颤。在我眼里，爷爷像是个童话里的白胡子公公，根本不像真人。爷爷并不那么听话，他坐在那个摇摇晃晃的旧藤椅上，拒绝和二孙女一起出去，那时候又没有电视，全家只有一台旧得发黄的收音机，爷爷叫我把它打开了，是"小喇叭"广播，孙敬修爷爷和康英老师讲故事——我最爱听的。

坐了一会儿，爷爷无聊得很，就把老家的数学题出给我做，本来是有一搭无一搭的消磨时间的，可是几道题下来之后，老头的眼睛越来越亮了。当父亲走进房间的时候，老头简直连白胡子白眉毛也一块儿笑："哎呀呀，这个小娃儿可是个宝哇！我们家里初中学生都做不出来的题，她竟能做出来！怪了怪了！"——我至今清晰地记得父亲听到爷爷夸我的时候露出的灿烂笑容——那种笑容在那个年代，在父亲，是极为罕见的啊。

后来还见过一次那种笑容——那是我第一次挣了钱，给爸爸买了一盒雪茄烟和一条咖啡色羊绒围巾，爸爸看了又看，嘴里低声说着："花这个钱干吗？"可是不经意间露出的笑容，暴露了他是多么喜欢我的小礼物，以及深知在礼物的背后，他的小女儿对他的爱。

然而爸爸有严厉批评我的时候。譬如我1972年回京探亲时，经常在下午五点时偷听"莫斯科和平与进步广播站"播出的节目，那时这叫"偷听敌台"，罪名颇大，偏我从小便是个极其逆反的孩子，社论上说的，我永远在质疑。何况这个台非常好听，当时只有一台发黄旧陋的收音机，我便把音量开到最大，每天钟响五点，便听到"莫斯科和平与进步广播站"的呼号，接着便是那首著名的歌曲："我们没有见过别的国家，可以这样自由地呼吸"……听到那音乐我便立即兴奋起来。有一天，此台介绍中国民歌《小河淌水》，那优美的旋律一下子抓住了我的心，可怜当时的中国人，被封锁到只有八个样板戏，哪曾听到如此动人的歌曲？！然而好景不长，有一天爸爸下班早，发现了我的"劣迹"，立即严肃地和我谈了话，显然是被我那不以为意的态度激怒了，他对着我，极其严厉地说："孩子啊，在这个国家政治就是一切，别以为右派那么难当，我的几个学生，只说了几句话就被划成了右派，给送到大西北去了！……"——我至今仍然记得父亲当时严厉的态度。

然而在平时，爸爸对我总是偏爱些，譬如，他做留学生办公室主任的时候，每周会有一次内部电影，他总是把电影票悄悄塞给我，又如，我开始热爱写作的时候，总是嫌家里不清净，他便干脆把办公室的钥匙交给了我，这样我每周末都可以到他的办公室里读书写作。爸爸对我的好，如是枝裕和的电影《比海更深》，可是，为什么我直到如今才真正了解到呢？

我深深地伤过爸爸的心，刚上大学时，学校里周末会放一两部欧美片。那时的外国片可不得了，若是在影院放，每次都会引起人山人海比肩继踵的效果，记得有一次看《苦海余生》，爸爸只穿了一件带补丁的上衣便去了，结果班里同学来问候，我觉得虚荣心受伤，便有些不乐意，敏感的爸爸立即读出了我的小心思，那一天也是一脸不快。爸爸去世之后，此事浮现出来，折磨了我很久很久……再没有什么比不可挽回的愧悔更令人难过的了！

我这一生中只欠一个人的，而且永远也无法偿还了，这就是我的父亲，最爱我却没有得到我一点点回报的父亲。在我所有的文章中都回避着他，回避着他是因为要回避我自己的疼痛，我内心最最柔软最最脆弱最最不堪一击的地方，那里面充盈着的全是泪水。

所谓代沟

儿子的音乐天赋等于零，甚至负数。

还在怀孕四个月的时候，我就学着书上教的法子，用一个老式的小录音机，放在离肚子十公分的地方，放音乐。放得最多的是西贝柳斯的《D大调小提琴协奏曲》和圣桑的《天鹅》，可那动人的乐声并没有进入神秘的子宫，它们被抑制了。

我的第一笔影视改编的钱，《弧光》的钱，就给儿子买了一台钢琴，用我们并不富裕的工资请了个钢琴老师，可是三年下来，老师无论如何也教不下去了。又过了一年的圣诞节，我们请儿子弹一支《平安夜》，儿子却磕磕巴巴地弹不出来，那么优美的乐声在儿子短而粗的小胖手下，变成了拉风箱的呼呼声，好像那些乐符一下子成了计算机上的键盘，可以敲出来，但没有情感没有精神没有形而上之美，我们听了这首曲子之后，鼓励性地鼓鼓掌，就再也不出声了。

可是，当儿子四岁的某一天，从幼儿园回来，噘着小嘴唱出"妈妈妈妈快坐下，请喝一杯茶，让我亲亲你呀，我的好妈妈"的时候，我突然觉得那些乐章、乐句乃至音色音域都成了外在的根本无所谓的东西，儿子的心才是最重要的，儿子小小的心透过那南辕北辙的调子，传达到了我生命的深处，告诉我，这是我血肉相连的骨肉，只有骨肉，只有亲人，才是重要的，而其他的一切，都不要紧。

尽管儿子在很多方面都并不出众，却在一个方面聪明绝伦，那就是：鉴赏。是的，对于美，儿子毫不含糊。最早的发现是在儿子五岁的时候，我拿回来一本最新法国时装杂志，一页一页地翻给他看，儿子对于美的鉴赏令我吃惊，那些真正高雅的、含糊不清的中间色，都绝逃不过儿子的眼睛，那也正是我所迷恋的：银蓝色、金棕色、橄榄绿色、夕阳红色……那些发式与珠宝的造型，都充盈着别具一格的美。儿子长大了，果然就是天生的花花公子，对于服装服饰的品牌和式样，特别挑剔，所以我也就有了一个当然的鉴定师，每每需要参加什么重要活动，儿子这关过不去，我是绝不出门儿的。

90 年代初，电子游戏刚刚进入大陆，用的还是十分初级的游戏机，一头用卡插在机器上，另一头插在电视机上的那一种，我们最常玩的叫作《魂斗罗》。母子俩变成了两名战士，不仅要战天斗地，还要翻山、潜海、滚火龙、跳悬崖，两人在大战中成了黄金搭档，于是结下了深厚的革命战斗友谊，不仅是母子、伙伴，还是战友。

有一个游戏我始终不会玩，儿子却玩得十分娴熟。那就是《荒野大镖客》。一个大镖客一边杀人一边抢钱，却也痛快淋漓。我在玩这个游戏的时候感到惊心动魄。当我角色化为一个大镖客杀人抢钱的时候，就远远不如儿子那样果断，那样反应机敏，只要有一瞬间的犹豫，金钱就会倏忽而逝。而如果你不杀人，别人就会杀你。我突然害怕地想，也许这才是真正的社会游戏规则吧？而那些道德的规范，理想的说教，不过是罩在这种铁律上的一种温情脉脉的面纱而已。当我被打得大败而逃的时候，我惊奇地看见儿子过了一关又一关，在儿子的身上根本没有任何负担，只有爱钱的天性，还有冷血。

这一切都让我害怕。

我心里迷迷糊糊地想，这是完全崭新的一代人，等这一代人长大了，我们就真正地老了。

如今，儿子长大了。一切并没有像我想象的那么糟糕。他们被称作"新新人类"（真的不知道他们的后代会被称作什么了）。新新人类的最大特点在于他们的"快乐原则"。他们用阳光一般灿烂的生命力照亮生活中阴暗的苔藓，永远不会像我们这一代那样沉重，永远真实地直面生活，爱护自己，大大方方、自自然然地享受生活与上帝赐予人类的一切，而不像我们这一代那样，用理想主义与英雄主义来与真实的生活对抗，从而成就一种掩耳盗铃式的惨烈或者虚伪，一句话，他们比我们活得更像人了。无论遇到天大的祸事，他们比我们更善于"四两拨千斤"，他们比我们更能够承受生命之轻，因为他们比我们更懂得爱自己，所以他们也就更能够保护自己，保护自己不受或者少受伤害。

而我们，却从小被教育要爱他人，我们永远认为爱别人胜于爱自己是天经地义的，我们可以堂皇地为别人的事情奔走呼号，却羞于为自己的事情向任何人开口，过去，我们一向以自己的牺牲精神与责任感自豪，可今天，在新世纪的今天，我们似乎要重新审视我们的生活了，重新追问我们的准则了。

长大了的儿子背着一只沉重的大书包，一点儿也不比当年我们扛的麦包更轻。但是沉重的大书包并没有把儿子压垮，偶尔地，儿子路过玄关的穿衣镜，会驻足，撩撩头发，发出一声感叹："呵——我是多么英俊——这是我的烦恼！"

彼时他弯腰撑额做罗丹雕塑"思想者"状。我哈哈大笑，仿佛一身甲胄尽皆卸去，生命的活力再度归来——也许在这时，关于代沟的答案已然有了。

你们是我心里永远的痛

我的三次养狗经历都无比惨痛。

第一只狗叫贝贝，那小狗全身雪白，确实不错。儿子看见就走不动道儿了。我当时坚决反对买狗，原因有三：一是怕脏，养狗的人家满屋狗毛，连清扫都没法儿清扫；二是麻烦，好容易把儿子熬大了，再熬一条小狗，我受不了；第三，也是最关键的，我怕狗，几乎所有的动物只要稍稍长大一点，我就怕，我怕它们的眼睛，我觉得所有动物的眼睛因为不会笑，都很阴险。

我拉着儿子就走。已经走到公主坟立交桥，快打上车了，忽然看见儿子的长睫毛一眨一眨的，大颗的泪就那么一滴滴落下来。儿子这招儿对付我是极灵的，百试不爽，我只好缴械投降。儿子挂着眼泪笑了。

袋子里装着的小东西像只最小号的上了发条的毛绒玩具，怎么看都不像真的。最奇怪的，是它那双眼睛，在不同的光线的角度下，颜色会变，至少有三种颜色：黑、墨蓝和碧绿。当它们变成蓝绿色的时候，就像是极其昂贵的宝石，美丽极了。开初把它关在阳台上，它凌晨4点不到就发出嘤嘤的声音，就像婴儿在撒娇，我完全不知道小狗还能发出那种声音。有天半夜里我起来上卫生间，却见一小小的黑影奔跑过来，我足足实实地吓了一跳，它也吓得跳起来，我们互相看着，不知道谁的胆子更小。

那时还没买《养狗大全》，什么都不懂。就建议洗澡。没想到洗得全身发抖，吃的东西全吐出来，一向温和的儿子突然向我大吼大叫："就是你！你把贝贝害死了！"也许"害死了"三个字太刺激，我心里激灵了一下，表面上还装得镇静，用毛巾被裹了小东西慢慢焐着，但它越抖越厉害，我心下觉着完了，就把它放进小窝里。儿子把自己关在卫生间里，鼻涕一把泪一把地哭，从小到大，还没见他这么伤心过。过了很久，我已然觉得无望的时候，忽然，一只全身雪白的小狗一蹦一蹦地蹦进了我的房间，那样子好像在说：妈妈，我好啦！

我一下子把它搂进怀里，真的开始喜欢它了。

它越发地娇气起来，不愿意在阳台待了。一个大风的夜晚，我好像听见它在外面嘤嘤的声音，怎么也睡不着，担心着它会不会冻坏。终于穿着睡衣冲了出去，把白绒绒的小家伙抱了回来，放在沙发上。从此便再也出不去了。但是小贝贝得陇望蜀得寸进尺，它并不满足于沙发上的生活，终于在一个久雨初晴的下午，它钻进了宝宝的被窝。宝宝正在黑甜乡里，贝贝硬是用小舌头把他舔醒。若要换了别人，儿子一定要烦恼得大喊大叫，睡眼中一见是贝贝，顿时眉开眼笑。

但小贝贝并没有就此罢休，它的最后目的实际上是要成为家庭一员。它简直是无处不在无时不有。它爱吃花生米，我们只要咬一颗花生，隔着两间屋子它也要扭扭搭搭地走过来，把两只小爪子往你身上一搭，仰着脸儿，一双大眼直盯着你，由不得你不给它。每每我和儿子亲热，它便把那毛茸茸的小脑袋拱进来，一定要夹在我们中间儿，要我们两人都爱抚它。"出"是我们全家禁忌的一个字眼，不用说出声音，只要口形做出一个"出"字，小贝贝就要欢天喜地地蹿高儿，吐着小舌头来舔你。目的当然只有一个：出去玩。

小的时候带它出去，用的是一只蓝兜兜，每到吃完晚饭，它就叫着往兜里钻。慢慢地它大了，一拎蓝兜兜，它就像是得了口令，一蹦一跳地跟着往外跑，该回去了，一拎蓝兜兜，它就跟着回家。蓝兜兜成了令旗。

再大些，我们终于花了七十块钱买了一条拴狗的带子。开始的时候不适应，总是闹，咬着带子不肯往里套，我一生气不理它了：好，那我们就不出去玩。它马上老实了，仰躺下去，伸出两个小爪子让你套。有天晚上很晚了，我在接一个电话，把带它出去玩的事忘了，接完电话一回身：天哪，它躺在我的床上，缩成一小团，紧紧握着那条带子，眼巴巴地看着我，简直神了！我和儿子齐声说：小贝贝呀，你就差会说话了！

　　儿子给贝贝起了好些名字：小草儿、妹朵儿、小手绢儿、米高·杰克逊、杰迪森、宝贝儿小胖子、甜心、蜜糖……简直让人酸掉大牙。每天，儿子一放学，头一件事就是和贝贝亲热，然后才叫妈妈。也难怪儿子如此喜爱它，我们不管何时回家，首先遇到的肯定是贝贝的热烈欢迎。一次我去西安出差数日方归，一路上担心着贝贝可能不认识我了，谁知一进家门，贝贝一下子扑过来，激动得在地上打滚，抱起来，小舌头就把我的脸舔了个满脸花！那一个个的冬日夜晚，从外面的严寒里走回家门，总会有个小东西等在那里，亲你爱你，给你温暖，给你快乐。难怪西方人那么爱狗，狗实在比不义的人强多了！

　　就在我的贝贝度过第一次发情期，成了大姑娘之后，国庆五十周年的查狗热潮来到了。我们把贝贝送到农村一个朋友家里暂避一时，谁知这一去就没回来。

　　第二只小狗叫包包。包包是个小西施，天生丽质，堪称绝色，只是没有贝贝那么忠诚，有点人尽可夫的味道。小包包刚来的时候，为了预防软骨病，每天吃两次钙片，必要我抱着，喂给它吃，它乖乖地嚼碎了，吃下去，换了别人喂，它却一口就把钙片吐出来。

　　小包包会走猫步，刚来的时候，我们把它放在床上，毛茸茸的一团，儿子就跟它逗，用脑袋顶着它的脑袋，它就蹑手蹑脚地向前走两步，一扑，把大脑袋压在儿子的脑袋瓜上，透着英勇无畏的样子，那样子真是可爱极了。日子长了，儿子掐准了它什么时候要扑，就和它一起扑，好玩极了。那简直就是我们家的一个保留节目。

　　小包包好色，凡见了俊男靓女，它必热情备至，小尾巴摇得像朵白菊花，但若见了长得不好看的人，特别是秃顶，它便凶巴巴地冲着人叫，叫得我不好意思。有位谢顶的朋友每来我家，它都一直叫到人家走，无论怎样呵斥也无济于事，那位朋友也曾使尽各种法子讨它的好，根本没用，我只好把它关在另一间房子里，它就拼命地撞门，透出一股惯坏了的劲儿。好像在嚷：妈妈，你干吗为了别人把我关起来呀？你不喜欢我了吗？

这就是美丽娇憨的小包包。

有一次，我和儿子在外面吃罢饭回来，门锁坏了，怎么也开不开。包包在屋里叫呀！我着了急，借来一把大改锥，让儿子生生把那扇门给撬开了。门当然坏了。可我们根本顾不了许多，只觉得包包受了委屈，我抱起包包，就再也放不下去了，它显然受了惊吓，一分钟也不离开我。当时已经是晚上10点钟了，家里没有什么能让它吃的东西，我就抱着它走到街上，一个店一个店地转，在信达粮店那里还有灯光，里面恰恰有卖熟排骨的，就把剩下的都包了，路上就喂了它两块。小包包在我的怀里大吃着，小尾巴使劲地摇，好像在说：妈妈，你真好！

小包包怕洗澡，每次洗澡都像打仗，小时工刚把澡盆拿出来，它就一溜烟地躲到冰箱后边去了，怎么叫也不出来。洗一次澡，小时工小何就弄一身水，洗完了给它吹风梳毛就更成了事儿，无论怎样抱紧它，它都能挣出去。但是一旦它洗过澡，吹过风梳过毛之后，简直就是绝代佳人，漂亮极了！我说，包包真漂亮，话没落音，它就一下子蹿到我怀里，用小舌头舔我。它的小舌头漾着一股香味儿，真的，我还从来没在任何别的小狗嘴里闻见过那股香味儿。

就是这么一个小可爱，却在一周岁的时候丢了。

那天大约早上8点来钟，我像每天一样起来给它做了早饭，却不见它来吃，我到处喊，不见影儿，本来以为是它又淘气躲到哪儿了，可时间长了，我害怕了。我一层层地下楼去找，边找边喊，又一层层地上楼，十二层楼让我找了个遍，依旧没影儿。想来想去，大半是儿子7点上学的时候它跟着从门缝溜出去了，而儿子走的是电梯，它走的是楼梯，这时的时间距我起床时间大概有一小时，这时间也太长了一点，它已经丢了一个小时了！

包包丢了！这严酷的现实摆在我们面前。我写了启事四处张贴，但是没用。听邻居说，广安苑小区有一对老夫妇捡到一只狗，那小狗脏得很，有时晚上9点以后那对老夫妇出来遛狗。我和儿子便在9点左右到广安苑附近转悠，当时正是寒风呼啸的深冬，儿子冷得受不住，先走了，我就站在那大风里，一天天地冻着，想着心爱的女儿小包包若是无人收留，该有多冷，多可怜！这样想着，泪水就慢慢流了下来，在寒风里结成冰凌。一天天地过去了，终于无望，只好在心里祈祷着：包包啊，但愿有家善良的人家收养你，对你好，那样的话，就是妈妈永远见不到你，也就认了！

　　痛失包包让我和儿子都受不了，只好决定再买一只小狗。第二年，也就是今年初春，我们去官园又买了一只小狗。狗贩子撒出一群狗来，让我挑。狗贩子把狗粮往地上一撒，小狗们争相抢食，只有一只大脑袋的小狗，总是抢不过人家，惹人怜爱。抱起来一看，是最漂亮的一只，就买了回家。

　　起了个名儿叫喘气儿，因为它（这是只小公狗）不叫也不哼哼，只会喘喘气儿，特别乖。鉴于前两次的教训，我和儿子决定专给它喂狗粮，小家伙吃得很香。可是第二天，一闻到我们吃的饭，它就开始拒绝狗粮了，多饿也不吃。一到吃饭的时候，就扒着我的脚，要吃的。我就把食物嚼得细细的喂给它，儿子在一边瞪我，说：妈妈，你又心软了，不是说好只给它狗粮的吗？

　　头一天，我把它放在装苹果的纸箱里，里面垫了柔软的垫子，它哼哼了一夜，显然是不乐意。第二天，我特意去超市买了专用的小狗窝，非常漂亮，百余元一只，天气凉怕它冻着，就把它放在暖气最足的卫生间。半夜里醒来上厕所，却发现它根本没有睡，而是扒着暖气管站着，站也站不稳，两只大眼睛红红地看着我。我心里一疼，就把它抱起来放在我的床边，底下垫了个单子，挨着我睡，这下总算是睡踏实了。夜里我一醒，它就醒，紧张地看着我，好像在说：妈妈，我乖，别让我离开你，行吗？

　　就这样，小喘气儿头三天就离不开我了。这是三只小狗里最惹人怜爱的一只，它是那么小，又那么漂亮可爱，小扁脸儿，没脖子，大奔儿头，大眼睛，小胖屁股小短腿儿，每当我在地上走来走去的时候，它就玩儿命地跟着我跑。它的大眼睛里总是充满着忧伤，害得我只好一天到晚抱着它，炒菜的时候就一手抱着它一手拿炒勺，儿子都看不下去，说：妈妈，你把喘气儿惯得太厉害了！

其实小喘气儿有特别刚烈的一面，有一个大晴天儿，我看见窗台上阳光灿烂，就把喘气儿抱在窗台上晒太阳，对它说：宝贝儿小喘气儿，妈妈离开一分钟，你乖乖地在这儿等我，我马上回来。我离开的时候还挺踏实的，心想，那么高的窗台，说什么它也不敢动一动。

谁知我刚一离开，就听见一声惨叫——喘气儿竟然从窗台上跳下来了！我惊惶失措地把它抱起来，看了又看，还好，没有受伤，只是走起路来还有点瘸。我心疼了好久，暗想它这么小就这么忠诚这么烈性，长大了还真不知怎么样呢。于是加倍地疼爱它。

没过多久，长篇电视连续剧《曹雪芹》去南方采景，作为责任编辑我不得不跟着，临走的时候，我反复嘱咐儿子要精心照顾小喘气儿，出去之后打电话，第一件事儿就是问喘气儿好不好，弄得同事们侧目：你怎么比疼儿子还疼小狗啊？

这真的是一个很尖锐的问题，我一直在回避的，其实，我和儿子心里真的很清楚。儿子大了，可以独立了，可小喘气儿还小，太小了，一只多么可爱的小狗，可是再可爱也不会说不会道，若是难受，只有自己忍着，一只小动物是多么的可怜啊。从这个意义来说，当然对喘气儿就更要关心一些。

一出去就是十多天，回到家里一看，喘气儿没了。儿子解释说，他开学了，没法照顾喘气儿，只好把它送回官园那个狗贩子那里。我听了之后，觉得也合道理，就准备着去看喘气儿，买了各种好吃的，想着小狗是一天一变，喘气儿一定是更漂亮了。周末休息，便拉着儿子去官园，谁知他死活不去。我很生气，诸法使尽均告失败，只好拿出杀手锏："你这孩子太没有爱心了！"话未落音，儿子的眼泪一颗颗地滚落下来，呜咽着说："妈妈，我一直没敢告诉你，喘气儿已经死了！"

真是晴天霹雳啊！良久，我一句话也没说出来。夜晚，我面对着自己的时候，泪水止不住地流出来。想着儿子说的，自我走后，喘气儿就不吃不喝，一天天地弱下去，可一听开门声，还拼命挣扎着出来看，喘气儿是多么想我啊，它是想看看是不是妈妈回来了！我的小喘气儿，我的宝贝儿小娃娃，你是我心里永远的痛啊。

　　自此之后，再不能提"养狗"二字了，只有看看别人家的小狗解解馋。我想过了，只有等将来老得走不动路了，我才会再养狗。我要养两只狗，一只大的德国黑背，一只小京叭、小西施或者小博美。

一条从丰盛到枯澹的河流

这座都市过去曾经有一条河。

人说，那河是护城河的一条支流。

河滩上有苔，是碧绿的。黄昏时分，空气在水中燃成一束神秘的火焰，火光如此艳丽，光芒四射，使大自然的其他部分都变成了黑夜，变成了死气沉沉的坟茔。

我就生在这河边。在四周的苔藓都亮起来的时候，河流的歌声便无法关闭了。我每天光着脚丫在黄昏时分谛听这神秘的音响。一个小小人儿，沐浴在河水的芳香里，感受河流一天一度的忘情喷发，那时，周围的树木正在把奇异的金色渗入到水的倒影之中。

现在想起来，或许那美丽的光来自于萤火虫？那些闪闪发光的灯笼是什么时候消失的？那时，从河边回到家里，需要一盏小小的灯笼。不然，若是在雪天，就会失明，或者迷路，走失在护城河边。有时，会被鱼线那样细的一根青草拖到河底，像一片树叶一样翻转着缓缓下坠，一点儿不会掠动河面晶亮的縠纹。也可能，会像蝙蝠一样挂到了都市古老宫殿的飞檐上，在第二天太阳升起来的时候，化作檐上的一个雕像。

河水曾经如月光一般澄明。它漂白着黑夜，把石子上面踏过的小小生命，把那些鱼一样鲜美、月亮一样纯洁的肌肤，漂得发白，漂得幽蓝，一直蓝到孩子们的骨缝里。

是的，孩子。

那时有多少孩子啊！……树弟、小乖、五哥、里南、宁远、丽彬、丽华……当然，还有我。

平常河面光洁如镜，有白鸭浮游。逢到雨天，总有无数小鱼金沙般地遮天障地而来。孩子们用各种自制的网拦截鱼虾，拦住了的，晚上家里的饭桌便飘出浓香。其他的孩子便会循着香味串门儿。那时谁家打个喷嚏街坊邻里都知道，绝不像现在的高层建筑那么老死不相往来。在这座都市里，高楼还十分稀少。多的是那一排排苏联专家设计的平房，就像俄式黑面包一样，虽然粗笨，却很结实。它们笨笨实实地排列在那里，直到二十多年后的那场著名大地震席卷而来，它们方显出岿然不动的英雄本色。

再说孩子。

孩子的面容总有相同之处。刚出生的孩子带着同样悲戚的面容，带着一律被挤压的尖脑袋，一律地向左或向右看齐，哭出同样频率的声音——几十年之后我第一次看到护士用连体小车把十二个婴儿推出产房（那里面有一个是我的儿子），我便明白了人类如何能够和必须发明电脑、计算机之类的玩意儿。编制、输入和输出对于人类实在是太重要了。人栖息在复制的精美之中，走向一条冉冉羽化的捷径，满目精致，惨不忍睹。

可是孩子终有一天会从千里之外的想象中苏醒，像河流那样唱起歌，无法关闭。

在树木最高的枝条上，死亡被染成与爱情同样的颜色，诱惑着孩子们长大。他们要长大长高，是为了能够伸手去摘那最高最美的枝条。那时，河流已经瘦成了一弯银钩。

孩子们终于长大成人的时候，河流干涸了。干涸的河床呈现着枯澹之美。

枯河。

枯河依然能够歌唱。在夜深人静的时候，四周林立的高层建筑和现代文明的一切都死去了，惟有枯河里风化的石头和长满皱纹的苍苔飘浮在月光里。一种奇异的音响烛亮了长大成人的孩子的梦境。

于是，丽彬、丽华、小乖、里南、宁远、五哥、树弟……

还有我，所有长大成人的孩子们都在梦境中苏醒了。

我现正站在这河流的遗址边。这河流于这都市已成历史。

美国的一位环境艺术家拯救了一条河流，使一条濒于干涸的河恢复了它的本来面貌，并且作为环境艺术向世人展示。

这并没有什么不好。然而我却并不希望这河流的复苏。过去了的，不可能重复。而枯澹才是艺术的极致——那是一种很难达到的边缘情境，那是经历过豪华绚丽、弃绝一切脂粉气之后的生命意志，那是一切风景的原初与归属。它是一种高级的美，它具有一种哲人的睿智与诗性的本质。

河旁的苔藓与风化的石头都已深埋地下。或许经过上千万年的磨炼，它会再度浮出地面，以别的形式。

至于河边的树，它们都已枯澹而沧桑，河边的孩子们都长大了，可是谁也没有够着那最高最美的枝条。按照宇宙规定的序列，我们还远远没有达到那高度，那高度于生命是不可企及的，只有死亡可以超越。

于是我们在宇宙的暗示下向着这高度走去。先行者已经接近了，后面有无数的来者。在世纪末的黄昏，我们向着藏匿着死神的枯河走去的时候，将带着无限的依恋回眸，末日的太阳将在我们的身体上发出神秘的反光。

我们那时将第一次彻底地撇开自己，弃绝一切装潢与伪饰，成为与树木河流同样的自然造物。

那时，宇宙将发出响彻夜空的绝响。我站在那儿，回到了儿时，我听见了那歌唱。我泪如泉涌，像当年的河流一般忘情喷发。在那神秘的音响中我听见父母呼唤我的声音——

——我知道我该回家了。

孩子的眼睛

　　小时候我是个很奇怪的女孩。有时我很乖，可以拿一支石笔在洋灰地上画上一整天，嘴里一边嘟囔着谁也听不懂的故事；又可以拿一只绣花绷子，用拓蓝纸描了花样，坐在门口的石阶上，一直绣到太阳落山。那时外婆便会用家乡话叫我：莫做了莫做了！鸡上笼，越做越怂！……

　　于是当我爬上很高的洋槐去摘槐花，或者率众从幼儿园高高的院墙上往下跳的时候，即使有人去我家告发，家人也绝不相信是我干的。

　　若是仅仅如此倒也罢了。童年时的我实在还有着诸多的缺点。譬如常常莫名其妙地大声哭泣，哭得山摇地动、四邻不安，仅此一条便决定了我不能讨大人喜欢。可我觉得我的哭都是有道理的，只是表达不出来罢了。例如我常常在夜半醒来的时候透过窗帘的缝隙看见对门邻居家的向日葵，那是一棵歪脖子的向日葵，在黑暗里它很像是一个戴着草帽的男人阴险地窥视着窗子——假如我说出来谁又会相信呢，只能让父母更觉得我的乖张罢了。所以我不说。可我小小的心里在想，假如有一天我把我看到的一切都说出来，所有的大人一定都会被吓坏了。

　　我始终相信孩子的眼睛能看到成人看不见的东西。孩子眼里的爸爸是把他们高高举起的爸爸，他们只看到了爸爸的手臂和腿，还有一个大脑袋。于是他们便照这样去画爸爸。但是成人世界立即告诉他，这么画不对，不能光画手脚没有身子，还得画得成比例。于是，儿童的创造力便慢慢纳入成人的轨道。他们画的不再是眼里看到的东西，而是更符合生活常规的东西，他们的灵性也许就是这样渐渐消失了。

我始终相信在远古时代灵长动物中有一支，深得日月精华、造化之功，成为万物之灵的人。人就是自然界本身孕育的孩子，和天空、大地、流水，和鸟兽、森林、花朵没什么两样。人可以在天上飞，水中游，陆上迅跑，可以和天地万物进行对话和神秘的感情交流。然而，人类的灵性被各种欲望所吞噬，人也因此被自然界离弃了。只有孩子，还带有着远古生命的灵性，那灵性反射在孩子的眼睛里，那是末日审判时天使的目光，干了坏事的成人大抵总不敢和孩子的眼睛对视，道理正在于此。

有个多年未见的熟人偶然来家，蓦然间觉得她苍老了。细细看去，并没有什么皱纹。后来才发现是她原来又黑又亮的眼睛变得混浊和世故了，一句话，是她的眼睛老了。而有些白发苍苍满脸皱纹的老人却并不显老，因为他们的眼睛里还闪着儿童般的天真。

但愿每个父母都学会看孩子的眼睛，让他真正享有童年的目光：清洁，美好，透明。

从购物狂到断舍离

逛街购物，莫过于从偌大一个商场中淘出一件可心的衣裳更愉快的了。前年初夏，总想标新立异地穿一件贴绣片的旗袍，几个商场都转过了，不见踪影。总算有一天，一写小说的小朋友约吃下午茶，就定在世都百货，她说，隔窗看外面的风景，好得很呢。去得早了一点，就绕着二楼咖啡厅慢慢地转，忽见一片醒目的色彩，是一行挂着的中式外衣，有织锦绣缎，有麻丝纱罗，一律的淡青色线香滚，看着好看，穿起来却未必佳，必定有戏装的味道。再往里走，才看见"五色土"三个字，觉着别致，就细看一看，果然看见两件旗袍裙，不但漂亮，且是市场上从未见过的。一件铁锈红色，纯麻，质感硬朗，右侧下腰处贴一蓝黑花纹嵌金椭圆形绣片；另一件桃红色，像是重磅真丝，领口处贴深红墨绿嵌银长形绣片。看了又看，两件都好，只是两件都穿不了，小姐就走过来了，说："我们这里可以定做。"

此时约会时间已到，急走向咖啡厅，见小朋友已俨然端坐，穿一身灰裙，一张清水脸，笑容灿烂。要了一种点心，一份三明治，两杯西柚汁。对坐闲谈，窗外风景果然美好。心里总惦记着那两件旗袍裙。小朋友陪着去了，很拿主意地说，桃红色的好。就决定定做。价钱报出来有些吓人，但想想好不容易有一件衣裳看得上，奢侈一下也不为过，就点头应允了。又一眼看中一件无袖旗袍，暗绿色，上镶墨绿嵌银梅花绣片，极适合小朋友穿，就撺掇她买，两位小姐也极力怂恿，小朋友却不为所动，说："我不适合穿这种正式的服装。"看她身上那件灰裙，果然属于休闲一类，虽然随随便便，却颇有味道，可以想象如果穿了那件绿衣是何等的风情万种。

三周之后，裁缝通知我去试衣。衣料、做工都没有毛病，也算合身，但总没有自己想象的那般美丽。细细一想，是了！如果十年前，效果肯定是两样的。恰如小朋友那样，只是一件普通的灰裙子，也穿得有声有色。而过去一个十年可就难说了，心里感叹着，真是时光不饶人，一定要抓紧生活啊。

我家附近的庄胜崇光百货，曾经是西城一带的大 MALL 翘楚，鼎盛时期，我曾经几十件地买打折的"圣罗兰"和"范怡文"，这两个牌子都是我当时最喜欢的。还有一次碰上"思凡"打折，我和闺蜜各拿一条大麻袋，几乎同时对着对方说了一句"我不认识你啊"，就疯狂地开始抢购，我大概买了六七件衣裳，当时试着很美，可一回家就扔在了衣柜里，一次也没穿过。闺蜜更甚，她的衣裳，估计至少可以开四个衣服店了。

好在，"购物狂"阶段终于过去，目前到了"断舍离"阶段。所以，逛街这项乐趣，也就留给历史了。

影碟的诞生与消亡

影碟是 90 年代出现的新事物，但是它普及的速度惊人。先是 VCD，后是 DVD，都让我们享受了生活。

1998 年去广东开笔会，张口就问《花城》编辑："有没有碟？"编辑怔了一怔，压低声音很神秘地答曰："前两天一个点刚刚被抄，最近恐怕搞不到。"我也怔了怔，觉得他有点所答非所问——影碟并不一定与扫黄打非有关，我想要的碟是刚刚获了奥斯卡奖的几部片子——不过那时似乎普遍有此类误区。

高保真时代使假的变得比真的还像真的，这大概也是盗版碟屡禁不止的原因之一。我本人就曾经有过积攒大量光碟的雄心大志，在当时的一部小说里我写道："这是个盗版光盘的时代。光盘，被压缩的光芒，被加密的音乐，而芯片是一匹奔马，带动光盘转动，像铅笔画出一个又一个圆圈，成为城市美丽的漩涡。每一次转动都制造一个中心，每一个中心都光芒四射，有如葵花，向着太阳盛开的同时，自己也旋成了一个中心。"

然而现在我不再这样看了。

大约 1996 年前后，我开始了每周一次的业务观摩——到电影资料馆看进口片。每当电影院的片头音乐响起，我便条件反射似的兴奋起来——尤其是电影资料馆放映厅，具有国内第一流的音响与全部设备，在盛夏炎热的晚上，这里的空调微风习习，微风中飘荡着爆米花的甜香，对视觉、听觉乃至全部感官的调动与各种出人意料的声光刺激，构成了一种身心的极大享受。几年来我乐此不疲，看了几百部片子，其中精彩的怎么也得有几十部，令人恒久难忘。

于是向朋友推荐：《我知道你去年夏天干了什么》《椿姬》值得一看，《女巫布莱尔》你们一定得看……然而反馈却大出意料："你推荐的那几部片子都买着碟了……都没劲。"我瞠目结舌——到底是谁的品位出了问题？我的，还是他们的？

刚巧有了一台新的 DVD，质量很不错，就再看了一遍《女巫布莱尔》，天哪，电影院里所有的效果都消失殆尽了，剩下的只是令人感到虚假的颜色和干巴巴的并不引人入胜的情节。在整个播放过程中，我起起坐坐地转悠了十几趟，而在电影院里，我是坐在那儿连大气儿都没敢喘的，所有的别人也都是如此，被一种强烈的心理恐怖压迫着，直到影片结束，静场了一分多钟，大家才像缓过神儿似的鼓起掌来。

效果差得这么远，原因自然多多，但是最根本的问题恐怕就是"压缩了的光芒"永远代替不了真正的光芒，"加密了的音乐"永远代替不了真正的音乐。正如控制论鼻祖维纳预言的那样，"电脑可以在很多方面代替人脑，但是在诗歌、小说、艺术等等方面却永远也不可能代替人脑，因为文学艺术家的创造是受一种模糊思维的驱动"。电脑无法代替人脑，影碟也无法代替电影——即使在一个代用品的时代亦如此。这究竟是科学的悲哀，还是我们的幸事？

于是打消了积攒影碟的念头，决定在可能的情况下，还是到电影院去，在一个商业主义神话的时代，坐在电影院里静静地看上一部好电影，也不失为一种奢侈呢。

自前年始，爱上美剧。有两部剧着实令人惊艳：《权力的游戏》与《大西洋帝国》。这两部剧豆瓣评分都在 9.8 以上。实在是顶天立地的好剧，甚至舍不得推荐给人看。在大家都狂追《唐顿庄园》《纸牌屋》的时候，我一直在追这两部剧——特别是后者。黑帮片，把艺术与商业元素结合得妙不可言，好看得一塌糊涂，贴吧上一色全是男性，只有我一个冒充男性的女性。如今，权游已经第七季了，大西洋已经第五季结束了——这两部剧得了无数大奖，后来才知，原来大西洋第一季是马丁·斯科塞斯导的！老马出马，一个顶仨！难怪超级棒！我爱上了其中一个叫作欧文的黑帮，他死时还很年轻，害得我热泪盈眶，好几天都吃不好饭。我的口味特别，没什么人跟我抢欧文，绝大多数人都爱那个酷似莱昂纳多的吉米。

欧文性感却不粗俗，俊美却无娘气，笑起来温和又阳光，后来我知道扮演他的演员叫查理·考克斯，后来饰演了《万物理论》中霍金妻子的第二任丈夫。

时装记趣

童年时期，特别喜欢母亲年轻时的那些旗袍。大了以后才知道，母亲的旗袍是改良式的。最早的旗袍，应当是清代的直筒式旗袍；腰部无曲线，下摆和袖口处较大，配上琵琶襟的马甲和花盆底的旗鞋，便是典型的清代满族女人的装束了。我想旗袍之所以绵延至今，无疑是因了女人们对它的偏爱。一次次改良的旗袍款式显示了一代代女性审美趣味的变迁，可以当之无愧地送入北京的服装史了。

新中国成立后的很长一段时间，可以说是北京人的服装在引导着中国服装的新潮流。从 50 年代的列宁装到 60 年代的军大衣，都成为由北京人兴起而席卷全国、风靡世界 (那时很多国际友人也以得到一件真正的军大衣为荣) 的服装浪潮。在大鼻子们的眼里，北京就是中国的代名词。60 年代的北京街头只有单调的蓝、灰和绿，也正因如此，中国得到了 "蓝蚁之国" 的称谓。

开放的窗口终于渐渐打开。我的大学时代正是服装急剧变化的时代。自三年级伊始，女生们的服装已经开始争奇斗艳。瘦腿裤变成了喇叭裤，后又成直筒裤，然后是牛仔裤，接着又开始在衣领上别各种小徽章，之后又发展为镀金项链，后来牛仔裤又变成运动服，再戴上有 "香港制造" 标志的太阳镜，便构成了 80 年代初年轻人最新潮的装束。

北京姑娘越来越漂亮了。这自然离不开服饰和美容的作用。

新光天地、奥特莱斯、燕莎、赛特……时装与购物环境已经直追欧美。

而进入 21 世纪以来，北京已经成为无可争议的国际化大都市，时尚从一些小资白领、波波族走向了更多的受众——连我们这些从小穿"三寸布票一尺的布"做的裙子的人，也都不能不关注到消费文化语境中的人——特别是女人的巨变。

一次我不经意间出席了一次时装发布会，那一次的时装秀令我有振聋发聩之感——

第一位模特穿的是晚装，烟一般透明的纱衣，巴洛克式的华丽氛围搭羽毛梦幻配饰，并且有着若隐若现的朋克元素；第二位穿女公爵缎刺绣晚装，戴花朵形宝石戒指——明艳的紫色与金色刺绣花朵由领下散开，在红色女公爵缎的映衬下更添夺目光彩。顶级的奢华材质，数百小时的完美手工，据说由时装界的恺撒大帝 Karl Lagerfeld 亲自掌镜创作，看上去竟不是时装，而是如梦如幻的艺术品。

模特们络绎不绝地走在 T 台——有的戴着 Stone Age 的新款饰品，灵感来自充满神秘色彩的枫丹白露森林，妩媚如宝石精灵亿年的沉积；有的戴"八宝"手镯，T 台上，超宽的手镯成为张扬时代的点缀和视线的焦点；有的中性打扮，感觉金属质地般的硬朗；有的全身缀满质感细腻的立体花朵、迷人晕色、透明泡芙袖、甜美小圆领和蝴蝶结如春天般纯真。

迷人的香气的氤氲，梦幻的迷离色彩的熏染，让全场的人们如醉如痴——最后，大家听见设计师私语般的献辞："……我的梦想就是做一位裁缝，开家小工作坊，专门为我崇拜的女性做美丽的衣服。我会有自己的回头客、自己的沙发，我会请他们喝茶，享受安逸的气氛。——这不是我说的，这是 Domenico Dolce 说的，我的梦想是每天从晚上 10 点工作到翌日上午 10 点，然后我要做阿拉伯鲜花浴，做按摩、休息，然后去购物、把挣来的钱花掉。……朋友们，请相信我，我要让这里成为这座城市独一无二的时装店，希望你们尽情享受这里所有的奢迷，愿我的小店因你们而更加美丽！……"

这个场景，被我写进了新作《炼狱之花》中。

那一天，几乎所有的人都购买了这家店的服饰，我算是买得最少的，也买了一枚紫色水晶胸针。

无论我们是否愿意承认——时代变了。时代发生了翻天覆地的巨变。时尚成为我们每天必须面对的事实，而消费文化成为我们的写作乃至生存状态中无法回避的语境——这是现实，必须接受。与好坏没有关系。

当一个少女从西单商场买了精美的皮衣走出来的时候，她很难想象到二十多年前，一个与她同龄的女孩在即将走向北疆的前夕，在同一个柜台上从一片灰色中挑出一件线呢两用衫，其快乐的程度比她有过之而无不及。

心里终归还记挂着母亲那几件美丽的旗袍，终于在婚后穿了一回，谁知洗了一水之后那颜色便褪去许多，这才明白曾经那样吸引过我的东西不过是上一个时代的馈赠，虽然好，却已经异常陈旧了。

然而，旗袍的款式却仍然不断地更新着，在现代时装中以独特的东方情调占有一席之地。现在有了高领、垫肩、窄腰、长开衩的手绘图案旗袍。姐姐从美国来信说，当她出席一个重要宴会的时候，她选择了旗袍。那旗袍鲜红夺目地华丽。它战胜了那些西装和夜礼服，给她带来了运气。她说她穿上旗袍便想起了北京，想起童年时在北京的一座房子里，几个女孩试穿妈妈的旗袍，盼着快快长大。

购衣：圈套与误区

　　我的购衣癖可以追溯到三十年前。那时中国尚有"蓝蚁之国"之称。北京的服装市场一片黑灰白蓝。但是当时尚在花季的我总想在这片萧条之中发现一点异样的色彩。终于，王府井的益民商店如沙漠绿洲般出现在我的面前。那是一家出口转内销商品专卖店。我那时月工资三十二元，每月十元饭费，五元零花，还要剩下十几元钱，也算是同龄人中的大款了，便毫不吝惜地花在穿上。最后一回去益民商店，是在1976年大地震之后。当时都在外面摆摊卖衣服，大都是一次性甩卖，价钱低得惊人。有件赭色连衣呢裙，周围有宽大的威尼斯花边，只卖八块八毛钱，略一踌躇的工夫，便被另一女士抢走。但当机立断亦有后患——有几件衣服便是不顾后果抢来的，后来实在穿不出来，重新改造依然无效，只好送了人。还有件黑色女士呢斜裙，腰太细而下摆太宽，还很容易沾毛，之所以决定买，完全是因为那售货小姐的妩媚笑脸。所以丈夫讥我若去了西方肯定破产——那裙子还在箱子里搁着，送都送不出去。

　　然而购物环境常常破坏我的审美品位。一旦陷入了导购小姐的包围圈中，我就常常晕头转向忘乎所以，做下悔之莫及的事。譬如有一阵很时兴摩根丝的服装，在西单地下商城的一个摊位上挂满了五颜六色的裙子，都一律标有"摩根"字样。对于色彩的癖好使我情不自禁地走入了一个圈套：那些貌似美丽的裙子其实十分功利地在向我兜里的钱招手。作为工薪阶层，我在时常感到囊中羞涩的同时，也偶有不顾一切的壮举，那天在一群小姐和倒爷云山雾罩的一通侃中，我红着脸倾尽囊中所有：五百元人民币，买得一件浅驼色摩根丝短袖连衣裙——那可是在 80 年代啊，够两个人的月工资！然而当我走到下一个摊位时，却发现有一件一模一样的裙子挂在那里，价钱却只有那件衣服的五分之一。从此我养成买完东西便立即离开现场的习惯，以阿 Q 精神掩耳盗铃完成英雄壮举。

暇时打开衣柜，各色衣裳可谓多矣，却很少有几件是真正喜欢的。有一则小故事再好不过地说明了女人的一般购物心理：有位太太看到一家商店里挂着一件美丽的服装十分可爱，但当时带钱不多，且看到别人似乎对这件衣裳并无兴趣，便没有买。回家后越想越悔，她想那件衣裳一定被别人买走了，便终于在几天之后，风急火燎地赶往该商店，一看，那衣裳仍挂在那里，于是她长长地舒了口气，决定不买了。

薰衣草的启示

我莫名其妙地喜欢很多词。譬如薰衣草。童年时候，母亲翻开她的箱子，我们总是能闻见一股奇怪的香味。母亲说，那是樟脑与薰衣草混合在一起的香味。我们就记住了这个美丽的词：薰衣草。

伊犁河谷是盛产薰衣草的地方。朋友说，薰衣草是新疆生产建设兵团农四师的一项重要经济作物。朋友说，你夏天来就好了，夏天来，伊犁河谷到处是绛紫色的薰衣草的花朵，好香啊。

现在我只能看到薰衣草的残骸了——那是朋友收集的各种植物标本。我看到那一朵朵浓艳的紫色正在变得浅淡，但是香气却更浓了，色彩与香气永远成反比么？它的精华——薰衣草油又是怎样的香呢？

母亲的旗袍呈现出陈旧的色彩与香气，薰衣草使女人更像女人。那些高领无肩的旗袍，把两条银白的裸臂鲜明地衬托出来，把女性胴体最柔软的部分凝炼地写意出来，那种美，那种芳香，都属于上一个时代。

写到这里，我的脑子里闪过"花样年华"，闪过张曼玉的杨柳细腰和二十六款美丽旗袍，那是怎样美丽的颜色啊！有丝麻海阔青镶黑色花边的，有亚麻白底黑色夜来香花的，有黑灰色竖纹透纱的，甚至在别人身上穿起来肯定很乡气的天蓝底子大红大绿花的，都在张影后的身上变成了灵动的虹彩。特别是，这样耀眼的虹彩在那般狭窄的小巷子里，那样旧陋的房舍中，那样唧唧喳喳的市民中间闪来闪去，就更是会有一种莫名的感动。

看"花样年华"，就会闻见那样一股淡淡的薰衣草的香气。

一个朋友打来电话，叹息："那种优雅在中国女人身上已经消失了。"

但是我想那优雅还会再度到来。不是那些美丽的旗袍已经打动了许多女孩了么？

母亲说，她和父亲的浪漫故事始于薰衣草，她曾经在外婆的调教下缝制香袋。上大学三年级的时候，父亲到母亲家谈同乡会的事，外婆送了父亲一只香袋，那是母亲绣的，里面装着薰衣草。比起外婆，母亲的绣工要差一些，但是因为绣得很少，所以给父亲的那只便显得十分珍贵了。

我见过那只香袋，在海青色的缎子上，铁划金钩地绣了荷花莲藕，一根丝线劈成了十几根，美丽得让人销魂。

还有那香气，永不磨灭，沁人肺腑。

我想，古代美女，大概都是如同娇花照水、弱柳扶风的，那种娇媚，大抵也并不是完全为了取悦于男人的，包括我们自己，谁能真正从内心觉得那种五大三粗让人赏心悦目？可是就在那个奇怪的年代，我们这些当时尚在花季的女孩，哪个不是"谈美色变"？就连穿一件带颜色的衣裳，也要左思右想，藏头露尾，只敢露一点花领子，或者卷一点点头发帘，如果白，就要担心人家会说自己是资产阶级小姐，一定要有意把自己晒得黑黑的，如果苗条，那就更要警惕了，一定要用力干活，才能把小腿肚的肌肉练得更加结实。试想，经过这样的革命洗礼，还有哪个女孩能够保持住真正的女性美？即使在身体上没有被损害，内在的精神气质也要显示出"铁姑娘"式的英勇，这一系列潜移默化的"英雄主义"教育，使得我们在骨骼肌肉慢慢变硬的同时，行为举止也变得粗糙、僵硬起来，现在，在我们已经人到中年的时候，突然遭遇那二十六款美丽的旗袍，以及旗袍背后的温润如玉、似水柔情，这才突然想起，这世界上原是有着另一种生活，另一种女人的，我们如梦初醒，但已是"虎兔相逢大梦归"。

好在下一代的女孩越来越美了。

愿薰衣草给中国女人带来新的变化。

北京上海之美丽比拼

我生在北京长在北京，对北京有一种特殊的感情。前些时与莫言、格非聚，本来相谈甚欢，突然两位一起说起北京人的种种不好，气氛顿时大变，最后还是莫言抹了稀泥才算了事。

可是我这个北京沙文主义者私下里不得不承认：上海，在许多方面远远胜过北京。就我个人品位而言，悄悄地小声说：我更爱上海。

首先是吃。我虽谈不上饕餮之徒，却的确对吃颇有兴趣，堪称热爱吃饭之人。味蕾似乎天生敏感过人，有一点点不对，也能品得出来。中国的饮食文化，自然是历史悠久，老子云："治大国若烹小鲜。"汉相陈平年轻时是主持乡里宰肉和分配的，由于他分得均，父老曰："善哉陈孺子之为宰也！"这才有了宰相，后来又有了浆人、盐人、庖人等官职。这些官职，无不与吃有关，可见我们美食文化的传统是多么深远！可是北京作为首都，美食实在乏善可陈。大饭店里的烹调倒也罢了，但除了贵就是贵，是拿钱堆起来的，平日里谁耐烦到那等地方享受？也享受不起。但是小餐馆的菜也一样吃不得，怕油，怕脏，怕吃出病来。有中档特色菜馆，又觉得味不地道，或者量太大，或者有美食无美器，或者氛围不舒服，总之总能挑得出毛病。前一段闻使馆区"为人民服务"之盛名，说是极好的越南菜，老外们都纷纷去了，吃得不撒嘴，于是便请从美国回来探亲的姐姐一起去领略异国风情，点了酸辣鱼，点了椰青、越南春卷等等，总之招牌菜都点了，姐姐倒是称赞不已，我却也没吃出什么好来。细细一想，是了，正是上海的朋友害了我，让我提前吃到了上海的越南菜，两相比较，味道差得可不是一点半点。那个地方好像在一座花园洋房里，环境便令人心旷神怡。同样的酸辣鱼，便要细嫩些；同样的越南春卷，便要爽口些；同样的椰青，口感便要醇厚甜美些。总之，味道与用餐环境，都要精致得多。

是的。精致，这个词明确界定了北京与上海的区别。

再说穿，记得早在上大学期间我第一次去上海，便买到了到那时为止我最为心仪的衣料：一块湖青色的丝绸，那块丝绸的湖青是渐变的，由浅入深，在深色的地方，有从疏到密，从小到大的花朵。那是那个年代极少使用的中间色，那些花朵有银粉色，有杏色，有橄榄色，配在一起是十分高级的色彩，我压抑住内心的狂喜将它买到手，自己设计制造了一条连衣裙，漂亮得很长时间都不敢穿，有好久好久，一想到漂亮二字，便会想到那条裙子，想到那条裙料的产地：上海。至今上海仍是我的服装的主要来源地，还远不止是淮海路，置地广场的八层，徐家汇附近的港会，每次我是一定要去的，在那里，如果细细地淘，每次都会带给我惊喜，都不会让我空手而归。

精致的概念更适用于上海的建筑。

记不清有多久了，我常常做关于上海夜晚那无与伦比的灯光的梦。朋友开着车，带我在浦东一带转悠，看着那美丽绝伦的灯光映照下的建筑，你会觉得"东方巴黎"一类的形容是太贬低了上海！巴黎我是去过的，第一眼的巴黎在我眼中与北京的西单没什么两样，而上海的建筑与灯光设计却要精致得多，讲究得多。北京的楼市的确繁荣昌盛，但却没有章法，缺乏总体感，不注意细节的精致。北京的建筑，就像是个巨无霸，上身穿西装，下身穿抿裆裤，上面还打了各种各样不协调的补丁，甚至连鞋都是一样一只；而上海则像一个装饰入时的女郎，从头到脚，连耳环和手链都是精心选的，为的是要和那身服装协调。写到这里不免要发几句愤青式的无聊牢骚：古京城的建筑，其实本来是极讲究的，以天安门为核心，北有德胜门，南有永定门，一条中轴线贯下来，便是龙脉所系；而西直门、东直门、广安门、广渠门，则为四个龙爪。龙爪被斩断了，自然影响了风水，幸好德胜门还在，永定门近日又要重修。现在，我真的理解梁思成的那一片苦心和被拒绝后的号啕了！假如当初政府能够采纳他的建议，在保护古城完整的前提下再建一个新北京，那又是什么成色？恐怕北京的旅游业增长十倍二十倍也打不住吧？！

自然，生活中是不存在假如的，历史上也是不存在假如的。北京与上海，也并不存在"假如"的可比性。如果可以重新选择，我依然会是北京的一位永久居民，而上海，则是我调养生息，享受生活的去处；在北京写完了一个长篇，然后去上海的新天地喝一杯"单身贵族"，那才是我的理想生活。

垃　圾

　　车祸是霎时降临的。她看到，那个小女孩的妈妈，那个几秒钟之前还珠光宝气仪态万方睥睨一切的女人倒在了车轮下面。那好像是辆银色凌志，造型很美。随着紧急刹车的一声怪响，她的整个身体都被吞没了。车轮外只留下了一双脚，一只还穿着高跟鞋。白色达芙妮的，上面嵌着两道 V 形珠光装饰。没有血。没有血的车祸往往非常可怕。

　　她没有任何感伤。对于她这个长年在车站拾垃圾的女人来说，见到这种阔太太的突然遇难，甚至还有一丝快感。但是快感很快就消失了——她看见了那个女孩美丽的含泪的眼睛。

　　那个女孩是在万般无奈中才跟着她回家的。当时她拨开拥挤的人群，拉住了女孩娇嫩的手。

　　"你和你妈妈到什么地方去？"

　　"就到这里。刚刚下火车。"

　　"你们那么有钱，为什么不坐飞机？"

　　"妈妈有恐高症，她害怕。"

　　"你们到这儿干什么？旅游么？"

　　女孩突然沉默了。良久，她咬着手指说：找爸爸。

　　女孩清晰的叙述变得含混不清。她好不容易才听懂了：原来女孩的妈妈傍上了一位大款，缱绻经年，大款终于答应和妈妈结婚，但前提条件是：只要妈妈不要女儿。妈妈要把女儿的事情处理好才能出嫁。于是妈妈只好把女儿处理给她的爸爸——一个挣不着钱，养不活美丽的老婆和女儿的小职员。

"那么你到底喜欢爸爸还是妈妈呢？"她问。

"我喜欢妈妈，也喜欢爸爸。我愿意……愿意让爸爸妈妈和我在一起……"

"可是你妈妈已经死了。"

女孩一下昂起美丽的小脸，双眸喷火："你瞎说！你撒谎！妈妈不过只受了一点伤……"

她弯下身，双手捧起女孩的小脸，女孩躲闪着，她知道女孩是嫌她脏。

"你几岁了？"

"……六岁。"

"六岁……和我那时候……一样大。"她喃喃地说。晚上，她换上洗干净的床单，让女孩睡在床上，自己铺了张席睡在地上。快到天亮的时候她才睡着，还迷迷糊糊地做了个梦。

她梦见自己好像又变成了六岁。爸爸和一个漂亮阿姨走了。一直病病歪歪的小学教师妈妈颓然倒在破椅子上，目光茫然——她的下边，还有两个弟弟。从此她业余织网袋。她织得飞快，一天能织十个，每天可以为家里赚七毛钱。后来，光织网袋不行了，再加上刻蜡版。再后来，她勉勉强强念完了小学，去废品公司工作了。"两个弟弟都要上学，你一个姑娘家，就别念中学了，我在家教你。"妈说。妈说了这话之后不到两个月，就病死了。

每天，她顶着露水走，踏着月亮回。她总是把回收的废品整理好再去公司，剩下不要的边边角角，就埋在门前的地里。她那平房小院的地，因此很肥。于是听见后面有人嘀咕："……这就是那捡破烂儿的。"她走得更早，回来更晚了。直到有一天，小一辈的孩子喊她大妈，她才忙着照了一眼镜子：镜子里的女人，还没开放就已经衰败了，衰败得那么无可奈何，充满宿命感。

从此之后她回避镜子。

不知为什么，当女孩的爸爸打来电话的时候，她感到了一种莫名的悸动。她清扫了房间，找出那面尘封已久的价值一块两毛钱的小镜子，洗洗脸，还抹了一点口红。那口红是她拾垃圾时捡的，暗红色的很美丽。

但是女孩的爸爸根本没有进来，他甚至没有看她一眼，匆匆忙忙塞给她一个信封，领着女孩就走了，嘴里说着谢谢，但是她心里很明白，她在他眼里肯定是个今天见了明天就忘了的人。倒是女孩回过头来，久久地盯着她。女孩说：你抹上口红，好看多了。

她后悔昏头昏脑地接过了那个信封。信封里当然是钱。很少的一点钱。以女孩爸爸的财力，只能给这么一点点。她真想把自己接钱的手剁掉。

后来大家好像再没见过她，那个拾垃圾的女人，似乎一下子从这座城市里消失了。

直到这一片平房区拆迁的时候，人们才注意到，拾垃圾女人的院门口，青草长得非常茂盛，碧绿碧绿的，漂亮极了。院门口还有几张霉烂了的十元钞票。民工们叹道：钱都扔了！可见连城里拾垃圾的都这么有钱！推土机把破旧的平房连同那些茂盛的青草一起连根拔除了。但是土地还在。来年，或许会修个苗圃，再栽上许多美丽的花。

阳光女孩

　　早听说三里屯酒吧街，及至看了，果然不同。同伴推荐了一个叫作 YA 的酒吧。她显然是这里的常客了，五年前她就住在附近，看着一个个酒吧破土而出，铺陈华丽，然后就一个个地逛下去，最后选择了这一个，常常独饮独酌，看着太阳慢慢地从窗外滑下去。

　　她是电影学院一位年轻的女教师，看她模样，倒像是个学生，并不是那种标准美人的面孔，但是非常可爱。她的身体，眼睛，脸，都像是在流动着，让人想起"女人是水做的骨头"。我这样说了，她就笑起来，目光仍然流动着，皮肤在夕阳的反光中，完全成为透明的，质地非常薄，好像溶成了阳光的一部分，像一个"阳光女孩"。

　　她很有把握地说我会喜欢这里，好像很了解我的品味。她果真了解我的品味，我确实喜欢这种木质的桌凳，这种干净的石板地。法国乡村风味，没有过多的装饰和小趣味，大气，简单，洁静，一点点法国音乐。当然，烹调很考究，她向我推荐的酸奶和猪肉咖喱饭，味道都非常好。还有各种各样的烤串，都别有风味。

　　我们是春天认识的，因为合作一件事。第一次见她，就觉得她不同于现在的女孩。当时还有些凉，她外面套了一件紧身灰蓝薄呢大衣，身段特别窈窕，但绝不是瘦。微微染黄的头发覆着她光洁饱满的前额，薄得透亮的皮肤，像是没受过任何一点点侵害。她最喜欢说的一个字眼就是：健康。介绍她认识我的朋友说，她选择男朋友的第一标准就是健康。他还说，她曾经有过那么一个健康的男朋友，他们非常要好，但是，他死了，死于一次车祸。

这样我才知道，原来这么阳光灿烂的女孩也有伤心事。心里惊异她是怎么挺过来的，却一直不敢问。她的状态看上去似乎一直很好。她独自居住着，窄小的居室里铺着没有打过蜡的木质地板，天花板上，吊着几只黄的粉的蓝的纸灯笼，透出一种简单和洁静的美丽。有时，她会请我喝她自己兑好的茶，茶有种特殊的香气，喝起来神清气爽。

这时，我们分着腰子形大瓷盆里热腾腾的咖喱肉饭，她用平淡的口气讲起往事，但是有细小的泪在她那双流动的眼睛里闪亮着。

"但是看你这样子，好像没有过任何创伤。"我说。她又是嫣然一笑："我么，我的办法一开始就是看金庸。《鹿鼎记》就是那时候看的。后来，我安慰自己说，他不过是到另一个世界去了。他仍然看得见我，他讨厌我没完没了地悲伤，他愿意我像过去一样快乐，健康，阳光灿烂，在冥冥中，他一直看着我，我想做得让他高兴。"

我低下头用小调羹舀饭，把喉咙里酸酸的东西压下去。真的想为她做点事情，但是我知道，我不能流露出一丝一毫的怜悯。她是娇柔的，却又是坚强的，她是温和的，却又充满了自尊。

阳光女孩，祝你永远美丽健康。

穷人美

没有女人不爱美的。问题是美不美得起。现在的美，要既有钱又有闲才能得到。就看你到底想下多大功夫了，付出多少就收获多少，一点不错。

不过也有例外。不然就不会有"穷人美"，或曰"买着便宜看着贵"之说了。

对于服装，我历来只持两种态度：一是一见钟情非买不可，另一是价廉物美不断更新。但是近年来，似乎一见钟情和价廉物美的概率越来越低，往往是整个服装市场看过去，都是大同小异，正在无可奈何，忽一日友人送了我三张宝姿时装券，每张五百元，时限半年。于是在时限将满时我去国贸宝姿专卖店，看来看去，真的没什么看得中的衣裳。矬子里拔将军，挑了一件加衬的短袖衬衫，淡绿色上很精致的图案，款式也新，左襟盖着右襟，因此扣子开在右侧，看看标价，居然一千三百多元。券上还剩一百多元，小姐拿出几条丝巾让我挑，好像是加了麻的。都很挺括，颜色也艳丽。挑了一条淡绿底色的，上有深绿点花，淡绿衬了麻，深绿则是透明的，看上去还算别致。但是这一千五百元的价值始终没有转化为使用价值，一年了，衣裳还在衣柜里挂着。再有一次在燕莎，看中一件加皮毛衣，价钱四百多元，样子很时髦，紫色领口袖子，前胸后背镶黑色羊皮，软而精美，很高档，就按"一见钟情"的标准买下来了。结果偶然路过动物园服装批发市场，竟有一模一样的毛衣，开价只要一百三十元，还有得砍。又连续观察了几次，屡屡如此。自此之后突然明白了一个真理：原来服装卖的是购物环境！服装的价差，小到几元几十元，大到成百上千，连牌子都一样，差的就是一个购物环境！完全一样的衣裳，在赛特买和在批发市场买，有完全不同的环境，也有完全不同的定价。

于是，我的眼光转移到先前不怎么注意的批发市场上了。先是动物园批发市场，秋冬换季的时候，一下子就买了一套绒衣裤，一件毛衣和两件两用衫，加起来不到两百元钱，穿出来同事看了，都说又新鲜又别致，都猜价钱在六七百元左右，于是心中暗自得意，一发不可收。又发现了离家更近的一个批发市场，那个市场货色更全，不但有服装，还有各种各色的用品，简直琳琅满目。

环境当然是谈不到。进去之后，照例是一片喧嚣，四季一律没有空调，便有些说不出来的味道，但是忍受过这些，真的能淘出价廉物美的好东西。譬如一件蓝底白花蜡染中式罩衣，滚边和扣子都是鲜红的，非常摩登，若在燕莎卖，怎么也得标四百元以上，可是在这里，只要三十五元就拿下来了；又如一件纯麻灰地黑花无领罩衣，先前看过在国贸卖到七百元以上，这里居然砍到了一百二十元。尝到甜头，我更是一往无前，一个专卖藏族首饰的摊位，有木变石的项链，绿松石的领圈和手镯，更有一种十分精美的金银丝玛瑙松石手镯，我竟一股脑儿全部买了下来，不过才两百元钱，再去专卖西藏首饰的醉艺仙一问，价钱竟多了个零。我大喜过望，从此便视那家市场为我的一个点，困了累了，便要到那里去歇息，好在那市场旁边便是一家永和豆浆店，逛累了，就到那里吃一点台湾风味的点心，花不了几个钱，却很惬意。

最近从网上知道 1999 年十大恶俗词语，"工薪阶层"这个词便名列前茅，说是各色人等都在冒充工薪阶层，屏幕上穿银狐领的小姐也忸怩作态说，我们工薪阶层如何如何，委实把工薪阶层糟蹋了云云。我倒觉得，量体裁衣看菜下饭最好，有多少钱花多少钱，不一定钱多就能买到乐趣，更不一定钱少就无法享受，看看时装的差价，就明白这个社会的差别是怎么一回事了。只要想美，谁都美得起，工薪阶层当然不例外。而最根本的问题还在于：品位。

我的歌唱生涯

我爱唱歌。从小就爱。

上小学时看了《刘三姐》《五朵金花》《冰山上的来客》……很快会唱了所有唱段。一首歌，只要跟着哼两遍就会唱，后来的样板戏也是，除了"奇袭白虎团"，所有的唱段全会。

当然，还有"外国民歌二百首"。当时的"二百首"很神秘，似乎是一种不能明言的地下歌曲。知不知道二百首，会不会唱二百首，成为能否进入某种圈子的重要条件。都爱偷尝禁果，越是禁越好奇，我初识简谱之后学唱最多的就是二百首。在黑龙江"铲地"的时候，有男生特别爱唱《哎呀妈妈》《喀秋莎》和《山楂树》，他们一张嘴，我就会下意识地瞥一眼，他们会立即明白我知道这首歌，是"自己人"。铲地时我常常落到最后，偶然地，背着锄头，看着已经落山的夕阳和四周黑乎乎的土地，我会不由自主地唱歌。有一天我唱了二百首里的一首越南民歌，"太阳下山了，那安静的钟声阵阵地响，槟榔树和绿竹影，都斜照在小船上。那是我的家乡啊，法寇把它全烧光，尸骨如山血成河啊，田原多凄凉……"万没想到，在广袤的黑土地的深处，立即有人应和，足足吓了我一大跳。又一次，收工回来边洗边唱，唱的是二百首里一支鲜为人知的英国民歌："在绿色的山谷下面，小溪蜿蜒地奔流，当夕阳在晚照，我独自漫游。就在这一片山谷下，当小鸟在欢欣歌唱，我遇见了我心上最心爱的姑娘，那时候芳草如茵，环绕在我们身旁，到如今剩我一人，独自徘徊惆怅……"声音稍微大了一点，宿舍后面的男生排便有人鼓掌有人喝彩："唱得好！再来一个！……"吓得我立即噤声。

——我的歌唱生涯始于小学，那时北京小学有个有名的"红五月"歌咏比赛。我们学校的红领巾合唱团，始终在这项比赛中拔筹。转眼到了四年级，我当了少先队大队学习委员，很忙，合唱团的活动却是一次也没落过。记得四年级第二学期的一天，李老师把四个女同学叫到办公室，笑眯眯地请我们每人唱一遍《唱支山歌给党听》——那时，正是举国上下学雷锋的热潮时期。我们不知老师用意何在，便都很认真地唱了，结果李老师把我和另一个叫李四雁的同学留了下来。她的神情变得严肃了："毕业班的同学离校了，其中有我们合唱团的骨干力量。他们走了，我们的合唱团不能垮。今年的'红五月'歌咏比赛，我们要推出大型组歌《雷锋之歌》。初步打算，请你们两位同学担任领唱，就唱《唱支山歌给党听》。"

自那以后，每天晚上李老师和刘老师都轮流带我和四雁在音乐教室练声。两位老师都是音乐学院毕业，要求十分严格，特别是刘老师，简直是一个音一个音地校正。那时，我才真正懂得唱歌竟然也很苦。

比赛的日子一天天迫近了。彩排的那一天，合唱团全体同学早早就上了车。女同学白衬衫花裙子，男同学白衬衫蓝裤子。一色的红绸领巾像火苗儿似的在胸前飞舞。我站在第一排正中间，唱高音部。从我左边开始全是低音部。刘老师担任指挥。唱到雷锋童年那一段的时候，我看到他那"满脸旧社会"的样子，忍不住想笑。虽没笑出声来，但眼睛里恐怕是笑盈盈的，因为我看到刘老师好像怒视了我一眼。

接着，八一学校上场了。女同学一律是白衬衫，金黄的绸裙，金黄的蝴蝶结，金花银蕊一般光彩照人，更衬托出红领巾的鲜明夺目，从气势上便压倒了我们，把我们都看傻了。

"人家八一学校是高干子弟集中的住宿学校，有钱，咱们怎么比得了？！"回来的路上，五年级一个男同学小声嘟囔。

"这是没出息的话！"刘老师狠狠瞪了那男孩一眼，"我们是唱歌比赛，又不是时装表演！"

然后，两位老师又找到我反复叮咛了一番，让我千万克服爱笑的毛病。刘老师还提醒我，如果我临场感情进不去，就想想自己的什么伤心事。我辗转反侧了一夜，觉得自己的伤心事很多，可就是一件也记不住。

三天之后，正式比赛开始。头一件糟糕的事：李四雁因病无法参加比赛！李老师的脸一下子涨得绯红，紧紧地拉着我的手说："低音部没有了，你只领唱你的高音部，唱片里也是这样的，问题不大，不影响大局，关键是你千万不要紧张，要沉得住气！"天呐，我怎么能不紧张?！可我感到她比我还紧张，拉着我的那只手沁出了冷汗，又湿又凉。

快轮到我们了。两位老师忽然变魔术似的拿出了两捆一色的红裙子，让我们在后台赶紧穿上。这种石榴红色非常好看，可拿到手里才发现，原来这裙子竟是红色皱纹纸做的！"同学们，这是咱们高年级全体老师在这两天之内赶做的，穿的时候一定要小心，后面是用别针别上的，大家互相帮助一下。"刘老师说完之后，把我拉过去，亲手为我把这纸裙子用别针别好。

大家觉得十分新鲜有趣，都唧唧喳喳地议论着，很快穿上了裙子。别说，这裙子远看一点儿也看不出是纸做的，在灯光下，那红色皱纹纸呈现出一种特殊的效果，既鲜丽，又挺括，像一片半透明的红云彩。真不知是哪位聪明的老师想出的招儿。

比赛地点是在中关村礼堂。大约都是彩排那天得到的启示，各合唱团这次特别注意衣着。遥遥望去，女生们五彩缤纷的花裙子，似乎构成了一个个花圃的图案，而黑发上系着的蝴蝶结，就像花圃上飞舞的蜂蝶。最前面的一排坐着评委，我们的李老师也是评委之一。

这次，八一学校、实验二小等强队都排在我们前面。八一学校又换了一色的绿裙子，很像一排排生气勃勃的小松树。比彩排时显得更活泼有朝气，也更具有一种整体的美。可惜，领唱的那个男孩子大概因为过度紧张没有唱好，乐队也出了点小毛病，看来夺魁是无望了。可谁知半路上又杀出一匹"黑马"：中关村小学的一个独唱，忽然大放异彩！

那是一个穿浅蓝色裙子的小姑娘，个子不高，却十分活泼可爱，上次彩排的时候，我们就看见她的老师正拉着手风琴帮她练声：咪——吗——咪——。她的音色淳美清越，选的歌也十分适合于她："参加劳动过星期呀，我在队上放小驴呀，小驴儿小驴儿驮着我，得个儿得个儿走得急……我把小驴儿赶一鞭儿呀儿哟，小驴儿生了我的气呀儿哟，连踢带蹦蹶后蹄呀，摔了我个嘴啃泥儿！……"连唱带舞，表演十分自如，天衣无缝。现在回想起来，她当算作中国早期的"流行歌星"了。当时大家着实被震了一下。看来我们不能有任何一点失误。我们只有唱好，没有别的选择。

我们上台了。刘老师指挥，合唱团乐队伴奏。老师给我们的最后一句提示是：高度集中。幕布徐徐拉开，台下一片掌声——这掌声当然是为我们那别具一格的红裙子鼓的。掌声给了我们鼓励，我们把眼睛睁得大大的盯着刘老师的指挥棒。"雷锋的思想红光闪闪，他永远活在我们心间，他鼓励我们要艰苦地劳动，他勉励我们立下宏伟志愿……"我们的歌声节奏鲜明，音色美，乐队也特别争气。两个声部配合得特别协调，简直是超水平的发挥。第二主题开始，五年级一个女同学朗诵"水有源，树有根，吃水不忘打井人……"之后，刘老师指挥棒一点，我开始领唱。"唱支山歌给党听，我把党来比母亲，母亲只生了我的身，党的光辉照我心！……"我的歌声在大礼堂里回荡，奇怪的是我一点不觉得是自己的声音，仿佛是另一个人在唱。大约是紧张过了头，出现了幻觉。不过幻觉很快就被热烈的掌声打破了，我这才恢复了一点自信。唱到"夺过鞭子，揍敌人"时，我已完全投入了。呵，那真是让人难忘的一天，当我们最后唱到"让大江南北，让五岭三山都开放雷锋式的花朵"时，全场沸腾了！无数的红领巾在掌声中飘动，我们的四部轮唱铿锵壮美如潮起潮落，台上台下交融成一片壮观的景象——比赛结果，我们获得了第一名！大家欢腾雀跃，李老师流着眼泪拥抱了我，刘老师也是泪水盈眶。

就这样，第一名的桂冠在我们手中保持下来。直到 1966 年，我们正当小学毕业之际，"全国第一张马列主义的大字报"忽然发表，紧接着，那场史无前例的运动开始。我们这些小学毕业生被告知"停课闹革命"，不久，学校的一切工作都停滞，我们的红领巾合唱团也就这样解散了。

直到 1974 年我从黑龙江回京，在京郊插队，当时大队的知青宣传队请我为他们的舞蹈伴唱，拉手风琴的小伙子悄声对我说："你应该唱独唱啊！"之后不久在公社演出，我唱了一首才旦卓玛的歌，公社书记如获至宝，立即下令公社的大喇叭广播，反复播放，就是这首歌，害得我差点儿留在了苏家坨大队。还好，总算是随大家一起分配到了工厂。第一天欢迎新职工便在威胁利诱下唱了一支歌，从此一发不可收。1975 年和 1976 年两年均代表粮食局参加了全国文艺调演，在中山公园唱独唱，唱的是新疆歌《边疆处处赛江南》，穿全套的新疆服装，梳十二条小辫儿，全身金光闪闪，在上世纪 70 年代中期的绿灰蓝中，也算是相当戳眼了，观众们的喝彩声一点儿不亚于后来追星的狂热。有趣的是，居然和著名歌唱家郭兰英同了台，她当时代表二商局演唱。那时我才知道，她竟然有唱歌前狂吃辣椒的习惯——那大概是我歌唱生涯的巅峰了。

进央视之后只是参加了合唱团，再没有独唱过。发现任何爱好只要进入了专业领域，便令人心生厌倦，还不如在 KTV 随便唱唱有趣呢。

天涯漂泊我无家

青春回眸

——我的兵团生涯

每当我看到大腕儿作家们所描写的兵团生活，总有些茫然：难道这就是我曾经历的一切？又有几分羡慕：原来那时还有那么美好的爱情，为什么独我得不到上帝的宠爱呢？

几十年过去了，我不知道我该算作上帝的宠儿还是弃儿。我只是向前走着。我努力去享受生命而不去思索终极意义。

第一次出远门：行程三千六百里

去黑龙江的时候，正当十六岁的"花季"。

那时家里很清贫。父亲虽是教授，无奈养活一大家子人，大学毕业的母亲早早便退了职，变成一个爱唠叨的家庭妇女。从小，我只穿姐姐穿剩的衣裳。这回出远门儿，母亲亲自陪我去买衣物，我已经很满足了。收拾行装的时候，心里想着一种未知的新生活，暗暗地激动着。

两天一夜的火车。当车轮终于停止转动的时候，我模模糊糊地看见进来两个农民打扮的人，一式的黑棉袄裤，腰里别着烟袋锅，都是弯曲的罗圈腿，一个个子高些的自我介绍说："我是咱一营二连的指导员，叫张国泰。"又指指旁边的瘦小个子："他叫陈方，是副连长"。顿时整个车厢鸦雀无声地呆住。——临来时军代表曾介绍这里的连级干部都是现役军人。

我幸运地成为连干部第一个关注的人，因为张指导员紧接着说："听说有个病号，坐牛车走吧，其余人步行。咱这疙瘩穷，也缺医少药，大家伙儿将就着点儿吧。"于是我被大家推举出来，指导员看看我，又看看连长，嘟囔了一句："咋这么小呢？谁把自个儿妹妹也带来了？"

好不容易到了连队，只见天苍苍野茫茫之中屹立着四排砖房。背景是一片黑土地。进得房中，只见两排光秃秃的大通铺，尽头是个装手提包的壁角。从那天起，来自五个城市的三十八个女孩子便挤在了这两排大通铺上。

正值九月。因为是农忙季节，仅休整了一天便下了地。下地前连里向新战士做了动员，是另一位副连长，绰号"大喇叭"。"同志们，今年是十年未遇的特大涝灾，前两批来的同志都表现非常好，已经在没膝深的水里捞了好几天麦子了，希望你们向他们学习，发扬一不怕苦，二不怕死的革命精神，打好麦收这个大战役！……"

清晨，集合号吹响了。我们走向那片黑土地。太阳像一团朦朦胧胧的红雾悬在地平线上。有人起头唱《兵团战士之歌》。"沿着田野，沿着群山，铸起那钢铁的战线，英雄的队伍阔步向前，去建设边疆，保卫边疆，啊，光荣的生产兵团，英雄的生产兵团，当年开发过南泥湾，革命传统代代传。一手持枪去战斗，一手握镐来生产，毛泽东思想哺育我们，永远战斗在反修的最前线，战斗在反修的最前线！"……大家和着，那场面很悲壮。

果然是在没膝深的水里捞麦子。但是气氛很热烈，红旗招展，不断地有拉拉队鼓劲儿，人也便像疯了似的往前赶，好像命都不顾了。奇怪的是我即使不顾命也追不上人家，跌跌撞撞地在后面跟着，机械地挥动着镰刀，一会儿工夫，整个人都让汗水湿透了。连里的指标是一人一天包一根垄，那一根垄，是整整十四里长啊。

中午是老牛车送饭。因为涝灾，面粉都变得又黑又黏。馒头看上去像一团泥。还有菜汤，一种说不出的味道，后来知道是炊事班在值夜班时打翻了煤油灯，煤油流进了菜汤里。

那天收工后，全排的女孩子们都瘫倒在床，一动也不想动了。但大家很快就知道，这一切不过是刚刚开始。

青山之行

我们所在的那个县城叫德都县，又名青山。而我们连队的前身则是个劳改农场，叫二龙山屯。从刚来的那天起我们便向往着去一趟县城。麦收之后终于如愿了。

头天晚上大家便准备好。主要的目的自然是拍照片。离京前每人发了一套行头：一套军棉袄裤，一件军棉大衣，来了以后又发了一双黑色棉胶鞋。那时全民都有尚武习气，只要是草绿色的，大家便引以为骄傲。谁知到了连队之后忽又接到通知，说是这套行头是卖不是送，因此需要每月扣除一部分工资以还债。仅军大衣便是三十六元，这笔钱在当时不能算作小数，因此大家怨声载道。好不容易把钱还完，又赶上连队放假，自然想出去转转，拍张穿军大衣的照片，也不算白交了那三十六元钱。

那时已是深秋，到处一片萧瑟景象。风已冷得刺骨。我们距县城三十八里，没有车，便学当地的老职工，截了一辆拉砖的卡车，一路晃荡着迎风而去。

这小小的县城使我想起电影《龙须沟》的场景。刚下过雨的地里到处一片黑泥，寥落的几家小店铺肮脏阴暗。我们到惟一的一家照相馆照了相。每人两张：一张全身，一张半身，都借了带五角星的栽绒帽。一周之后寄过来，确实有人照得很好。但我的那张却是闭着眼，脸似乎也有些浮肿，无论如何不能算精神。

那天我最关心的是吃。当时青山到处卖一种油酥糖饼，确实很好吃，我们每人都买了不少。中午，我们在小饭馆里吃饭，那还是到东北后第一次吃上米饭。那大米好吃极了，雪白香糯，嚼在嘴里口感极佳，余香满口。菜是茄子肉片、烧豆腐和猪肉炖粉条，都是极大的块，极多的油，虽然烹调技术不敢恭维，总算是吃到一次正经的炒菜。

在东北的五年间我只去过一次青山县城。至于糖饼，倒是托人买了几回，不知为什么，总觉得味道不如第一次好。

女生排众生相

我始终不明白为什么脱离了学校还叫"男生""女生"。总之有一种约定俗成的规定，大家都习惯于这么叫。关于排的划分大概是很讲究的。那时的"阶级观念"很强，加上形势十分严峻（此问题后面再详谈），因此分为"持枪排"和"农工排"，"农工排"实际上又分两个档次，我便被分在那最低一档的排里，叫作"女生七排"。

七排有三十八个女孩子。按照三个女的一台戏的说法，应该说是够热闹的。排长陈叔丽，天津老高二学生，二十二岁，瘦削精干，前额上过早地长出几道很深的皱纹。她的确很能干，要求别人也很严格，不通融，眼睛又尖，嘴又损，从不饶人，因此时间一长，民愤极大。副排长高晓明倒十分可爱，一零一中的六九届毕业生，一个高个子的北京姑娘。据说，她父亲是驻瑞典的大使。不过她身上没有丝毫干部子弟的气味，非常朴实，人缘儿极好。一班长绰号"外婆"，上海人，据说出身不错，人也很有些小聪明。二班长绰号"万吨"，取万吨水压机之意，因为太胖。不过公正地说，她胖得并不难看。一张娃娃样的脸还很经得起端详，她是双鸭山知青，干活十分泼辣，吃得多，吃相又不那么十分好看，因此很让秀气的上海姑娘们瞧不起。三班长王河燕是北京工人的女儿，长得憨憨厚厚，干活时很能下死力气，只是很有些偏脾气，但奇怪的是她不管有多么生气，从来不会用大声说话，说话总像耳语。而四班长强英虽然取了一个小刀会漂亮女首领的名字，长相却实在不敢恭维。长长的脸按小卫子的话说是"够十五个人亲半个月的"，她也是北京六九届的，但是看上去像是长我一辈，后来才知道她小学时曾连降两级。

有几个姑娘怪怪的，很有特点：第一位就是北京姑娘杨鸿眉。那时干部子弟仍然扎堆儿，鸿眉一副来头不小的样子，小矮个儿，大头，最奇怪的是她虽比我们大不了几岁，看身段神情，俨然已是成熟妇人。看她的脸，有一种特殊的美，一双很大的眼睛，一半都被长长的睫毛遮蔽着，永远都从睫毛下看人，她的嘴，生动，美丽，性感，总是艳艳的，能讲一口纯熟的吴侬软语。据说她出身于一个影视世家，这在当时，是很有些神秘感的。后来又听人说，她在京时便有一个小圈子，她大概是其中的皇后，永远神圣不可侵犯。那些高高大大的男孩子都乖乖对她俯首称臣。来到这里不久，她又恢复了皇后气派，总有人前呼后拥地服侍着，她从不进食堂打饭，从不去连部领工资，从不去井台打水，就连干活时也总是把头脸捂得严严的，生怕晒黑了。而日常需要的一切，自有人去安排，她只消使个眼色，或者努努嘴，一切就全有了。

第二位是上海姑娘陈阿美，远远看去俨然一位美人，在那个时代算是打扮得很出色的了，经常穿一件当时很时兴的闪光劳动布外衣，孔雀蓝的毛线钩花领子衬出雪白的脸，艳红的唇，且身材十分婀娜。近看稍差一点，因为有满脸的雀斑，一双近视眼虽大却不明亮，翘起的小嘴巴里隐隐看见两颗大门牙，尽管如此，阿美仍然算是相当出色的。与鸿眉不同的是，阿美非常能干，扛二百斤的麻包上跳板是常事，连最棒的男生也不得不服。

乔小华乔小林是两姐妹，却有很大的不同：姐姐小华敦敦实实，一副劳动妇女的样儿，妹妹小林却是北京城里有名的圈子(女流氓)，长了一双笑眼，并不漂亮，却很有经验。几年之后因为与双鸭山青年袁平做爱被当场抓住，成为全团名噪一时的人物。再就是大玲子和小卫子。大玲子个子比旁人高出一头，满脸的壮疙瘩，会唱许多"黄歌"，据说也是"圈子"一流人物，辈分比乔小林还大。小卫子虽身高仅一米四六，却生了一副妇人态，一扭三道弯儿，笑起来声音有如一串乐谱儿，叮叮咚咚的带劲。虽是小个儿，谁也不敢惹她，其泼其辣无与伦比，耍起嘴来大玲子乔小林之流也要甘拜下风。

对面是女生六排。持枪排。漂亮人儿居多。头一个是二班长沈冬。真正的天生丽质，一张白里透红的桃花脸，嫩得连汗毛也看不见，水汪汪一双眼清澈见底，顾盼生辉。真真是唇不点而含丹，眉不画而横翠。这样的美人儿却是不爱红装爱武装，于美丽中更有一股英气，性格也很泼辣（关于她的泼辣后面还要提及）。其次是申五一。五一皮肤黑黑的，一双大眼睛总喜欢执著地盯着人，高鼻梁和秀气的嘴唇都显示出一种聪慧和高贵，她不爱多话，性格倔强。有点男孩子劲儿。比她更像男孩子的是北京姑娘孙勇，旗人。一张俊俏的脸，一开口就是莺声燕语，却生就一副天不怕地不怕的性格，人称假小子。此外还有北京李华、上海李华等等都是人尖儿，各有特点。

这些女孩子的青春无一例外地留在了这片黑土地上。

军事演习

公元 1969 年的冬天，黑龙江大雪封山，冰天雪地。到处都是一片战备的狂热。毛泽东的语录"深挖洞，广积粮，不称霸"写在了连队的土墙上。动员会开了几次。几乎每个人都相信战争就在今冬明春打响。

我却是个例外。很奇怪，或许我脑后真的长有反骨，每当所有人都相信什么的时候我却总是产生质疑。每天的早请示晚汇报祝毛主席万寿无疆的时候我都是只张嘴不吭声。成天背的是"备战备荒为人民""准备打仗"，心里却有个声音发出相反的呐喊：打不起来，肯定打不起来。

"同志们，我们刚刚获悉苏修空投特务已在附近着陆。"副连长大喇叭的声音在朔风里飘响："我们要发扬一不怕苦，二不怕死的革命精神，抓住外国特务，保卫祖国边疆！……现在，目标，北河套，跑步前进！"

我全身的弦儿都绷紧了。苏修特务？这可不是闹着玩儿的！蒙眬的睡意一下子消散了！从小就受到的革命英雄主义教育在起作用了！一股热血在心头萌动。我拼命地跑，不断用笨拙的大棉手套揩去挡住视线的白色冰霜。狂风奋力地掀起厚厚的积雪，然后把它们扬向整个世界。塞满乌拉草的棉胶鞋踏出一个个黑洞洞的大脚印，然后，又迅速被大雪淹没了。

突然，脚下一滑，我忽悠一下落下去。是个松软的大雪坑。还没来得及出声，暴风雪就没过了我的胸口。我拼命抓住一根老树的枯枝。

"卧倒！"狂风刮来断断续续的口令。

我仰起头，看到夜空中并排驰过三发照明弹。

"喂，已经喊继续前进了，你怎么还不起来？要冻僵了！"

一个苗条的黑影，一步蹿到眼前。压低的栽绒帽子下面，是两道秀丽的燕翅般的黑眉毛。

是高晓明！我得救了。

东北的大烟儿泡真叫冷！那是一种刻骨铭心的严寒。仿佛五脏六腑都冻得凝结在一起，连语言动作也冻僵了似的变得迟缓。前几天，气温竟低达零下五十二度！就连最不把老天爷放在眼里的"大喇叭"也下令停工一天。这天凡是外出的人脸上都冻起了大泡。戴口罩的就更惨了。一揭口罩，竟生生能揭下一层皮！几天后，化脓流水，奇痒难熬，不少人脸上都留下了暗褐色的瘢痕。

"喂，是七排副吗？"一个黑影挡住去路，听声音正是"大喇叭"。

"是我。什么事？"

"你马上集合女知青，到连部开批判会！"

"?！"

"快点！刚才一排一班的林杰把我给打了！这件事性质严重，要马上处理！"

"林杰？不可能！到底为什么？"

"今晚是连里布置的军事演习，事先没通知各排，目的是考验大家。我化装成外国特务蹲在八号地桥墩子底下，没想到一排一班那帮愣小子，妈了巴子的！黄朋上来就把我给扭住了！林杰左右开弓，打了我好几个大嘴巴子！……"

看到他那气急败坏的样子，我忍不住扑哧一笑。

"笑啥？一点阶级感情也没有！""大喇叭"瞪了我一眼，"依我看，这是林杰搞阶级报复，谁不知他爹是驻外大使？哼，里通外国……"

"副连长，我觉得你这么讲毫无根据！我敢保证，林杰肯定不是故意的，大家都是出于对苏修特务的义愤，这可以理解……"

"高晓明同志，你不要总是袒护你们北京青年，你……"

"这根本不是什么袒护！"晓明的声音朗朗的，在风雪里特别好听，"你应当有点涵养，我觉得为这件事开批判会，只能降低连干部的威信！……"

"那……他就白打我了？""大喇叭"像刚遛完场的马似的呼呼直喘粗气。

"你就当他是打苏修特务呗！"晓明咯咯笑起来，"反正开批判会，我们七排不参加！"

那次批判会没能开起来。不过，后来"大喇叭"还是报复了。因为一件别的事。

秃子队

冬天过去了，春天来了。灌木丛绿了。水泡子上面的冰层融了，露出了寒冷而美丽的蓝色。

春风里，兵团战士们在播种，送粪，踩格子。姑娘们用各色纱巾把脸裹得严严的，远远望去，像是黑色沃土上盛开的报春花。

在整个漫长的严冬，我们没有煤烧。"大喇叭"说让大家用一不怕苦二不怕死的精神战胜严寒。开始大家还在簌簌发抖中背顺口溜：渴时想想上甘岭，饿时想想老红军。冷时想想罗盛教，热时想想邱少云。可后来想谁也没用了，屋里的冰柱已挂了满墙，每天都面临着冻死的危险。没办法，只好去雪地里扒豆秸烧。消耗一大堆豆秸只能烧开一壶水，因此喝开水成为我们最大的奢侈。有几天，井冻了打不上水，只好喝些半开不开的雪水。每个人的嘴唇都干裂着，最无奈的时候，甚至有人喝过涮尿盆的水。喝水尚且如此，盥洗就更成了大问题。几天不洗脸是常有的事。洗头洗澡就更别想。有跟老乡家熟的，耐不住就到老乡家洗一回。一个冬天下来，不少人长了一头的虱子。于是以高晓明和沈冬为首，九个美丽的女孩都剃成了秃子。这在当时的兵团成为轰动一时的事件。

天气渐暖之后，女孩的秘密渐渐败露了。譬如有一回，我和晓明出去办事，晓明刚刚摘了帽子，便有小孩子跟在后面起哄：一男一女笑嘻嘻，赶快拿出照相机，咔嚓一下没照好，照出公鸡和母鸡！……晓明气得回头大喝一声：公鸡是你爹！

秃子队闹的笑话层出不穷，直到引起全连男女知青的一场大战。

春播时节换班吃饭。申五一借调到机务排帮忙，急着吃完饭去接班，一头扎进人头攒动的卖饭窗口，伸长胳膊把碗塞进去："仨馒头，一个汤！"

"哥们儿，排队嘿，加塞儿买肉吃了不好受哇！"

一只硬邦邦的大手一把抓住五一的肩头。

"干什么?！看清楚点儿！耍什么流氓！"五一可不是好惹的！她有一张著名的利嘴。黑皮肤，尖下颏儿，一剪了头发，和男孩子一般无二，难怪猴子认错了人。

"你他妈说谁哪？"猴子是一排一班的，叫侯二生，也是全连把尖儿的小伙子，哪吃过这个亏？特别是当着众人，更不能灭男子汉威风。"谁让你剃秃子，你们这帮女的真他妈给北京人丢脸！啐！"他用筷子使劲敲着碗，"这年头儿的事儿真是瘌子屁股——邪了门儿了！"

一排的几个男知青跟着起哄。

"你说话嘴干净点儿！"五一急了，"我看你这纯粹是皮球掉在汤锅里，说你是混蛋你还满肚子气！"

轰的一声全笑了。猴子恼羞成怒，竟动起拳头来。两个人撕掳在一起，一时间，劝架的，看热闹的，说怪话的，食堂里乱成一片。

直到黄朋进来大吼一声："猴子，你吃错药了？跟女的打什么架?!"

猴子虽然气得满脖子紫筋，可还是辨得出班长的声音。他撒开手跳起来。

"班长，她……"

"废什么话?！干活去！"

"慢点走，一班长！"晓明不知什么时候出现了。她紧绷着脸，声音十分严厉，"今天的事，你回去要处理！男生动手打女生，这在全连还是头一次！这个风必须刹住！侯二生必须向申五一道歉！"

"七排副，事情没这么简单吧？"黄朋居高临下，连看也不看晓明，"难道你们排申五一就没责任？还是大家都做点自我批评吧。"

说完，他拎着手提饭盒扬长而去。整个食堂的男知青像是听到什么号令似的，不约而同地跟在他身后，呼啦啦地走了。猴子还回头冲着晓明一笑。

"不像话！"晓明怒气冲冲，"我马上向连里反映这件事，姓侯的不当众道歉，这事儿没完！"

秃子队的所有姑娘都义愤填膺，直挺挺地站得像一支支上膛的枪。

从那时起，晓明和黄朋再不说话，全连的男女知青也互不理睬了。

两次住院

在兵团，有好长时间我都是在病中度过的。我的胃本来不大好，到了寒冷地带就更加胃酸过多。一年到头似乎没什么真正感到舒服的时候，重病却仅有两次。第一次的直接起因来自家里寄来的包裹。我把香肠分给众人，却惟独我吃之后上吐下泻不止，最后终于被送至团部医院。第二次更严重一些，据别人后来告诉我，当我被背上二八车的时候，手指甲已经乌紫，平时要好的女伴已经在哭，认为就此再也见不到了。

但我的生命力实在很顽强。譬如第一次住院，不过是到团部刚打了一针便缓了过来。打针的是个男护士，也是知青。一零一中的，个子很高，总穿着一双大皮鞋，老远就听见动静。我当时处于半昏迷状态，清醒过来之后，我觉得很难为情。我从小在一个封闭的家庭环境中，朋友很少，几乎没接触过什么男孩子。上学之后就更自闭了。那时北京学生严格地分男女界限，男女生之间根本不说话。因为我身为少先队副大队长，与男性队干部谈工作时竟然用写纸条的办法——"不敢大胆开展工作"——几乎每次提意见时辅导员都这么说。

可我对那个男孩的感觉很好。他也很关注我，虽然不怎么说话。每天每天，他总是很守时地来看我。本来我以为他对所有人都这样。后来才发现不是那么回事。他对有些人很防范，对我却很例外。大约是因为当时我看上去比同龄姑娘小很多吧。病友们也都略去我的名字，"小孩儿小孩儿"地叫我。

第二次住院没再见到那男孩子，听说是走后门儿当了兵。病房里的人却依然叫我小孩儿——是两个同龄的东北姑娘。对我，她们倒是蛮热情，可两个人之间却像乌眼儿鸡似的，恨不得你吞了我，我吃了你。

"告诉你，小范可不要脸了！双市有名的烂菜花儿！你知道，她和刘大夫……"高个儿的小彭趴在我耳边叽咕。

所谓刘大夫其实是个本地的男护士，小眼黄牙，一副獐头鼠目的样子。不知哪点值得姑娘们争来夺去。

矮个儿的小范常常穿着内衣在病房里走来走去。我真佩服她的御寒能力。

小彭的皮肤又糙又黑，可她也有笼络刘大夫的办法。每天在杯子里泡一个酸梨——据说凉水泡酸梨是刘大夫最爱吃的东西。

"刘大夫，小心酸倒了你的槽牙——槽牙倒了可不好镶哇。"每当小彭用"兰花指"捏着削好的酸梨柄，羞羞答答地塞给刘大夫的时候，小范便在病房的另一头叉着腰，嚷着。

"我牙倒了，你着什么急？！"刘大夫的声音比酸梨还酸十倍。

于是，小范冲过来，一面用拳头擂他，一面用最动听的声音发着嗲："该死该死！坏刘大夫！"

于是，小彭那黑乎乎的眼眶里便像要喷出火来。

一天半夜，我被一种奇怪的声音惊醒了。悄悄把被子打开一道缝——小范床上一张男人的脸！我差点儿叫出声来。但我立即认出刘大夫，与其说是用眼睛，还不如说是用感觉。我看到那姓刘的正抓住小范使劲揉捏。

我用被子死死捂住脸。我还只有十六岁！未谙世事，却先目睹了这么一场丑剧！我只想哭，想失声痛哭。

凌晨时分，刘大夫拿着一支体温表走到我床边。我大被蒙头，不理不睬。

"小姑娘，快试表吧。"狼外婆似的声音。

一只被尼古丁熏黄的手握着体温表伸过来。我抬手一挡，体温表悄然无声地碎了。

刘大夫勃然大怒：好你个不识抬举的！你个小北京油子！你就这么金贵！好，我们这庙小装不起你这大菩萨！你走吧！今天就给我走！假条儿也休想让我给你开！

"我不要假条，现在就走！"我反而坦然了。

那时我虽然还处于某种混沌状态，但心里确确实实有个准则：被掠夺的一代人，什么都可以失去，但不能失去正直和纯洁。作为人的正直和作为一个女孩子的纯洁。

遥远的北河套

出院之后，我的身体越来越坏。后来发展到每天凌晨 4 点泻肚的地步。厕所距宿舍百米开外，我需要顶着寒风百米冲刺，往往来不及穿更多的衣服，只在内衣外面裹上军大衣，但黑龙江的冬天实在冷得难以想象，那风像尖刀一般从大衣的缝隙里钻进来，刺得全身剧痛，现在回想起来我依然毛骨悚然。这样持续了整整四个月，人瘦成了一根竹竿，自觉求生无望，索性洒脱了一些，不再注意排长的脸色什么的，也不再像初来时那般玩儿命干活。那时我常常悄悄写一些诗，或怀念友人，或怀念家乡等等。譬如有这么一首诗：挥泪别朋九月中，金风瑟瑟霜叶红。相对无言强欢笑，回眸一望泪溶溶。……写了很长，大概有七十多行，写时很动感情。每天的早请示晚汇报固然依旧，我的思想深处却早已产生背离的危险。我深深地怀疑上山下乡的意义，怀疑曾激起我们热情的一切不过是一场骗局。这种想法日趋成熟，成为埋在我心中的一个巨大的秘密，即使在斗私批修的时候也决不吐露分毫。

不知从何时始，风变暖了。阳光变成一片片金色的流苏。美丽的水泡子，白晃晃，蓝晶晶，唱起昔日的歌。灌木丛在风中沙沙作响，发出和声。每一棵树里似乎都流动着新鲜的血液，旧的、枯萎的一切沉沉睡去，新的、有活力的将开始呼吸。

夏锄大会战开始了。

北大荒的太阳竟然也很毒。全身都像被火烧着了似的。这一锄下去，连龟裂的土地也蒸发出炙人的白烟。每一粒灰尘都可以随时爆炸。我不停地揩去挡住视线的汗水，这是苗，那是草，别搞错了。

"我们这次提出的口号是：大雨小干，小雨大干，不下雨拼命干，宁肯死在地头上，也绝不死在炕头上！"昨天，"大喇叭"在誓师大会上念决心书。

"对，活着就要拼命干，死了埋在黑龙江畔！"全连打雷般的声音。

我强睁被汗水浸红的眼睛朝前看，漫无边际的沃野，有许许多多的红点点在远方飘动，那是一排一班的红旗。送饭的老牛车将缓缓走向那里，中午的饭又吃不上了。

我后面只剩下全连闻名的后进战士大玲子。"你这么玩儿命干吗？悠着点劲儿，他们也不能把咱们吃了！"

大玲子脸上的厚粉被汗水冲成了道道细沟，她怪模怪样地笑着，竭力不露出左边那颗金牙。

"怪不得人家都说你嫩得一掐冒水儿，真是个小可怜儿！我要是有你这副小模样儿，早到陈发根那儿泡假条子去了！那小子见了漂亮小妞儿就压不住火儿！"

"你少瞎说！"我拉着长锄拼命往前赶，大玲子在一边笑弯了腰。

"嗬，还挺正经哪，告儿你，别瞧现在男男女女都装正经，不出两年，哼！"大玲子掏出块花手绢擦汗，脸上的粉被汗一染，显出一种难看的青灰色，"瞧这老阳儿，真受不了！这两天晒得都脱皮了！不成，我得找陈发根开假条子去！"

看着大玲子汽油筒似的背影，我想起"大喇叭"在作动员报告时说过的那些让人肝儿颤的话。"一人一天包一根垄，包到头儿！谁也不许接谁！过去俺们连有这种情况，这给某些同志造成了一种依赖性！都吃一样的大糙子饭，咋不能干一样的活哩！……到不了头，哭也得给我哭出来！"

远远的哨声。全连都在吃饭了。可我被落下这么远！……前面的凹地里，隐隐约约像是个水缸，哦，是的，每隔四里路有个水缸，说不定还剩半缸清水呢。不，就是浑点儿也没关系，就是渗着毒药我也认了！

走到了，我掂起脚尖儿趴在缸沿儿上看——空了。只剩下一口渗着泥沙的水底子，还不够猫喝的呢。只好把水缸翻倒，像只狗似的钻进去，趴在那儿啜着，舔着，泥沙卡在嗓子眼儿里也不在乎。眼睛被汗水杀得又涩又痛。

这时，呼悠悠的热风一下子转了向。天边那朵乌云滚雪球似的越滚越大。云层里，响起一阵阵低沉的闷雷声。我的头发被一股骤然的强风高高掀起，紧接着，又被突如其来的暴雨淋得透湿。

我机械地锄着，一刻不停。不断地用舌尖舔去流到嘴里的咸滋滋的雨水。身上的衣服变成一层冰凉沉重的铠甲。一阵大风，我的上下牙齿不由自主地磕碰起来。

天渐渐黑了。

北河套，你太遥远，太遥远了！！

鬼故事

冬闲时候，我们三班倒做颗粒肥。每人拿着个木棒子，在转动的大铁筒上有节奏地敲打着，为的是肥料不粘在铁筒上。转着转着便有人提议：我们讲故事吧。于是大家每人讲一个故事。久而久之，姑娘们终于发现我讲的故事最精彩，而且似乎取之不尽，用之不竭。于是我在排里威信大增。每天都有人求着讲故事，尤其是上海姑娘李敏、刘月琴等人，更是视故事为命，不听一个晚上便睡不着。

我讲故事倒是确有些渊源的。自小学一年级开始，每次班会老师都让我到讲台上去讲故事，而她则坐在我的位子上休息。开始时我不过是讲爸爸讲过的那些童话，可日子久了，故事都倒空了，为了不让同学们失望，我只好现编故事，慢慢地，竟能编得很圆，滴水不漏。这，大约就是当作家的前奏吧。

自那时起我的境遇竟有很大改观。为了听故事，姑娘们帮我洗衣叠被打饭钉纽扣……我简直变成了一个专业故事员。那时的夜晚常常停电，我们便把家里寄来的腊肉和地里捡的黄豆炖在一起，炖上满满一锅汤，姑娘们围得里三圈外三圈，轮换着喝汤听故事。这大概是我们去兵团后最惬意的事了。当时风行关于"梅花党"和"绣花鞋"的故事，各种版本很多，我现编的"徐氏版本"很受欢迎，因为有结尾。有一天，我正在大肆渲染绣花鞋里那种神神鬼鬼的氛围，忽然停电。周围的人一下子似乎变成憧憧鬼影，我本是想吓唬别人的，倒先被自己吓住，惊叫一声，扑上炕去，谁知我这一声惊叫立即引出连锁反应，大家惊叫着做鸟兽散，在黑暗中有人踢翻了水盆，叮咣乱响了一阵，接着又有人亲眼看见一个黑影从壁角蹿出，更加重了恐怖的气氛……直到第二天天亮，才发现某人的水盆里泡着一个巨大耗子，大家又惊叫起来，感叹报应不爽。后来刘月琴出来承认她昨晚在饼干上撒过耗子药，大家才魂灵归位。

到了第二天，一切又从头演过，日复一日，兴致勃勃，连排长陈叔丽也加入了听故事的行列，尽管时不时地做一些"迷信""瞎编"之类的批评。

"大喇叭"挨耳光

初到连队时，连排领导们进女宿舍从不敲门。有一回，鸿眉正在擦身，连长推门就进，大家"呀"的一声，幸好北京李华反应快，一侧身挡住了鸿眉，才赢得了喘息时间。鸿眉暴跳如雷，穿上衣服便冲到连长面前讲理，后来索性用上海话大骂起来，骂得几个上海姑娘都为之咋舌。连长自觉理亏，拂袖而去。六排姑娘沈冬等过来打听，都为鸿眉不平。

几天之后，"大喇叭"又如法炮制了一回，恰恰撞上了沈冬。沈冬倒没那么啰唆，大叫了一声：你出去！"大喇叭"还没反应过来，她的一记耳光便干巴利落脆地扇将过来。那一声震天动地，六、七两排同时听到，我们立即涌到六排门口，看见"大喇叭"正捂着脸站在那儿，沈冬一张桃花脸绷得紧紧的，柳眉倒竖，杏眼圆睁，裹着个棉制服在呼呼喘粗气。

这样的局面不知僵持了多长时间，后来"大喇叭"终于反应过来，指着沈冬大喝一声：你好厉害！咱俩看看到底谁厉害！大怒而去。大家都为沈冬担心，她自己倒十分坦然，"无非是批判会之类的，他敢开，我就敢给他当众下不来台！！"后来还真没开成批判会。第二年，沈冬走后门儿当了兵，连里很痛快就放了人，大家都说和那一记耳光有关。沈冬一走，六排走了好几个人，于是六排与七排合并了。

挽救"失足青年"

果然如大玲子所说，两年之后，连里男女青年开始交往了。随着交往的加深，开始有了被称作"爱情"的东西。但是这个词在那个年月绝不代表一种美好。倒是恰恰相反，好像与作风不正甚至流氓一类的词儿很靠近。

乔小林和袁平是连里头一对尝禁果的。也是合该倒霉，恰逢那时师里正派了两个管理员来连队蹲点。一位姓曲，一位姓李。两位管理员堪称为中国扫黄的鼻祖，对此等事情深恶痛绝，于是大会小会不断地批斗，甚至劳累一天之后还开会直到深夜。有一天，三班长王河燕开会回来，软软地倒在了炕上，问她，她脸色苍白地说："什么叫卵子？"说得小卫子捂了嘴咯咯地笑。

大约曲李两位是负责补上生理卫生课的。一个月下来，开会者们变得心事重重。乔小林倒像是没事人儿一样，显然是经过修炼的。那位年轻些的曲管理员，常常到排里来转，可惜那时杨鸿眉沈冬一流的人物已经走掉，没人再敢扇他的耳光。偏有那贫嘴呱舌喜欢在领导面前讨巧的爱跟他穷逗。他越发得了脸，更频繁地来，直到发生了"吴玉事件"，团里派他去处理，他才又兴致勃勃地走了。

吴玉原也是我们连队的，中学时和我一个学校，是校宣传队的主力，她和一个叫石芳芳的女孩合作演出《不忘阶级苦，牢记血泪仇》，她唱石跳，很是天衣无缝。常常把大家感动得涕泗横流。吴玉后来进了团部宣传队，又调到广播室当播音员，许多人羡慕得了不得。可是万没想到，"祸兮福所倚，福兮祸所伏"，就是因为当了广播员，竟酿成了一场大祸。

广播室只有她和一个绰号"烂酸梨"的男人，有一天，趁着没人，那男人强奸了她，事情就这么简单，可是却在全团引起轩然大波，材料发得遍地都是，而且写材料的人不知出于什么心理，把整个强奸过程写得纤毫毕现，不厌其详。全团的人差不多人手一册，快赶上老三篇了。这样的压力对于一个年轻姑娘来说当然不堪忍受。可惜那时太小，很多事情不懂，其实真应当在她最危难的时候全力地帮助她。她被折磨得只剩了一口气，离开兵团的时候，她妈妈来接她，头发在一夜之间白了。后来，她上了石家庄的一家纺织厂当工人，一直过着离群索居的日子，再没回过北京。

差不多在吴玉事件的同时，连里也出了事儿：一天深夜紧急集合搞军事演习，连干部们查铺时发现一排一班的林杰的半导体扔在铺上，打开一听，正是莫斯科"和平与进步"广播站在播音。这下可坏了，林杰因为偷听"敌台"的罪名而被全师游斗。斗臭之后回连负责扫厕所。十冬腊月，天气寒彻骨髓，我们常常看见林杰在用镐头凿厕所里屎尿结成的冰，凿一下就要偏一下头，以免那冰碴儿子把脸刺破。那时因为歉收，连里一直吃粮票，林杰如此大的劳动量，粮票却只有大家的一半。我们看不过去，都攒了粮票集在一起，由高晓明悄悄送去。每月我剩的粮票最多。

一年之后，林杰走后门儿当兵了。离开连队时他已骨瘦如柴。

南京之歌

当年，在许多知青歌曲中，有一首叫作《南京之歌》。毫不夸张地说，《南京之歌》覆盖了整整一代知青。"蓝蓝的天上，白云在飞翔，金色的扬子江畔，有可爱的南京古城我的家乡……迎着太阳出，伴着月亮归，沉重地修理地球，是我那神圣的天职，我的命运啊……前面的道路是多么渺茫多么漫长，沉重的脚步深陷在偏僻的异乡……"

每天每天，我们扛着锄头去上工，心里在哼着这首歌。这首歌的旋律使人心里流血。后来，我们又听到了关于歌曲作者的传说……

据说他叫任毅，南京知青。"文革"前是个多才多艺的学生。

绰号"11 号"(11 号是钠，化学元素中最活跃的一种)。"文革"中他下乡到江苏农村，创作了这首《南京之歌》。这首歌曲调悲怆，正好与当时的知青心态相符，于是不胫而走，传遍了大江南北。可以毫不夸张地说，凭着一首《南京之歌》，任毅走遍天下也不愁衣食。然而万没想到，莫斯科广播电台播放了这首歌。并且重新配器，采用了男声小合唱。苏联把它叫作《中国知识青年之歌》。此事后不久，任毅被捕了。

当时传闻很多。我们那儿的说法是：作者被枪毙。赴刑场的时候，他的女朋友赶到，两人抱头痛哭之后，女的在男的之前喝毒药而死。讲述人讲得有凭有据，不由人不信。信了之后就更颓丧。《南京之歌》的确有涣散人心的作用。

那时，凡不经过营连排三级批准就回家探亲以"逃跑"论处。七十年之后，逃跑的人越来越多。有一天，北京李华接到一份电报，上写"父患结肠癌速归"，李华哭了一通，立即去请假，回答是大忙季节一律不准假。晚上，李华把我叫到上铺，商量如何逃跑的事。当时鸿眉沈冬她们已走，我便成为李华惟一可以信任的朋友。商量了好久，最后决定第二天清早走。第二天，大家还在梦乡里的时候，我俩便起了床，到外面很顺利地截了一辆"二八"车，一直把我们拉到团部。我们买了一张中午的火车票，李华向我借了五十块钱，我摸摸兜里只剩了十二块，于是倾其所有请她吃了一顿饭，她说这是她到兵团以来吃到的最好的饭，后来她走了，我们俩都流了泪。

几天之后，全连开了批判大会，我成了包庇"逃跑"者而成为被批判对象。我孤零零地站着，全身发冷。照例地，我听不清发言者们的话，心里只想着李华或许此时正在医院哭呢。后来很奇怪地，我觉得气氛有点不大对头，好像男生排的一些人对陈叔丽的发言有意见，乱哄哄地吵了起来。大会草草结束。回到排里，无论是发言的还是没发言的，大家都在发呆。后来，不知是谁起头唱了《南京之歌》，众人都跟着唱起来，声音越来越大，男生排也响应起来，那种悲怆和无奈流露出极度思乡的情绪，很多人都哭了。

最近才知道,《南京之歌》的作者并没有死,他三次陪绑杀场,竟奇迹般地活了下来。最让人感叹的是在摇滚乐风行的今天,《南京之歌》竟重新配器变成了摇滚乐。九死一生的作者听到自己作的这首歌竟有恍同隔世之感。也有朋友认为这纯属侵权,怂恿他打官司,但他最终没打。事隔十三年之后,《南京之歌》变成面目全非的东西,这真是一个中国式的黑色幽默故事。

至于李华,很久之后才知道,她的父亲根本没有患病,她家里帮她联系了一家工厂,她回去不久就上了班。她给我来了封信,后来就杳无音讯了。

场院上

麦收时节,场院上该算作第二线,却一点不比第一线清闲。

管场院的大爷姓沪,当地人都叫他老沪。清晨,我们先打扫场院,然后迎接着两队人马:一是来自团部的公粮车,一是来自地里的二八车。有一百六十斤和二百斤两种规格的麦包,过秤之后就要将麦包扛到垛上,这种活一天干下来,身强力壮的小伙子也吃不消。

自麦收开始我在场院干了整整一个月,每天摊场,攥场。后来我终于找到一样最适合干的活:牵马攥场。每当我去马号牵马时便有一种骄傲油然而生。而且牵马这活带有某种玩的性质,我干起来特别来劲。终于有一天,我觉得机会来了。趁大家午休的时间我把马悄悄牵到八号地,找到一块石头翻身上马,还没坐稳就听后面大喝一声:"干什么哪!给我下来!"我一惊,棉胶鞋踢在马屁股上,马惊了之后飞跑起来。我一下子被甩将出去,那一刹那真有天地倒悬之感。结果连里第二天专门为此开会,连长在会上大喊大叫:连里三令五申不让骑马,可偏偏有人违反规定,还是个丫头!平时看着蔫不出溜儿的,敢情蔫儿人出豹子!蔫儿萝卜辣心儿!

于是我只好收敛。后来又发现粮囤与粮囤之间有许多跳板联

124

系，而走这些跳板就像走平衡木一样好玩。我和小卫子便常常利用午休时间在跳板上走来走去，也不失为一种乐趣。但是好景不长，很快老沪就发现了我们的勾当，有一天我们正得意地在跳板上走来走去，老沪忽然出现了，正对着我们气势汹汹地说：我说怎么大白天的有耗子呢，敢情是你俩！给我下去！那粮囤大约有三米高，我们俩竟毫不犹豫地跳将下去，把老沪吓了一大跳，当然我们的行为又挨了一顿批。

每天的摊场攥场可以重复好几遍，因为老天不能听领导的指挥，常常忽然下雨又忽然艳阳高照。有时是突如其来的暴雨。每逢那时，大家便疯了似的各自拿了木锨、挡板等等飞快地把摊在场上的谷物攥成一堆堆金黄的山丘。然后几个人一起拉起大苫布把粮食盖好。

再就是粮食入囤。也是十分壮观的场景。有一天，团部交公粮的汽车走马灯似的开来，全连除重病号之外全上了场院。晓明带头儿，姑娘们也都扛起了一百六十斤重的麦包。把麦包搭起放在扛包者的肩上，叫作"搭肩儿"。而在搭肩儿者抬起麦包的刹那侧身迅速钻进顶起麦包叫作"钻肩儿"。这是很难掌握的技术。要让麦包正好立在肩背之间，这个部位可以使肩背颈腰胯均分力量，不容易出危险。钻肩儿要有敏锐的头脑，迅速的反应和准确的判断力。全连当时只有一排一班的几个小伙子精于这门技艺。

但姑娘们决不服输。晓明飞快地脱去外衣，只穿里面紧身薄绒衫。葵绿的麦包映着她红扑扑的脸，看上去很美。是猴子和黄朋搭的肩儿。晓明钻肩儿并不太好，但她硬逞能，硬是靠腰的力量顶着，径直走向粮囤。三米多高的跳板，看着就眼晕，何况肩上还有一百六十斤重物！可晓明靠着一股邪劲儿硬是顶了上去。

黄澄澄的麦子在囤口上堆成了尖儿。在阳光下闪烁着金箔般的光彩。

姑娘们一个接一个地冲了上去。

父亲来接我回家

在家里，最爱我的是父亲。但父亲是个羞于表达感情的人，表面上，他对我们姐妹一视同仁。但是从外婆到母亲都尖锐地感觉到一种不平，那就是父亲对我的爱超过了她们所能容忍的程度。我走之后，父亲一直郁郁寡欢。后来听说我生病，父亲常常彻夜不眠，后来又得了十二指肠溃疡。再后来，当他听说我们的箱子上都写了名字，随时准备牺牲时往回运的时候，再也不能忍受了。不远千里，他来到了这座小小的德都县城。那一天，连通讯员一早便告诉我：你父亲来了，在团部呢，连里批了你一天假。我简直无法相信这是真的。后来所有的姑娘们都向我投来羡慕的目光，我才感到，真的是爸爸来了，爸爸从北京来看我了！

我对着镜子好好梳了一下头，好像刚刚发现，自己变漂亮了！在如此恶劣的条件之下，病了那么长时间，竟然变漂亮了！皮肤是白里透粉、桃花瓣一般的颜色，眼睛也比以前更加明亮，那种鲜润和媚气是现在任何一个靠化妆品取胜的姑娘所无法比拟的。我当时还不明白，那其实就是青春啊。除此之外，别无解释。

所以当父亲在团部见到我时真有点喜出望外。已经是整整两年没见面了。我和爸爸都流了泪，周围的人也都忍不住哭了。爸爸含着泪说了一句：长胖了些，就再也说不下去了。他背了一个极大的口袋，里面装着交通大学的亲属们带给孩子们的各种东西。

1971年的秋天我回到家里。过了几天，妈妈陪我出去逛街。在王府井的一家照相馆我照了一张照片。二十年之后再看这照片的时候，所有的人都认为那照片上的姑娘只有十三岁。那个圆圆脸、梳刷子的小姑娘，清纯可爱，露出左侧的一颗小虎牙，在微笑。

繁霜尽是心头血

一种方式

进化偏袒骗子。

鲛鳒鱼的花纹酷似钓饵，葵虾全身透明像块玻璃，杜鹃擅长腹语术，蜥蜴会改变色彩和斑纹，鲇鱼和海藻完全分辨不开。

凡生存下来的物种，一定具备某种骗术。

但不幸的是：人类与动物还是有点不同。动物只需骗过别的物种便可生存，而人则除了欺人的需要以外，还有自欺的需要。

先前并不晓得这个道理，自以为上了爬格子的"贼船"便下不来，其实这不过是自作多情罢了。

三年前的夏秋之交，我心郁闷不得排解，尤其对着"格子"的时候，竟忽然有了一种自欺欺人的感觉，于是深恶痛绝起来。只好重新拾起"女红"：打毛衣，裁衣裳等等。忽一日，无意中用削铅笔的足刀将一张废黑纸刻成一个黑女人，衬在白纸上，竟颇有一种韵味。于是便收集了一批黑纸，用锋利的足刀精雕细琢起来。开始时还打个小稿，试图藏上一点什么机关、什么寓意，后来索性抛却意念、随心所欲、心境空明地进入"准气功状态"，又有音乐相伴，刀尖上便悠悠产生了一种神秘的节奏与韵律。黑的沉重神秘与白的灵动优雅构成了一个崭新的宇宙，而我在这个宇宙中得到了暂时的休憩。

竟就这样着迷般地干下去了。自己也明白只是另一种方式的自欺，却自欺得非常投入。

1990 年办了个人刻纸艺术展，反映竟不错。当时有个"老美"出高价想购我的一幅"敦煌"，令人鼓舞（这笔买卖自然没做成。由于我缺乏商品意识，至今不曾打算出售任何一件刻纸，尽管它成本极低并且耗时不多）。更加令人鼓舞的是美术界的一些名画家们竟纷纷问我："刻纸搞了多少年了？""是不是有版画基础？"

我大悦。

回想起来，刻纸虽是乍练，与画画却是有些缘分的。

按现在时髦的说法，我小时候是个患了"自闭症"的孩子，对周围的一切常常视而不见，整天沉浸在梦幻中。记得最早是在两三岁，妈妈用石笔在地上画了个娃娃头，我觉着好看，也照着画。姐姐们也画。爸爸回来了，就说我画得好。受了鼓励，便愈加勤奋起来。四五岁上竟满满地能画上一地，边画还边编着谁也听不懂的故事。好在那时的地都是赤裸裸的洋灰地，什么也没铺过的。

后来就发生了"裸体画"事件。说来好笑，我六岁半时便画了第一个女人体。是参照《一千零一夜》中一幅插图画的，叫作《第二个巴格达女人的故事》。依稀记得是那女人的丈夫因她犯了戒律，让黑奴缚住她的手脚鞭打她的情形。我觉得那女人的身体弯得很美，便照着画下来。当然，仍是在洋灰地上，用石笔（看来，《绿鹅》的故事不仅适用于男孩，也适用于一部分女孩）。这使本来便不待见我的妈妈咆哮如河东狮吼："这死丫头要死了！怎么小小年纪画这样的东西！"

千万别以为我是什么勇士。七年之后，我十三岁的时候初次看到美院学生画裸体模特儿，竟吓得惶然不知所措，然后匆匆落荒而逃，如当年那个好龙的叶公一般。从此凡朦胧的、虚幻的一旦变为真实，便会构成我内心的一次幻灭。

奇思异想的真正发生是在从东北兵团返京探亲的时候。那一年我十七岁。头一回看到那么多的外国油画画册。有两幅画一下子吸引了我：一是弗鲁贝尔的《天鹅公主》，另一是莫罗的《幽灵出现》。前者是弗鲁贝尔的"天魔"系列画之一，后者则是莎乐美与施洗约翰的宗教题材画。首先抓住我的是天鹅公主那双奇特的大眼睛，那眼睛里似乎游动着极美丽又极恐惧的死亡阴影。能够制造出这样面孔的画家大抵是恶魔缠身的人。在一大堆俄罗斯巡回展览画派中我一眼认出弗鲁贝尔这个真正的叛逆。奇怪的是我至今无法释然。前两年与邵大箴先生谈起弗鲁贝尔，竟有着十分切近的感受。而《幽灵出现》则以一种金碧辉煌、绝顶美艳又绝对阴毒的形式走入我的梦境。后来我有点走火入魔地画了许多怪里怪气的画，诸如《引渡》，画一个希腊装束的女人怀抱一颗男人的头颅坐在一只刻满骷髅的骨船中，深黑的夜空上星星组成一只巨大的十字。这些画自然没什么意义，却潜藏着某种背离的危险，似乎与我后来的刻纸略有关联。

正式拜师学画也是在那个时候，我的老师是中央美院国画系教授姚治华先生，姚先生自然让我补上素描、速写这些基本功。我却十分不耐，始终不是个好学生。但先生一直对我大加鼓励，这几年我参加全国职工美展都未离开他的帮助。直到这次个人刻纸艺术展——这几个字还是他写的呢。

自然这些年来我的崇拜对象也在不断转换，自弗鲁贝尔和莫罗始，经历了蒙克、克里木特、夏尔丹、博斯直到康定斯基、雷妮、罗纳和高尔芬诺普罗斯。后来终于发现还是毕加索说得对：真正的艺术在东方，在东方初始的那几道神秘的线。绘画的发展经历过一个怪圈之后终于又寻到这神秘的线了。

当初用刀尖在纸上划线时有一种得有神助的感觉。

如果说最初创作的《敦煌》《沉思的老树及其倒影》等等包藏"祸心"的话，那么像《水之年轮》《关于盛开的蔷薇的感官及其他》《变奏——荒唐的根茎和花》等等便纯属一种线的炫耀了。当然，还有色彩。后来我尝试利用旧挂历现成的色彩与纹路，制造出完全不同的新品种。如《飘逝》中的花手绢本是小姑娘的蝴蝶结，而《空信箱》中飘飞的少女长发则来自阿兰·德龙的大鬓角，至于《青春》中的那一对日本少女，则不过是两只拆开了的黑猫耳朵和一片彩色地毯罢了。

这种创作非常好玩。

于是姚先生和朋友们为我的刻纸如何发展问题提出许多建议。我只能心中暗叫惭愧——因为不知自何时起，对于刻纸的兴趣已大大减弱了。

我现在正在想如何学会使用喷枪把彩陶砂喷到墙壁上做室内装潢，还有，如何掌握激光仪雕刻玻璃的诀窍。还想学很多东西，很多。只要活着，我都想试试。

好友讥我永远成不了一个真正成功的作家，因为我的兴趣太多也太杂了。也许是。不过我知道一旦兴趣完结，生命大约也要结束了。因为这是我的一种生存方式。说到底是一种自欺和逃遁的方式，因为每个人都需要自欺和逃遁。因为人与动物不同。因为人需要出世与入世的相互转换。因为人有欲望，又很脆弱。

所以阿 Q 在刀搁在脖上的时候还在琢磨那圆圈究竟圆不圆。我想倘不如此，他的死大约还要痛苦得多吧。

关于《如影随形》

——写在《红罂粟》丛书出版之际

红罂粟，顾名思义，美丽而有毒。

我不知道出版社起这名字的出处，但我喜欢。因为世上一切美丽的东西都有另外一面。譬如花朵鸟兽，譬如天空大海，譬如人，譬如爱。

我过去曾写过一部小说：一个美丽的女孩，同时却又妖冶、阴毒、险恶，一个不美的女孩，同时却又纯洁、善良、天真；从表面上看，天真未凿与洞察人生，善良无知与工于心计构成她们友谊的基础，但真的如此吗？因为最后的结局，恰恰是前者的手腕并未切断后者与爱人之间的情愫，而前者却因为后者之故永远地失去了自己倾心的恋人。究竟孰善孰恶？应当承认"恶"由于它的真实而具有一种魅力；而善良、天真等等这些字眼却从来苍白无力、令人怀疑。起码，这些字眼是无法独立生存的，也正因如此，美丽与不美的女孩正好构成了一个人的两种形态：外显与内隐，显性行为与潜在本性——这便是《如影随形》。

打我很小的时候，神秘和魔幻便浸透了我想象的空间。

于是便有了故事：一个少女忽然发现一张美丽女人的照片，她怀疑那女人正是自己从未见过的母亲，于是她探究、她寻找，在幻境中，她看到那女人在村口的戏场唱戏，戏文给了她启示，十四年前的一场谋杀在她眼前复现，而藏在银盾背后的那张脸却始终未露真面（银盾）；一个老人临终前走进一座深山，在半山腰的小卖部里见到一位少妇和她的男人，老人越过界牌走入险境，为他"导游"的是一只大黑蝴蝶，老人走到山顶却一无所见，在濒死的幻境中才见到了人间奇景，而几天之后，少妇见到从山顶溪流飘下来的老人的拐杖，杖芯里却藏着一束女人的黑发（黑瀑）；一个男人偶然来到一处刚刚被泥石流毁灭的风景点，却遇到一个奇异的女人，女人把他领到一座奇异的城池里去寻找食物，男人犯了城规，女人在他的背上刺下了一幅刺青以示惩戒，而若干年后，一位考古学家发现这幅刺青竟是消失多年的释迦牟尼的诞生地蓝毗尼城——在神秘的晕眩背后，是悲哀，是对于女性乃至整个人类的大悲哀……

这是与商业主义神话截然不同的另一种神话，它将伴着美丽的《红罂粟》走入人的心灵。人们将发现，这两种神话他们都非常需要，因为人毕竟是人，不但有肉体，还有灵魂……

永恒的主题

我以为，把爱情与幸福、快乐等字眼放在一处实在是一种误区。相反，爱情倒是常常与痛苦伴随着。现代爱情更是掺杂了许多其他的东西。那种纯而不纯、亘古不变的爱说到底不过是一种幻想，是人类用以自欺的一种方式而已。

小时候，也就是刚刚从童年踏入青春的时候，曾经有过一个心造的幻影。这幻影无疑来自书本中的男主人公们：牛虻、英沙罗夫、拉赫美托夫等等。这些人无一不是英勇无畏，才华横溢，魅力无穷，而且个个都是斯多噶主义者，富于自我牺牲精神的。

后来才知道，患这种"十二月革命党人情结"的，在同代人的女性中竟有许多。所不同的，是我比她们更易感，更脆弱，更自闭。因此自欺的时间也更长一点罢了。

这自然应当归功于理想主义教育。这种教育深深植入了一代人的灵魂，尽管你自以为有了脱胎换骨的改变，可实际上你什么也没变。从生到死不过是一个"卡农"式的怪圈，最终会返回到生命的原点。到那时你也许会发现，你穷其一生所追求的，不过是一个梦想。什么也寻找不到。什么也改变不了。

其实这便是很美的人生了。正因为世上本无完美才去追求，真的无法想象一个人在获得了完美爱情之后的结局。假如梁山伯与祝英台，林妹妹与宝哥哥成了夫妻，有了孩子，又会如何呢？

所以我很同意萨特的一个观点：爱不过是个枉费心机的企图，

这个企图就是占有一个自由。情人们既要求这个誓言又恨它，他想被自由所爱，又要这个自由是不再自由的自由——这真是一个天大的悖论。我想，能超越这悖论的，大概只有死亡了。爱走向美的极致便是死，可惜这是文学艺术的审美需要，凡人们大抵无此勇气，也无此必要吧。

于是大家只好做梦了。而且最好谁也别说破这梦境。如果一个成年人向孩子道破了圣诞老人的秘密，那么这孩子大概会难过得连鞋子里的糖果也不吃了。

其实糖果还是要吃的。爱情也是存在的。我不过是以为，真正的爱只有一瞬。人生何等短暂，有了这瞬间的辉煌，便已十分丰足了，又何必去追求永恒？！正因了世上没有永恒的爱，爱才成为永恒的主题。

关于心灵的秘密通道及其他

1

前些时，有友人谈起笑话一则：

某青年作家业已拟好诺贝尔获奖演说辞，头一句便语惊四座："今天我站在领奖台上，得到这个举世瞩目的大奖，早在我预料之中。"

友人讲得绘声绘色，众人大笑喷饭。

曾几何时，诺贝尔曾经一度成为热门话题，成为某些人心中的情结，后来又因为过热过重而一度成了"笑话"。现在这个话题似乎业已冷却，旁观者似乎可以冒着亵渎神圣的危险来说长道短了。

诺贝尔无疑是最具权威的文学大奖之一，那一串光辉灿烂的名字足以使我们高山仰止：泰戈尔、显克维支、托马斯·曼、蒲宁、福克纳、海明威、加缪、斯坦贝克、萨特、川端康成、索尔·贝娄、辛格……我想，在这些文学巨人们步入文学殿堂之前，大概都有着各自的深刻的生命体验与爱恨交织酸辛苦辣的经历，没有一种经验是相同的。相同的是他们都成功地步入了那神圣的殿堂，殊途同归。

文学的殿堂依我看来应当是纯粹的，唯其纯粹，才构成了它的神圣与美，所有的花都拥有自己的花期，在它展示它的全部美丽之后，各种姿态才会辐射异彩。我们的文学经验历来与政治、与"左中右"有关，我却始终认为，文学既不能绑在左的战车上，也不能绑在右的战车上，那是一种没有力量的体现。文学，应当是独立的，只有独立，才是自由的，也才是有力量的。

2

但遗憾的是，极具权威的诺贝尔奖似乎也没有逃离政治的侵扰。有一种文学样式似乎特别得到瑞典文学院评委们的偏爱，那就是社会主义国家中持不同政见者的小说，譬如帕斯捷尔那克，譬如索尔仁尼琴（或许米兰·昆德拉也将步他们的后尘）。这类小说有许多相似之处，譬如它们都在控诉社会主义社会对人性的压抑与扼杀，但在批判社会主义的同时自己也十分意识形态化，它们由于缺乏形而上之美而显得不那么优雅和纯粹，甚至有些很粗糙（譬如《癌病房》），但它们却被选中了。确切地说是被另一个营垒选中了。另一个营垒在彼岸，看到此岸的人在白刃格斗，内容有革命、有批判和斗争、有自我检讨、有文字狱和通缉令……彼岸的人觉得新鲜刺激，就对这类作品产生了偏爱，生活在彼岸的人都是上帝的宠儿，由于太舒适太自由而个个成了天真的大孩子，他们看着上帝弃儿的刀光剑影无不为之动容，他们真心真意地想解救他们，想把他们引渡到彼岸，殊不知他们到了彼岸并不会幸福，不但葬送了自己也葬送了解救他们的人。"穷山恶水"中出的"刁民"往往会成为幸福天堂里的祸水。因为人的思维发展是不可逆过程，上帝天真的大孩子不了解这一点，于是就犯了东郭先生的错误。

与帕氏和索氏略有不同的是米兰·昆德拉，昆德拉的作品虽然也充满了政治味，十分意识形态化，但他的头脑与智慧似乎要发达得多。他的视点更多地洞穿人性本身的悖论，从人性深层的弱点找到了埋葬人性的陷阱，这不能不说是这类文学的一大进步。

昆德拉的作品中充满了睿智的哲理与优美的隐喻，《生命中不可承受之轻》中一开场便有一段精彩的描写：常常与各种女人做爱的外科医生托马斯一觉醒来，发现新结识的女友特丽沙紧紧攘着他的手，在他身边睡得像个天使似的，而此前他和任何女人做爱之后都是分床而眠，否则他是睡不着的，而特丽沙是那样自然地拉着他的手，他们同床共枕而他并没有任何不安，由此他深深感到了爱与性的差别，像这样的隐喻，在昆德拉的作品中比比皆是。你常常不能不为他超拔的智慧而击节赞叹。

在昆氏目光无休止的扫描下，历史被一次次地复印，人性深层的悲哀被一次次定格。

有人说，昆氏更像是一位哲人而不是小说家。我对此说法不以为然。

我历来认为，文学大师大致分为两种，一种是社会型作家，如托尔斯泰、巴尔扎克、雨果、罗曼·罗兰，也包括上述的三位，等等；另一种是内省式的（或许不确切，需要有个新的名称）作家，如卡夫卡、普鲁斯特、三岛由纪夫、茨威格等等。就我个人品位而言，似更喜欢后者，因为后者与文学本体、与生命本质最为接近。

3

早就觉察到一个奇特而令人恐惧的现象。

那就是：刚才提到的后一类作家，几乎无人能逃出一种冥冥中的厄运，再推而广之，包括同类艺术家，也个个在劫难逃。疯狂、自杀几乎是他们注定的命运。

一个最典型的例子是俄国 19 世纪画家弗鲁贝尔。他对莱蒙托夫的长诗《天魔》着了迷，他一生的画作只有一个主题，那就是他理想中的《天魔》：一个天使因为反抗上帝，被上帝贬黜为魔鬼，这本身就具有极强的悲剧色彩。可怕的是弗氏从青年时代始就专注于天魔的描绘，他一遍又一遍地塑造和改写天魔的形象，我猜想他之所以这样做是因为他越来越深地把天魔植入了他本人的灵魂。他就是天魔。天魔的形象与处境随着他本人的经历不断地改写，他就那样走入了自己的秘密世界，义无反顾。

不幸走入自己的秘密世界的人似乎有着某种共同规律，规律之一便是不幸的童年。从某种意义来说，作家是由他的童年塑造的。不幸的童年使孩子产生自闭，自闭会使孩子打开一扇通向心灵秘密通道的门，而孩子初入人世还没有沾染世俗的浊气，来自远古的灵性尚存，这时的孩子，最容易接近神祇，与神祇对话。这样的孩子长大了，天生与尘世无缘，只好逃避在文学或艺术的象牙塔之中。

自己的世界有如一面魔镜，它似乎是自己的真实写照，然而又全然不是。它的每一个细节实际上都是不真实的。人在面对自己的时候，在自以为至真至善至美的时候，其实是在制造一种骗局，一种连自己也被骗了的骗局，是自己对自己在撒弥天大谎。走入那面魔镜是自欺欺人的开端，可怕的是，通往魔镜的通道有去无回。

如果，萨特说，他人即地狱，那么我要说，个人（self？）即魔鬼。

这似乎便是后一类作家非疯即死的答案。

4

那么，大师们难道除了地狱和魔鬼就没有其他归宿了吗！？

回答应当是否定的。

心理学大师荣格便是一例。荣格具有典型的童年综合征。

荣格幼时，父母分居，荣格天性敏感身体孱弱，总是做一些极其怪异的梦。譬如，他做过一个梦，梦见在本堂神父住宅附近的牧场上，有一个幽深的坑，里面有一级级的石阶。他沿着石阶走下去，里面是织造精美的帷幕，掀开，帷幕是一个洞宇，一条红地毯，直铺到一个黄金宝座之前，而宝座上屹立着树干似的一个巨大怪物：一柱突起，独目向天。多少年之后他才明白，屹立在黄金宝座上的，竟是一个巨大的男性生殖器。还有更可怕的梦：他梦见上帝本人蹲在教堂尖顶上大便，把罗可可式的彩绘玻璃崩得支离破碎！

试想，这对于一个身在西方宗教文化背景下生长的孩子该是多么恐怖的事啊！这意味着他的精神支点可能在瞬时被打得粉碎，他可能变得什么都不是，一种强烈的犯罪感使他备受折磨，然而也就是在这个时候，这个生性敏感的孩子突然体会到一种被禁锢的思想会怎样千方百计闯入人的心中。

他求助于《圣经》，他断定，是上帝本人让他有这种幻想的，就像上帝希望亚当和夏娃犯罪一样，尽管他命令过他们不要犯罪。于是荣格作出了结论：听凭这幻想出现而不是人为地扼杀它，他就实现了上帝的意旨。这结论给他带来了暂时的平静。许多年之后他这样写道："……是谁强迫我去想象上帝要这样可耻地摧毁他的圣殿呢？是不是魔鬼安排了这一切？我从不怀疑是上帝或者魔鬼存心这样说，这样做。因为我强烈地感觉到绝不是我自己制造出这些想象来的。我知道，应当从我——本身作出更深刻的回答：我独自面对上帝，上帝也只向我单独提出这些令人生畏的问题来。"

一个敏感内向、耽于幻想的孩子那么小就被迫直面上帝，回答如此恐惧的问题，绝对是个奇迹，而这个孩子竟然健康地活到八十高龄、并且事业发达家庭美满更是一个巨大的奇迹！

荣格回答，是家庭拯救了他。换句话说，他娶了一位非常平凡的妻子，生了一大堆可爱的孩子。他说，每当幻想的翅膀把他带到高空的时候，他的妻子和孩子们便把他拽向坚实的大地。

但是我想，荣格避免了那些不幸走入心灵秘密世界的大师们的共同命运，一定还有其他的诀窍。

5

我相信世界上有些人是永远无法克隆的——即使是在这个代用品的、复制的时代。在那些人的头脑中，那些灰色和白色的神经元格外发达，它们由亿万根纤若游丝的网格层层遮蔽，完全无法识别庐山真面，就像一座极其精致而复杂的迷宫，即使任何高性能的计算机也无法破译无法模仿，这就是那些在人类中被称为天才或智者的人，或许还有少许精神病学研究的对象：精神病患者。

创造力是在思维发生偏差的时候产生的，从这个意义上来看，精神病患者与天才的机会一样多。一位伟人曾经说过，精神病患者与天才只有一步之遥。十二年前我写的《对一个精神病患者的调查》就曾经涉及了这个领域，但是在当时，我只注意到一个层面，即社会对于精神叛逆者的戕害而忽略了另一个层面：被视为疯人的女孩的心灵深处不为人知的一面。那一面，或许与戕害她的社会弊端一样黑暗。

曾经在写这篇小说之前去过安定医院，那时，我的好友、北大心理学系病理专业的钱铭怡在那里实习，她对我讲，有个女孩，你一定感兴趣。我去了，她说的那个女孩已经出院，我面对的是另一个女孩。十七岁，北京戏校的刀马旦。她很美丽，有着弯曲的眼睫毛，讲起话来思路清晰柔声细语，面对着她我只反复地想一件事：她怎么会是疯子？

第一次去我和她谈了将近一个小时，她反复告诉我，她得病的原因只有一个，就是本来让她主演《卖水》，结果临时换戏，让她演了《锁麟囊》里的小孩，她不堪刺激，就精神分裂了。

第二次，她精神不好，只谈了半个小时，但是露出一个重大线索，就是：当她梳头的时候，她总觉得睡在上铺的女孩怀疑她偷了她的梳子。她为什么会有这种感觉？

第三次，恳谈三小时。原来，她小时候真的偷过东西，是一件戏装，描凰绣凤，铁划金钩，美丽得像天堂里的东西。

至此，真相大白。

但真的是真相大白了吗？

"真相"其实是没有的，既没有，也就谈不上什么"大白"。所谓真相，就是你觉得它像真的。而每一个人眼里的真实都不同，很好的例子便是《罗生门》。千百个人有千百种真实，无数相对真理相加构成绝对真理，但是，非同类项无法合并，这个世界于是就充满了荒谬。

天才与精神病患者，永远逃避真相。

6

"上穷碧落下黄泉，两处茫茫皆不见"——我以为是一种高妙的境界。

这似乎是一种关于灵魂飞升的描述，其中"上""下"两字十分重要。自由的灵魂都是能上能下，纵横捭阖，飞扬游弋的。在藏传佛教中，灵魂被称为"银带"，当人们入睡的时候，"银带"是游离于人体之外的，它的遭际便形成了梦。

世界上有一些无梦的人。这样的人群其实十分可怕。他们混迹于茫茫人海之中，无信仰，无道德规范，更无自律精神，他们有的只是各种永不满足的欲望，和能够达到这些欲望的手段，他们混淆了视听，侵蚀了人类的文明与灵性，他们对于人类的精神极端蔑视残酷摧毁，对于人类的物质巧取豪夺贪婪索取，他们注定只有今生而无来世，因为他们没有灵魂。按照物质不灭的定律，他们或许会化作一些肉眼看不见的粉尘弥漫在空间，毒化人类的大气层。绝不要以为这些人都像戏台上的鬼魅一般青面獠牙，那就太脸谱化了，他们很可能从表面看去宽和沉静，貌若观音，标榜着各种庄严的宣言、动听的词藻，实则各自身怀绝技，常常于无声处，创造出一个个人为的"惊雷"。他们是高仿真的专家，制造出的赝品比真的还像真的，在一个复制的时代，他们很容易得逞。

然而，对于他们来讲，他们的人也和他们制造的赝品一样，只有一次性效应。

7

而自由的灵魂（哪怕是破碎的），却只能伴着永远的美丽的挽歌，飞升。在梦中寻找花园、大海、天空，还有鸟群。

当丧钟响起，穿着丧服的人们在哭泣的时候，他们并不知道，那个空明的灵魂就高悬在他们的头顶，那个灵魂高唱着：

我走了，
我会是孑然一身，
没有家园
没有绿树
没有白色的水井……
没有深蓝的苍穹……
而那留下的小鸟依然的啼鸣……

西班牙诗人，西门尼斯

童话的色彩

第一次看童话剧是在小学三年级，那部剧的名字叫作《马兰花开》。刚刚戴上红领巾，接受了"准备着，为共产主义事业而奋斗"的教育，又一天到晚唱着"爱憎分明，立场坚定"的歌，所以自拉幕伊始，心理的天平便始终向着那美丽善良的小兰倾斜，随着小兰的喜怒哀乐而喜怒哀乐。同时，自然痛恨着那阴险毒辣的老猫，厌恶着那妒忌懒惰的大兰。

长大成人之后，看了童话剧《水晶鞋》《美女与野兽》等等，印象最深的，是在杨百翰大学的剧场看《海的女儿》。大幕拉开，海王美轮美奂的宫殿便如同梦一般展现出来，在一串串珠贝闪烁的屏障后面，小人鱼公主宛如美丽的精灵一般时隐时现，灯光把纱幕时而映成金红，时而映成碧蓝，那真是一场视觉的飨宴。

然而无论是国产童话剧《马兰花开》，还是驰名世界的《水晶鞋》《海的女儿》……都有着共同的特点，那便是:色彩单纯。新鲜，而又纯粹。因为纯粹，所以强烈，因为强烈，所以美丽。那一种单纯而强烈的色彩是最容易引起观众一掬感动之泪的。

然而生活的色彩却不同。生活是一种中间色，远不是非黑即白，非此即彼。色与色之间的过渡是一种高深的艺术。一开始的过渡也可能是无意的，但是钴蓝与钴黄偶尔碰到一起，变成了一种说不清的绿。既不是翠绿墨绿也不是草绿苹果绿，那样的绿色非常神秘，只要细细地看，便能从中领悟出无数的色彩。

生活，是意外的混沌的不可言喻的色彩。

而童话，却是单纯的新鲜的强烈的色彩。

两种色彩互补，才构成了生命的完整。

自然，也有一种人，譬如童话大师安徒生，本身的生活便是童话，安徒生在他晚年的自传中这样描述他的一生："人生就是一个童话。我的人生也是一个童话。这个童话充满了流浪的艰辛和执著追求的曲折。我的一生居无定所，我的心灵漂泊无依，童话是我流浪一生的阿拉丁神灯！我所走过的每一个城市就是我生命旅程中的一个个驿站，记录着一个个丰富多彩、变化多端的故事。我体验过什么是贫苦与孤独，后来又经历过豪华大厅中的生活。我知道什么叫作被奚落与受尊重，我曾在冰冷的暗夜中独自流泪，承受失落爱情的苦痛；也曾在如潮的赞语中体味收获成功的快乐和幸福；也曾与国王驾车流连于阳光和煦的阿尔卑斯山中……这是我一生历史的一个个篇章。"

我们这个时代，物质文明高速发展，却缺乏童话大师，缺乏童话的色彩。

对于那些经历了人生的暗夜却仍保持着童话般明亮色彩的人，我们应当把这首小诗赠给他：

在这个世界上
　我没有什么值得骄傲
　我只骄傲我自己
　永远是一篇美丽的童话

读书·写作·智性晕眩

1

读书可以令人产生一种晕眩，或许是一种智性的晕眩，它令我们突然对于周围现实的一切视而不见，或者将现实转化为一个混沌而多义的白日梦，昆德拉曾经这样说过："如果说小说存在的理由是把'生活的世界'置于一个永久的光芒下，并保护我们以对抗'存在的被遗忘'，那么小说的存在在今天难道不比过去任何时候都必要吗？"

我想昆德拉的这个说法大概是被多数写作者所认同的（尽管昆德拉并不喜欢"多数"这个词），但是，"存在的被遗忘"却每天都在发生，岂止是被遗忘，简直就是被改写甚至被有意歪曲，我在我的一本书中写道："时间可以把历史变成童话。"《罗生门》的故事不断地出现在每个叙述者的叙事中，造成更大程度的晕眩。

曾经以为伟大经典会人人称道，实际绝非如此。譬如《红楼梦》，与很多朋友交流，他们竟颇不以为意，即便圈内不少作家亦如此。而《红楼梦》曾经是我整个青少年时代的梦魇，接下来是《安娜·卡列尼娜》，再后来是茨威格的《一个陌生女人的来信》，陀思妥耶夫斯基的《被侮辱与被损害的》，然后是梅里美，托马斯·曼，卡夫卡，马尔克斯，博尔赫斯，米兰·昆德拉，三岛由纪夫，普鲁斯特，卡尔维诺，罗伯·格里叶……这样的一根链条，基本构成了我读书的历史，自然，其中颇穿插了些对于诸如控制论的鼻祖维纳，博奕论的泰斗爱欧斯特，心理学家弗洛伊德、荣格，画家莫罗、弗鲁贝尔、霍伯乃至生物学家劳伦斯等人的兴趣与不可遏制的热爱，书读杂了，自然会产生更大程度的晕眩。

有趣的是：这根链条之间的关系与被改写的潜移默化性。譬如安娜·卡列尼娜，她被情爱这个理所当然的动机引入小说之中，托翁作为叙述者，十分冷酷地决定了她的命运，当安娜重返家中，与儿子谢辽莎见面的时候，她命运中的悲剧元素达到了顶点，而在渥伦斯基这里，爱的价值却戴上了面纱，失去了具体内容的爱只剩下了没有结果的命名。托翁无意间安排了一种爱情模式——它也许适应一切男人和女人，那便是托翁所描述的：假如渥伦斯基的整个事业是一座金山，安娜不过是金山上的一粒金沙而已，而安娜，却是用整个生命在爱着他。

也许古今中外所有的爱情故事都无法超越这个模式，但昆德拉在《生命中不能承受之轻》里却试图改写这一模式，特丽莎与托马斯的爱表面上是托马斯一次次地背叛了爱情，而实际上，却恰恰是特丽莎用自己的软弱把托马斯一步步地引向死亡。托翁的爱情模式在昆德拉这里被改写成为性与爱的背离，从来只能与女人做爱而不能睡觉的托马斯从一开始便惊奇地发现：他竟然拉着特丽莎的手睡着了——"特丽莎就像是从山上的溪流里远远漂来的一只小篮子"。

更有趣的是，我读书历史的链条与绘画发展史一样，也经历了一个从人性化到物化的过程：从宝黛之间的至情至爱，发展成了罗伯·格里叶笔下那些机器化的人、极其精致的物质书写与SM式的受虐场面。

这引起了我更大程度的晕眩。萨特曾经竭力强调"选择"的重要性，但是在"是"与"不"之间，现代人往往无法选择。

2

从小爱读书。

最小的时候，当然爱看小人儿书，最喜欢看的是《聊斋志异》，什么《小谢》《婴宁》《画皮》等等，画得精致，特别是那些古装美女，照那时的我看来，简直美得奇怪。我就照着画，画了厚厚的一本，后来被老家的爷爷拿走，回去向人夸耀，这是我五岁的小孙女画的。

当然这算不得看书。活到现在，真正的看书高潮有三次。第一次是在小学三年级，九岁。爸买了一本新版的《红楼梦》，郑重地对我们说：'恩立现在上初中了，可以看看，小冬还要过两年再说。'至于我，根本没列入他的议事日程之中。爸不这么说还好，这么说了，便激起我极大的好奇心，半夜里，在姥姥的鼾声中，很英勇地爬上书柜最高层，把那本崭新的《红楼梦》拿到了手里。

读《红楼梦》的结果是严重的：首先，它让我尝到了神经衰弱的滋味，因为是偷着看书，既紧张又破坏了生活规律，小小年纪便突然睡不着觉，去看大夫，大夫很惊奇。那是我有生以来第一次服用安定，从此睡眠就没好过；第二，极大地影响了我的世界观与价值观的形成，我骨子里对世界那种悲观主义的看法，时有时无的那种对于人性、对于爱情、理想等等形而上的一切近乎绝望的心情，不能不说是起源于此。但此书对于我的文学创作却有着极其深刻的影响，从那时起到现在，颠来倒去看了也有几十遍了，个中的诗词歌赋，我竟能一字不落地背下来，应当说，是这本书给了我最早的文字感觉。后来，什么《三国》《水浒》《西游记》《一千零一夜》《堂吉诃德》等等，便一本本地看下去，形成我生命中的第一次读书高潮。

第二次高潮是在"文革"期间，我十三岁，大家都在风起云涌地闹革命，我却把自己关在家里，看那些当时的"禁书"。《怎么办》《被侮辱与被损害的》《前夜》《安娜·卡列尼娜》《复活》……基本是俄苏文学。当时的年龄，正是女孩迈向少女的那道门槛，情窦初开，非常微妙。于是拉赫美托夫、英沙罗夫等等十二月革命党人形象，便成为我最早的'阿尼姆斯情结'。这些书里印象最深的要数《安娜·卡列尼娜》，虽然对于托翁那种冗长的句式繁复的叙事不大喜欢，却深喜安娜的形象。为此，曾经画过几幅画：安娜看渥伦斯基赛马时，白衣白花，雍容美丽；而当安娜卧轨时，用的是青灰色调，我用了一般绘画从没用过的角度，让卧在铁轨上的安娜在画面正中，睁着一双惊恐的大眼睛，头颈向上挣扎着，因为挣扎而面部有些变形。一列火车正对着她开过来，浓烟向后散去，因为透视的角度，好像火车马上就要从她身上轧过……

第三次高潮是在大学时代。学的是财政金融，想的仍然是文学艺术，看了大量的书，集中读了辛格、索尔·贝娄、梅里美、茨威格、川端康成、三岛由纪夫、蒲宁、司汤达……甚至罗伯·格里叶。这时的读书，似乎已经与个人情感及生活状态有些距离了。及至后来读马尔克斯、博尔赫斯、卡尔维诺、普鲁斯特的时候，已经成为了一种品茗式的享受。从重彩中辨别真伪，于淡泊中品出至味，是我读书至今的一点感悟。

3

写作也是一种晕眩。

有一天，我突然悟到：文字也是有色彩的，于是才有了对于文字的迷恋。写文章的时候，每个字都是要推敲的，既然是"码字儿"的，就要把字码好，譬如画写意画，每一笔似乎都是不经意的，但是墨色的浓淡，笔锋的侧逆，留白的空间，总体的布局，都是十分的讲究，一个败笔都会影响全局。

早期的作品是一种单纯的颜色。新鲜，而又纯粹。自以为是美丽的。因为纯粹，所以强烈，因为强烈，所以刺激。那一种纯粹而强烈的感情是最容易引起别人一掬感动之泪的，还真是这样。《请收下这束鲜花》《河两岸是生命之树》就因为单纯得特别，所以被许多人接受了，那时，我把这种接受看得很重。

慢慢地，感觉到了中间色的神秘与迷人。那些迟到的流行色都是中间色。从《对一个精神病患者的调查》到《双鱼星座》《迷幻花园》等等，便是中间色的作品，本来并不是要刻意追求什么，偶然有些想法交叉了，便构成了新的色彩，变成了多义性，变成了一种说不清道不明的东西。那是一种最让电子时代恼火的多义性，这种模糊和多义是最不可模仿不可"克隆"的，因此在这个复制的、代用品的时代，成了孤家寡人，遭人痛恨。

但我并不想就此止步，在正在写的小说里，我在尝试神秘的补色。不是刻意，刻意就没意思了。复杂到了极致便成为简单，单纯的墨可以分出五色，每一个字都可以达到意外的效果。

写作，是一种不可言喻的晕眩。

上帝最后的泥巴

　　上帝造人，总是出双入对的，因此所有的人生下来，都会自然而然地去寻找"另一半"，有的甚至为此终其一生，于是世人呼之为"情种"。

　　而她，却好像是上帝用最后剩下的一点泥巴造的，注定一世孤独。

　　孤独这个字眼，如今已经被用滥了。好像成了一枚廉价的标签，贴在哪儿都可以。孤独本身的那种痛苦的高贵，残酷的美丽，全都消失殆尽。

　　最怕的是感情丰富的孤独者，他（她）注定要在尘世中忍受炼狱之苦。一个孩子来到世上，从心灵铁窗中越狱潜逃，呼吸到第一口自由的空气，直到彻悟这个无爱无恨无生无死的世界，这是个多么漫长的经历啊！

　　小时候有一天，久雨初晴的日子，她独自在家。清澈的阳光从窗帘一侧倾泻进来，好像经过了一道神妙的滗析，过滤后的阳光洒满光亮的四壁之间，使整个空间清新明快，犹如杯中盈满的清水。天空中的行云流影映入房间，变幻无穷，叠印出各种色彩，像是教堂里罗可可式的彩绘玻璃。忽然觉得，周围的一切都无比巨大，而她自己，却变得异常的小。周围那巨大无边的东西，名字就叫作孤独。"孤独"叩响了一个孩子的门，那个女孩在猝不及防的时候，就认识了孤独。

　　孤独是很静的，但是有时也很喧嚣。它裹胁在人群里，被各种标签和看上去不可一世的东西遮挡着，令怯懦者臣服。但是孩子的眼睛很厉害，那个被孤独拜访过的女孩，摘掉了各种遮挡的东西，认出了"孤独"。于是，在那个时代众声喧哗的旋律中，女孩保留了一支美丽的歌。孤独穿着猩红色的华贵的大氅，如同夜行使者一般在这个城市的夜晚游走。女孩多次在无星无月的夜晚，追随着他，哪怕最终被世界放逐。

多年之后，女孩变成了女人。像所有的女人一样，谈恋爱，结婚，生孩子，但即便是沉浸在爱与友情的幻梦中，束缚在幸福家庭的罗网内，堕入锦绣繁华地、温柔富贵乡，她也不曾一时一刻与孤独告别，孤独牢牢驻扎在她的心里，让她在最快乐的时刻，突然感到一把剑戟，就在她心脏的横膈处，坚硬冰凉，独处一隅。就像河床里埋藏的越沉越深的黄金，偶尔发出昂贵的声音，声音里装满了关于预感与应验，隐喻与象征的神话。

世纪之交的黄昏，终于来临了。暗淡的河床笼罩着银灰色的雾气，孤独飘浮在闪烁的烛光与紫色的涟漪中，连他巨大的羽翼也如同玫瑰色的空气在慢慢消融。无疑这是孤独幻化成鸟群在黄昏中出现。当他向藏匿着无数生命的河水走去的时候，带着无限的眷恋回眸。那一双冰冷凄惶的眸子使人感到他正在世纪之交的黄昏离去，新世纪的太阳正在他的羽翼上发出玫瑰的反光。

孤独真的弃她而去？

不，这不过是个信号，是个提示。当世纪末的洪水真的再度降临的时候，孤独会引领我们登上诺亚方舟，把我们引渡到彼岸，孤独会帮助我们自我救赎，无论这种救赎对于人类多么艰难。

但是方舟太窄小了，不是什么人都能得救的。

于是上帝最后的泥巴，将重新回到滔滔洪水中，与那些眼睛生在背上、嘴巴长在肚子上的三叶虫，那些腕足类、腹足类的动物，那些珊瑚、海百合与鹦鹉螺，那些奥陶纪的鱼、侏罗纪的恐龙、白垩纪的两栖动物……一起，迎接新的世纪。

那将是巨大的幸福。那是孤独带来的痛苦的高贵，残酷的美丽。那是一个人可以得到的独一无二的馈赠。那种昂贵需要用一生的代价来换取。

在颐和园寻找历史踪迹

有多久没逛颐和园了啊。近日读德龄女士《清宫二年记》《御园兰馨记》，竟萌生了重游颐和园的念头。

9月下旬一个少见的晴空丽日，湖光山色，似乎像被洗刷了似的那么洁净。美中不足的是几大殿虽然敞开，却有栏杆相隔，只能遥遥瞥见里面已经褪却了的金碧辉煌。

东大门走进去百米开外便是仁寿殿，正是当年慈禧光绪召开御前会议和接见各国使节的地方。按照德龄女士的描写，在本世纪初的1903年春天，慈禧曾经在颐和园举办过一个盛大的游园会，邀请各国使节夫人来赏牡丹。自庚子之乱后，慈禧逐渐由排外转为媚外，所谓"量中华之物力，结与国之欢心"是也。美国大使康格夫人就是在这次盛会后不久，推荐了美著名女画家卡尔为慈禧画像。慈禧内心实际很排斥这件事，她数次私下对德龄说，中国人靠想象就能画得很好，外国人却偏得照着实物画，可见外国人笨得很。西画的光与影她一无所知："我的珠子明明是白色的，为什么画的红红绿绿？""我的脸上怎么还有黑影？"肖像画完成后，卡尔署上自己的名字，她更是大惑不解："明明是我的画像，为什么要写她的名字？"对于长时间的枯坐她十分不耐，大约也觉得有损尊严，于是常常让德龄姐妹代坐。

德龄女士是清驻法公使裕庚的女儿，她和妹妹容龄从小在教会学校念书，后随父母去过日本、英国和法国，在法国待的时间最长，曾向著名的现代舞之母伊莎贝拉·邓肯学习舞蹈，成为邓肯甘愿不收学费的亲传弟子。父亲任满回国后，德龄姐妹被慈禧派作御前女官，主要做"传译"（即翻译），后双双被封为郡主。世上的事情总是怪得很，以德龄容龄这样的文化背景，在当时的清廷真算得是异数了，又该怎样与封建顽固、个性乖戾的慈禧太后相处？可是她们竟然处得很好。自她们于光绪二十九年（1903）回国，直到光绪三十一年因父亲病重离宫（容龄还要长些），两年半的时间里，清宫大内由于她们的到来，开始了本世纪最早的东西方文化的交流与碰撞，读来非常有趣。

首先是她们的服装，慈禧命她们穿法国时装觐见。大约是出于客气，慈禧夸奖了她们的服装，并且亲自试了试德龄脚上路易十五式的高跟鞋，表现出饶有兴趣的样子。但过不了多久，在慈禧寿诞日，她们便听命换成旗装，宫廷上下一片赞叹："太美丽了！像换了个人似的！"慈禧更是指着园子里的压腰葫芦开玩笑："西洋的衣裳，穿起来就像这葫芦似的。全世界只有满洲的旗袍最美。"惟独一个人低声唱反调："太难看了，跟法国时装根本没法儿比！"此人就是光绪皇帝。

据说，光绪实际上是个相当执拗的人，变法失败、失去珍妃、被囚瀛台之后，他表面上"一切听皇爸爸的"，其实内心一天也没放弃过自己的主张。容龄记得，有一天，光绪的贴身太监孙某来到她的住处，很神秘地打开攥着的拳头，只见掌心上写着一个字。孙太监说："万岁爷说姑娘见多识广，去的国家多，可知道这个人现在何处？"偏偏容龄不认得那个字，孙太监告诉她，那个字念"康"。容龄这才恍然，原来皇上问的是康有为。光绪也是很有幽默感的，大约是听了太监的禀报，竟赏给容龄姑娘一本汉语字典！——走进软禁光绪的玉澜堂，看着当年皇帝批阅奏折的案几，可以想象一个世纪之前的风云变幻。一个三十出头的中国皇帝，被残酷地剥夺了权力和爱情的年轻人，就在这园子里焦虑地踱步，如同困兽一般，竟然在老佛爷的千手千眼之中，大胆问"康"，也算作了不起得很了！

德荷园，是慈禧看戏的地方，石舫和谐趣园，是慈禧扮观音拍照的地方。提到拍照，又是一件趣事，慈禧接受拍照比接受画像痛快得多，慈禧晚年所有的照片都由德龄的哥哥勋龄拍摄。在这一点上，光绪皇帝亦有同好，光绪实际上极为聪明，很小的时候便会拆装很精密的西洋钟表，对相机的兴趣亦然。慈禧与光绪共同的爱好还有书法，颐和园中到处是"慈禧皇太后御笔"，也有少许光绪的墨宝。慈禧的书法的确堪称上乘，但光绪的书法似乎更显笔力。德龄女士说，自变法失败后光绪就不再写字了，但后来因为拍照的原因，竟破例给勋龄写了几幅字，勋龄当作宝贝似的珍藏了起来。

沿长廊往湖边走，万寿山昆明湖尽在眼底，风云变幻惊心动魄的历史踪迹就隐藏在这湖山之中，百年沧桑巨变转瞬过去，那些风云一时的历史人物早已作古，而这百年皇家园林还屹立如斯，经岁月的陶冶与梳理，越发呈现出一种沧桑之美来。

水落石出

夕阳用它微弱的光芒将你包裹。
沉思中的你，面色苍白，背对着
晚霞那衰老的螺旋
围绕着你不停地旋转。

不知为什么，接到赵晋华女士的约稿，就忽然想起我的朋友贺桂梅关于"水落石出"的说法。去年6月一个炎热的日子，世界杯即将拉开战幕之际，贺桂梅来到我家为《羽蛇》做访谈。她说："……90年代有点水落石出的味道，能够看出80年代有哪些东西获得了一种力量，能够在任何时候都保持自己。……"当时，我刚刚买了两只绿鹦鹉，它们好奇地看着她，发出意义不明的啾鸣，仿佛咿呀学语又很不成功的孩子。

汉语内涵的丰富的确可称为世界之最。与"水落石出"意思相近的还有"大浪淘沙"，"大浪淘沙"之后方有"水落石出"，不过前者是指逝去的，而后者则是留下的。我们可以试想，被海洋或者河床雪藏着的石，在水的不断击打下，偶尔发出昂贵的声音。那正是孤独本身那种痛苦的高贵、残酷的美丽，它需要坚忍，需要沉潜，需要把一切浮华置之度外。

毋庸讳言，新时期文学更多关注的是社会问题。新时期文学有一个大的社会语境，也就是批评家们所谓的"巨型话语"，那是从一段悲惨历史中接踵而至的神话。80年代的人们充满了创造历史的热望，每个人的倾诉似乎都必须与时代精神重叠，否则，我们就无法听到他的声音。新时期在"思想解放运动"的旗帜下给予了中国文学一种全新的想象：在这里，把自我设想成了历史的主体，却因缺乏主体话语而使能指与所指、主体欲望与个人记忆无法弥合。

于是水下的石便开始悄悄发出个人化的呼喊与细语。

毫无疑问，不敢拷问自己的灵魂、审视自己内心的作家不是真正的作家，但是，如果一个人只是写自己，那么即使他是一口富矿也必定会被穷尽——新时期文学留给了我们一个两难困境，但同时也给了我们一种新的提示：找到一个把自己的心灵与外部世界对接的方法，这样可以使写作不断获得一种激情与张力，而不至于慢慢退缩和萎顿。这就是所谓第三条道路——我们在博尔赫斯、马尔克斯、卡尔维诺、罗伯·格里叶及一些当代作家身上发现的那种穿越时间与空间、虚构与现实、上帝与魔鬼、此岸与彼岸的本领。这种穿行使他们达到了一种出世与入世间的自由转换，这样，他们就可以把渴望自由与逃避自由这两种人类需求的主动权把握在自己手中。界限的消失使貌似对立的两极融合在一起，就像埃舍尔的画，一对僧侣上楼，另一对僧侣下楼，但是你忽然发现上下楼的僧侣实际上是同一队人。又如巴赫《音乐的奉献》，利用"无限升高的卡农"——即重复演奏同一主题，然后神不知鬼不觉地进行变调，使得结尾最后能够平滑地过渡到开头。这样的小说可以更加复杂、多义、混沌，因而也更容易抹去虚幻与现实相接的所有痕迹，使它们浑然一体，看不到契合点，充分展示无限的多样性与可能性，如同美丽的珊瑚触角一样，全方位地向无限延伸。

当"巨型话语"的大潮逝去，我们忽然发现埋在水下的石已经变得多姿多彩，风姿迥异，令人惊喜。

世纪末的黄昏终于来临了。多元化导致的多极分化使文学之石分裂成万千碎片，但它们依然坚守在纯文学的河床深处，因为潮流的洗刷而更加纯粹。

"水落石出"，一个多么好的譬喻！

作家各自一风流

人物素描

曾经说过"80年代是个文学狂欢的年代",现在看来并不准确。中国文学其实就根本没有过所谓"狂欢"。确切地说,80年代应当是个"以文会友"的年代。并不止于80年代,90年代尚有余荫。会的友也远不止文学界——那的确是有趣的过往。

云在青天水在瓶

当代女作家中我最喜欢的当推宗璞——当然,包括其人其文。

很早便读过她的《红豆》。之后,又被她的《三生石》"赚"走了许多眼泪,一个简单的故事竟有如此强的魅力,不能不归结于作品的"真心真情"。这位女作家一定是位感情丰富的人。当时我想。

不想,以后就恰恰认识了,熟悉了。在1981年10月首届文学奖发奖会上,我看到镜片后面的一双睿智的、善解人意的眼睛,于是我知道我们一定能成为朋友。

我真的成为她的一个"小朋友"。我们也聊文学,但更多的是聊一些琐事、新鲜事或烦恼事。往往是,我絮絮叨叨没完没了地讲着,她静静地、认真地听着,时而,温婉地或开心地笑;进而,为我及时地出一些十分聪明的"高招儿"。那些招儿,没有一颗童心便想不出来。我偶尔也愧悔无端耗了她的时间,她笑笑:"我对这些很

161

感兴趣，我倒是觉得，你很有真性情的。"——大概她把这"真性情"看得十分要紧。于是我愈发地常向她倾诉内心秘密，她玩笑："你放心讲吧，我这儿是'扑满'。"许多人爱把宗璞描述成一个书卷气很浓的大家闺秀，我倒觉得她是个童心浓厚的人，如果不是这样，她就写不出那么美丽的童话。

宗璞的《风庐童话》一直深得我的珍爱，这本装帧精美的童话集里收藏着《贝叶》《总鳍鱼的故事》这些当代童话的精品。《贝叶》写的是一个普通的小女孩为了拯救同类而牺牲，最后虽然战胜了妖魔，却为自己的同类所不容的故事。而后一篇则写两栖动物的始祖总鳍鱼中的两支——真掌和矛尾，因生活态度不同，选择的道路不同，于是最后的归宿也就有了天壤之别。她写道："人生的道路是漫长的，旅途中难免尘沙满面，也许有时需要让想象的灵风吹一吹，在想象的泉水里浸一浸，那就让我们读一读童话吧。"——我以为，她那些童话中的哲理是深可咀嚼的。

宗璞的小说同样也浸透了"想象的泉水"。她的作品量虽不多，然而每一篇都有她苦心孤诣的探求。她老早就写出了《我是谁》《谁是我》、《蜗居》这样的作品，可算是我国探索小说的"开山祖"了，然而却又始终保持着中国的气味，绝不像某些上穿西服，下着抿裆裤的"现代派"们。她作品的格调和色彩是协调的，她把西方现代派的艺术手法嚼得那么碎，揉得那么细，溶解得那么和谐，那么美——这不能不归功于她的深厚的中国古典文学的功底。我想，一个真正具有现代意识的人恐怕首先应当是一个善于分解和吸收传统文化营养的人。这一点，宗璞得天独厚。

谈到她的作品，更有一点很难企及的，便是她的韵味，那种意蕴美。这一点，不具备"道行"的人便无从学起。宗璞之为人，清静淡泊。一般女性所特有的心胸狭隘、嫉妒、矫情、做作等痼疾在她那里影迹全无。凡熟知她的人都以为：她从不为凡俗之事动容。譬如她的长篇巨制《野葫芦引》——这部被一些老作家誉为"新红楼梦"的长篇巨著，写了四代知识分子的命运，描绘了一幅长篇历史画卷，其气度恢宏颇似男子手笔，细部描写又不失作者一贯的典雅与细腻。在写作过程中她曾数度病倒，抱病修改，其艰辛自不待言。然而第一卷《南渡记》发表后，评论界却相当冷淡。对此，她处之泰然。而《东藏记》获了茅盾文学奖，她虽高兴，也绝无得意忘形。"不以物喜，不以己悲"，这一点，恐怕只有"修炼"到了某种境界的人才能做到吧。难怪连汪曾祺也称她为"宗璞道兄"呢！再譬如她的散文《哭小弟》，原是一篇至情至哀，见血见泪的文字，却写得那样自然、质朴，写到极致，也只是"呜呼！言有穷而情不可终！汝其如也邪！其子知也耶？"没有一点点张扬和矫情。文如其人——在宗璞这里，这句话是真实的。

宗璞的写作间里挂着一幅写意荷花，是汪曾祺所写。荷花设色单纯，内涵神韵，古朴典雅，清静淡泊。"清水出芙蓉，天然去雕饰"，这大概是汪老的深意所在吧。

我原先住海淀南路，离北大近，常去燕南园串门儿，只偶然见过两回冯友兰老先生。后一回是在 1990 年夏，其时冯老正在院子里散步。一架深色的眼镜，一部飘拂的银髯，颇有古东方圣贤的气派。当时宗璞告诉我，冯老耳目已失聪明，但头脑清晰，精神尚好。

谁知时隔半年，"三松堂"上竟悬挂了冯老的遗像。在 1990 年 11 月底一个寒冷的日子里，冯友兰先生仙逝。消息传来，我立刻想到一向敬爱父亲的宗璞该有多么悲痛。那一段时间我不敢去看她。因为我觉得一切安慰的语言，在这种悲痛面前都会变得苍白无力，毫无意义。丧事办完之后，她好像消瘦了许多。过了不久，她便因病住院了。

宗璞过去曾讲过，她走上文学之路，首先得益于她的父亲。冯老虽是哲学家，于文学却颇多造诣。能写旧诗，很有文采。且常对于文艺有独特见解。宗璞自小耳濡目染，受益匪浅。

宗璞的家族颇有文学传统。冯老的姑姑便是位才华卓著的女诗人，留有"梅花窗诗稿"，可惜十八岁便早逝；宗璞的姑姑冯沅君，是五四时期的著名女作家，曾因勇敢地歌颂人性解放与自由，而得到鲁迅先生的高度评价；还有宗璞在哈佛大学读书的侄女，则能够用英文写出很有文采的作品。对此，冯老曾自豪地题曰："吾家代代生才女，又出梅花四世新"。

冯老总是十分关心女儿的文学写作。第一卷《南渡记》出版之后，冯老曾在女儿生辰时兴致勃勃地写道："百岁继风流，一脉文心传三世；四卷写沧桑，八年鸿雪记双城"。因长篇原名《双城鸿雪记》，又特别写上"璞女勉之"几个字。宗璞十分珍重父亲这份期望，但是为了帮助父亲撰写《中国哲学史新编》，她忙于料理家务，照顾父亲，无法再腾出时间精力来继续自己的写作。冯老对此深感不安。在1990年夏为女儿撰写的最后一副寿联中，冯老写道："鲁殿灵光，赖家有守护神，岂独文采传三世；文坛秀气，知手持生花笔，莫让新编代双城"——好一个"莫让新编代双城"！这样的父女之情是多么含蓄，又是多么深厚。

多年来，宗璞在文学创作之余身兼数职，同时是冯老的秘书、管家、医生和护士。她是极为忠于职守的。在宗璞和父亲相处的数十年间，有多少时光是在病房中度过的呀！有时远在异国他乡，她也要守候在父亲身边侍病。尤其是在冯老的最后几年里，经常住医院，1989年之后更为频繁。宗璞自己身体并不强壮，其劳碌忧心可以想见。当然，也有辉煌的时刻，1982年9月10日，美国哥伦比亚大学授予冯老名誉文学博士学位，宗璞陪父亲赴美。这是一次东西方著名学者荟萃的盛会。会上，学者们对于冯老的学术成就做了高度的、公允的评价。对此，宗璞深感欣慰。

自从进入80年代后，宗璞便每年都要为渐至耄耋的父亲办一次寿诞会。在九十华诞会上，冯老说了这样一番话："长寿的重要在于能多明白道理，……孔子云：假我数年，五年以学易，可以无大过矣。五十岁以前，没有足够的经验，不能理解周易道理；五十岁以后，如果老天不给寿数，就该离开人世了。所以必须'假我数年'。若不是这样，寿数并不重要。"冯老的这种达观，正是他之所以能度过"无量劫"而保持身心健康的主要原因。无所求于外界的内心，永远是稳定和丰富的。宗璞同样有这样稳定和丰富的心。有了这样的心，在世事面前便可以宠辱无惊，乐观洒脱。正是"我来问道无余说，云在青天水在瓶"。

宗璞虽然已是耄耋之年，依然像过去一样智慧而洒脱。她正在从失去亲人、身患疾病的大不幸中走出来。我期待着《野葫芦引》早日完成，看看那葫芦中究竟"装的什么药"。

张承志的心灵史

同是那次获奖相遇的，是张承志。

提起张承志，恐怕很多人都认为他难以接触难以相处，我的感觉却是恰恰相反。发奖会那次他坐我旁边儿，别的大作家们都激动地争先恐后地发言，只有我们俩不吭气儿，我是胆怯，他呢，把两条腿伸得长长的靠在椅子上，睥睨一切的样子。坦率地说那时他相当的帅，不亚于现在任何一个一线明星。我们俩谁也没理谁，连招呼也没打一个。

谁知过了些时日，我的同事王云生突然问我，想不想去张承志家玩？这时我才知道，原来王和张承志曾经是"革命战友"。

张承志和王云生一见面儿，亲热的方式就是对骂，用掉了瓷儿的大搪瓷茶缸喝酒。张承志冲我笑："别笑话我们啊，我们插队时候就是这么喝，这么喝才过瘾！"

酒足饭饱之后，张承志开始跟我聊画儿，问我喜欢谁的画儿，我知道他喜欢凡·高，于是偏不说凡·高，说了一串儿：蒙克、达利、德加……他笑笑说："小姑娘嘛，当然喜欢德加。"我至今都不明白为什么是小姑娘才喜欢德加——接着他再也忍不住，大侃起凡·高，他是如此热爱凡·高，以至于在三十年后的今天，我仍然对他当时的神态记忆犹新。

他绝对是个性情中人。他会像孩子似的对好朋友说："哥们儿新写的这篇，太他妈棒了！"他会双手把贸然来访的记者推出门去，他会在电梯停运的时候用双臂把瘫痪的史铁生背上四层楼。

史铁生最初便是他介绍给我的，他说："你想认识一个真正的男子汉吗？我介绍你认识吧！他叫史铁生，我们学校的，比我低两届。"接着他扼要地把史铁生的情况告诉了我。我那时正是对世界对人充满好奇之时，后来就着为《收获》转话一事与史铁生建立了联系，当时他住国子监，再后来我三天两头去看他，常常吃他父亲做的著名的烧饼，并且拉着二姐和邻居好友玲玲去看他。他经常会冒出一些哲理性的话语，惭愧的是，我经常为自己的一些心理情绪上的问题去烦扰他，却常常忘记了在他笑容可掬的背后，一直是在忍受着疲劳和痛苦。他常蹦出一些金句，有些我至今还记得。譬如："一个人要是插过队、坐过牢、离过婚，就什么也不怕了！"这句话我一直铭记在心。

他身边从来不缺少仰慕他的女孩，直到希米的出现，我潜意识中立即感觉到，这女孩与铁生将是绝配，我的感觉对了。

后来张承志在文坛一步步奠定了自己的地位，《心灵史》应当是他里程碑式的一部作品。《心灵史》发表时正是中国历史的一个特殊时刻，我把它转送给我已经"进去"了的朋友，朋友在书上密密麻麻的眉批昭示了此书给予他的心灵力量——朋友可不是一般人，后面还会提到他。

2007年，我接到美国文学翻译中心的邀请，参加他们三十周年庆典，五十个国家，每个国家一个作家一个翻译。之前收到邀请方一个邮件，上面列了一些作家，希望把他们的书带过去。其中有张承志。我立即电话他，他早就装了录音电话，可以选择性地回复。他即刻回了电话，说："你还相信那帮汉学家能翻译咱们的书啊？！我研究了这么久，只认为有一个翻译家是好的，就是那个翻译鲁迅的日本人……"那天聊了好久，最后他还是坚持不把书带出去。

他确实是具有精神洁癖的，"清洁的精神"就是他自己真实的写照。正是因为他的这种清洁的精神，他丧失了世俗的种种利益，却收获了一个人最重要最宝贵的东西。

每次见到他都会有些新的变化。譬如近两年，开会的时候，他会在纸上练习阿拉伯文，阿拉伯文写好了真是漂亮啊。

最近欣闻他出了全套文集并获奖，真心为他高兴。

说实在文坛中人我真心敬佩的人不多，他是无可争议的一位。

沉思的老树

　　林斤澜老师，是在 1986 年认识的。去张家界。当时有一批年轻作家同行：沙青、张小苾、路东之、李功达、李京西……当时《北京文学》的编辑陈红军亦同行。那一次感觉实在是太妙了！一路听林老谈弘一法师李叔同的生平，听林老谈今说古，实在是一种享受，大家都被迷住了——而看林老走路更是一种惊奇：至今都清晰地记得林老在张家界金边溪健步如飞的场景——好像就在昨天。

　　后来无数次地看到他健步如飞的背影——因为我们这些年轻人全都走在他的后面，张小苾曾经气喘吁吁地说："我可真服了林老师了，二千九百七十五级台阶，好像没费什么劲儿就上来了！"

　　2000 年和林老一起去越南，再次领教了他的健步如飞，每每赞美他的行走，他的眼睛里总是闪着孩子般顽皮的光，颇有几分得意地说："汪曾祺是读万卷书，我是行万里路！"行万里路的他肚里有数不清的故事，几杯酒下肚讲起来，妙趣横生，于听者绝对是巨大的享受。

　　——于是以为他身体很好，他却说，其实他四十上下的时候心脏就出过问题，被大夫宣判过。但是他笑着说："其实大夫的话真不可全信，你们看现在我不是活得好好的？"每当吃饭的时候，看着他抿一口酒，吃一口菜，那样子别提多美了，谁能想到他是个几十年前就曾经被大夫宣判过的人啊？他的酒是无论如何断不了的，凡去过他家的人都能看到那一面墙的酒瓶，那真是美轮美奂的工艺美术品展览啊，有些酒瓶的造型匪夷所思，指出来，林老脸上便写满了得意的笑容。

　　自越南回来之后，庆邦、德宁和我便常常与林老相聚，庆邦每每都要带上一瓶酒，与林老对酌，林老是有大智慧的人，越到晚年，说的话越是精彩含蓄，现在真是后悔没把那些话精准地记下来——那不但是一个大作家极其丰富的内心世界，也是中国文学宝

库中一份不可多得的瑰宝啊！（幸好还有程绍国先生的《林斤澜说》流传于世）

林老对于文字极尽考究，就在去张家界的路上，他说出了让我终生难忘的一段话，他说对于小说优劣的评判应当有三个标准，第一便是文字，第二是艺术感觉，第三是想象力，这段话我对很多朋友讲过。他对自己的文字要求几近严苛，越到晚年，越是彰显出他卓尔不群的功力，他的短篇，文字精到得一字无法删改。他的矮凳桥系列，每篇背后都有深刻的隐喻，那篇叫作《溪鳗》的小说，更是精彩之至。我曾经在剧中心报过一个选题，想把几位著名作家作品改编成为系列电视剧推出，第一部便是《溪鳗》，选题几上几下，最终因领导担心收视率的问题而没有被批准，非常遗憾。

林老对于后生晚辈的指点扶持更是令人感佩——早在90年代初他就向我们推荐刘庆邦的《走窑汉》，认为那是一篇好小说。那时我与庆邦尚未相识，但林老的话印象颇深。1994年，我的长篇《敦煌遗梦》首版开研讨会，林老来了，第一个发了言，那篇发言我至今留存。他说："小斌最会出新招子了，这个长篇的写法很不同。现在有一句话叫作'国际接轨'，我看小斌的这篇小说就有点国际接轨的意思。"——那是我第一次听到"国际接轨"这个词。正巧在十年之后的2004年，《德龄公主》开作品研讨会，刚刚出院的林老在推掉几个活动之后，再次参加了会议，并且依然是第一个发言，他说他曾经为北京作协推出的丛书写过一篇序，里面写的那个"无所事事"和"想入非非"的女作家说的就是我。他说这两个词本身有点贬义，在这里却是"赞扬"，他说："无所事事给我的感觉就是，她既不解释政策，也不解释外来的思潮，什么也不解释，她只说她自己的。想入非非是说她走的路是主观的路。北京的小说有一路是走写实的，一路是走主观的，主观的少。写主观的，就牵扯到人家看懂看不懂。最近她写的《德龄公主》我觉得就能引起共鸣，这条路能够给人带来别开生面的东西。"——林老的褒奖，令我诚惶诚恐的同时万分感激。

然而我们三人最后一次见林老，他却是一反常态不再说话了。

那天天气很冷，我们像以往一样不断地说着，他却是一语不发。我最后实在忍不住问道："您今天怎么不说话啊？"他沉默良久，慢慢地说了一句话："我觉得自己正在慢慢地告别这个世界。"

当时我心里一惊，一种寒意慢慢升起，凉彻骨髓。还为这句话与德宁通过电话，但是时过境迁，看林老安然无恙，也就不再深究了。后来我又因事单独去过他家，看他尚好。

4月10日听刘恒说林老病危的消息，立即给庆邦打了电话，约定12日下午2点去同仁医院探视，11日下午4点50许，跟林老的女儿林布谷通电话问情况，当时布谷声音急促："已经走了，正在穿衣服……"

下面的话我几乎听不清了。放下电话，一直发呆到5点，才颤抖着抓起电话，把这一噩耗告诉庆邦。庆邦遂通知了周围的朋友。

好久缓不过来，不敢相信这是真的——因为此前有多次报病危的事，特别是近年来，几乎每年春天都会有一次住院。而每一次，林老都以自己极其顽强的生命力挺了过来。不敢相信，这一次他竟真的甩掉了我们这些常常与他相聚的晚辈，独自上路了！

大智者林斤澜，已经预感到生命将近，但这位"沉思的老树的精灵"（黄子平语）的精彩纷呈的一生，已经充分体现了作为作家与人的最高的生命价值——那不是世俗的价值判断，那是一种光芒，他将照亮后世那些真正追求纯粹的作家与艺术家，为那些孤独的行路者带来内心的温暖。

天国赤子

——痛悼 JOHN · HOWARD-GIBBON

我和他远隔一座浩瀚的太平洋，从未谋面。

但似乎又离得很近：我的《羽蛇》，他似乎十分懂得。特别是：懂得她的孤独，她的寂寞，她的神性，甚至她潜伏得很深的善良。

因为他，也是这样一个人。

因为孤独，因为寂寞，或许还因为别的什么，他游向茫茫大海，离我们而去了。

他有每天游泳的习惯，他说话像个孩子：幽默，纯真，但内心孤独略有自闭。他渐渐老去，靠酒和安眠药打发他过度发达而已无力表达的智慧。终于，在公元 2011 年夏末秋初的一个早上，他迎着东方出现的曙色，只身游向大海，游向天国，淹没在太阳的金辉里，再没有返回人间。

第一个把这一噩耗告诉我的，是中外名人文化公司董事长陈建国先生，当时我已经坐在飞往悉尼的 CA173 航班上。听到陈总在电话里的讲述，我的泪水夺眶而出。

几天后我返回北京，接到我的代理、好友久安女士的邮件：

> 小斌，老 JOHN 于 8 月 26 日去世了。我本来是预订 9 月 7 日的机票去看他，还是晚了。我现在很难过，不能多写。
>
> 久安

只有两行字，但其中的伤痛之情，只有我们两人知道。

JOHN · HOWARD-GIBBON，著名英裔加拿大翻译家，曾经在中国生活居住了很长时间，在外语学院教过书，担任过《中国日报》副主编，翻译过大量文学作品，对中国文学有着赤诚的热爱。他的祖先，便是鼎鼎大名的《罗马帝国的兴亡》的作者。他一生中最后翻译的一部小说，是我的《羽蛇》。

事情要从 2004 年说起。

那一年，我所在的工作单位央视剧中心要做一部境外拍摄的电视剧《小留学生》，我是项目负责人，和剧中心副主任与导演一起赴加选景，从渥太华、温哥华、多伦多、蒙特利尔一直走到最东部的纽芬兰，一路上强烈感受到旅加华人的热情。在温哥华期间我们结识了一对年轻夫妇章迈与贺娜，这一对金童玉女对文学非常热爱，品位很高，由于他们的介绍我们得以认识著名诗人洛夫先生，洛老还十分热情地请我们到他家做客，让我们品尝他夫人做的美味佳肴。为了回报章迈夫妇的热情，我临行前赠给他们一本新版（人民文学出版社 2004 版）《羽蛇》。回京数月后，我从章迈的邮件中得知，他们已将《羽蛇》推荐给了 JOHN。章迈介绍，这是一位熟知中国文化的非常棒的翻译家，但他同时也说，JOHN 年事已高（当时 73 岁），在接受翻译方面十分审慎。

在忐忑不安中我度过了 2005 年。岁末，我终于与 JOHN 通上电话，在电话中我感觉到他的幽默与坦诚。他说："我这个老外觉得你的中文水平很高啊。"但是他紧接着说到了翻译此书的难度，他说有些地方几乎是不可译的。紧接着发来的伊妹儿中，他说他要在翻译前再精读一遍此书。他的极其认真的态度让我肃然起敬。以下是他在 2006 年 6 月 22 日发来的一封邮件，此时他的心情似乎很不错。

亲爱的大斌！

很长时间没有跟你联系。好像我上次给你发电信我告诉你我下次发要等我到《羽蛇》三百五十页的翻译注解的一半（175 页）都准备好了。这个目的上个星期达到。我现在看完了到 187 页。好像我的速度快一点，不过我还是有的时候碰到对我有一点困难的地方让我的速度减慢下来。现在我开始觉得这批工作的完成是有一点的希望。不知道你自己的意见有没有改变。如果有的话我真的会明白。我自己的生活的事情会影响我的翻译工作的时间和速度。我现在每天要留下两个小时为了看你的书。希望你的生活和工作的情况都好。

你的老外的读者佩服你。我看得出来你的中文的程度很了不起。你的懂人的动作跟思想也一样。

霍华

他有时叫我大斌，有时叫我小大斌或者大小斌，有时自称白酒翁，有时又自称长臂猿，非常有趣，他说他非常喜欢这部书，但是坦率地说，他的译书速度会非常慢。他说如果我嫌慢的话就可以找别人，不用考虑他的感受。我十分坚定地表示，再慢也没关系，我会等待。

就这样，在2007年的4月份，他终于译完了《羽蛇》的前三章。而就在此前，我结识了著名文学版权代理人久安女士。

久安身居纽约，是美国惟一的华人代理，她生于北京，毕业于上海复旦大学英美文学专业，于1985年赴美国纽约。2000年创办"久安版权代理公司"，从事双向版权代理工作。与JOHN一样，她对文学热爱到了虔诚的程度。恰恰当年11月地处达拉斯的美国文学翻译中心举行三十周年庆典，五十个国家与地区的汉学家云集此地，久安也作为我的翻译被邀请参会，此前她告诉我，在她的不懈努力之下，位于纽约的世界著名出版社西蒙·舒斯特天价购买了我的长篇小说《羽蛇》和《敦煌遗梦》，这次我赴美，正好可以在开完会后绕道纽约去签约。久安是眼光极高的人，开会的顶级汉学家不乏其人，却一个都不在她眼里，她一心只想由JOHN继续翻译，在达拉斯美国文学翻译中心的游泳池旁，我们跟JOHN通了电话。此前，他曾经坚决拒绝与他人合作，对久安也采取了一种拒绝的态度，我就一个电话一个电话地打过去，慢慢说服他，此时终于见了成效。

然而JOHN毕竟已经是七十多岁的老人了，虽然他有着一个苏格拉底式的智慧头脑，但终究是精力不济，他的认真更加导致他翻译速度的缓慢，而西蒙·舒斯特只给了一年的时间。久安便亲自上阵参加初稿的翻译了，这一着是险棋——因为所有人都告诉我，做翻译一定要是母语是英语的人，这是最起码的一条，然而我的直觉告诉我，由于久安对于《羽蛇》的特殊热爱，她应当可以参与《羽蛇》的翻译，或许，她和JOHN会是最佳搭档呢。

久安成为最忙的人，她一面要不断地同JOHN交流，一面要不断地同我交流，初稿完成之后，她带着电脑去了加拿大，在与JOHN的面对面的交流过程中，他们产生了深厚的感情，久安把他们的照片传来，我简直不敢相信那位和久安靠在一起表情活泼的人就是之前那个面容严肃的老JOHN！

2009年，《羽蛇》英文版全球发行，长着双翅的《羽蛇》飞向了世界，在那一瞬间，我热泪盈眶，想起那一句歌词："没有什么可以阻挡，我对自由的向往！"我最该感谢的人，当然就是 JOHN 和久安，他们就是我的双翅！为此，我到云南腾冲为他们买了一对翡翠挂件，听久安说，JOHN 把这副挂件挂在了他亲爱的姐姐的照片上面。

按照宝石学的定义，玉的价值可以超过黄金几百倍甚至几千倍。所以俗话说：黄金有价玉无价！

我与 JOHN、久安的友情无价！

斯人已去，JOHN 的高贵、纯真、幽默、博大精深、慷慨无私让我们这些活着的人无比怀念！

我相信，JOHN 本来就是天国赤子来到人间，现在他回去了，带着来自人间的欢乐与痛苦，回到了天国。

JOHN，你在天国还好吗？

改革四君子

1986 年夏，当时我还在中央电视大学经济系任教，与一同事共赴大连组课。一日黄昏在大连海滩，我俩泳后上岸，正自调笑，见二人泳装外披着浴袍，似乎上岸不久，正在激辩。听见我们的声音停止争论，问道："你们也是北京的？"

那时，北京圈子林立，若在外省听到北京口音，无论男女，一律感觉亲切，搭讪是常有之事，因此我们并未觉得有任何突兀。

那位高鼻凹目留胡须、颇有几分西人模样儿的男子说话直奔主题，听说我们是电大经济系教师后，立即说对这种新兴的远距离教学有兴趣，很快便聊开了。旁边那位更加瘦高、长着典型的南方人面孔的男子话很少，只在空白点"插播"一两句。终于知道，这二位便是当时红极一时的改革四君子（另两人是翁永曦和王岐山）中的朱嘉明与黄江南。那位西人模样的是朱嘉明，高而瘦的南方人是

173

黄江南。

恰巧我当时刚刚读了他们的书《历史的沉思》。也是那时少年意气生性憨直，便十分直接地谈了我的意见与看法。黄江南显然极为自尊，容不得一点质疑，立即解释他文章的用意，而朱嘉明虽未插嘴，显然同意我的观点。直到黄昏的风把我们吹透，才四人结伴离去——也是巧得很，竟住在同一座宾馆。

分手时，朱嘉明忽然说，会议主办单位发了他们每人一个水晶杯，他想把那个杯子送给我。当时尚无会议送礼品风气，水晶杯尚属稀罕物儿。黄江南听了，也笑笑说，把自己那个杯子送给我的同事。杯子当天晚上就送来了。他们谈兴很浓，偏我当时也极关心政治，早闻紫阳智囊团之农村小组，聊得十分投机。

凭我的记忆，一开始朱说他习惯夜里工作。整听整听地喝雀巢咖啡。黄就调侃说朱喝咖啡把头发和眼睛都喝成咖啡色了——朱笑着挠了挠头皮，果然，他的头发和眼睛都现出一种浅浅的咖啡色。

我同事就说听人说，朱能在三天之内打好一个数万字的腹稿，储备起来，谁也别想刺探出点儿什么。然后在需要的时候再倒出来。我说，那不是骆驼吗？大家哈哈大笑。

当时还是个谈市场色变的时代，但是他俩的观点十分大胆。他们认为中国经济改革中最关键的一点就是要在宏观控制的前提下搞活微观。过去一个是统得太死，一个是平均主义、大锅饭。根治这种痼疾的良方就是要逐步建立完善社会主义的市场体系。他们指的市场并不仅仅指生产资料，还包括技术市场，建筑市场，信息市场，甚至金融市场等等……

那天晚上聊得太嗨，以至于多少年之后都记得聊天的内容。而后来中国经济的走向，在很长的一段时间里都是按照他们画出的蓝图。

1986年年底，第三届全国青年创作会议。全国青年作家汇聚一堂，彻夜狂欢。记得在扎西达娃的房间里唱了一夜的歌。大家都雄心勃勃地要寻找创新之路。我虽没说什么，但心里已有长篇雏形在慢慢生长。1989年，我的长篇处女作《海火》问世，可惜生不逢时，大家都关注当时的大事去了，没有多少人关注这个长篇，但是凡读过的都非常喜欢，张志忠先生还为此书写了一篇极佳的长篇评论。

二十年后，《海火》更名为《海妖的歌声》由磨铁再版。沈浩波说，徐老师这部作品历时二十年，一点没有过时。这话从一位大书商嘴里说出来，多少让我有点意外。

有一个秘密现在终于可以说了：《海火》里的男二号祝培明，原型就是改革四君子之一的朱嘉明。至于那只水晶杯，几经乔迁之后，早已不知所终了。

苏童的福气

不能不承认，苏童这家伙是个有大福气的人。

写到他的时候，恰逢他获得茅盾文学奖，再一次印证了他的福气。

很早认识他。当时他北师大毕业刚刚在《钟山》当编辑，上北京来组稿，当时北京有许多小圈子，李陀、沙青、林谦、多多和我常常在林谦家里聚。有一天林谦把苏童介绍给我们，当时苏童娃娃脸，完全一个大男孩，他向我们组稿，在座的似乎都不热情。回家的路上，苏童和我坐一趟车，一路跟我谈小说，让我再写一篇类似《河两岸是生命之树》《对一个精神病患者的调查》的小说给他，我答应了，但后来因为各种原因并没兑现。之后不久，苏童的"枫杨树系列"便以不可阻挡之势红了起来，再过两年，《妻妾成群》改编成了电影《大红灯笼高高挂》，便更加火爆起来，

真正与苏童近距离接触，是在 2011 年，我们同时接到美国纽约 Asia 的邀请，由香港某基金会全额赞助，在香港机场，多年不见的我们一见面，苏童就像个孩子似的说："让我看看"，然后细细端详我一下，认真地说："嗯，挺好的。"

我们在香港讲了两场，然后上路。一路上心情少有地好，仿佛回到了 80 年代：简单，直接，温暖，完全不用任何弯弯绕儿，那一种氛围，特别合我这个低情商者的胃口。但过关的时候苏童似乎很

紧张，在他，还很少有这样紧张的时候，他说了几次在美国过关被关小黑屋的事，我哈哈大笑："难道他们怀疑你是拉登的堂弟？"他却严肃作答："万一我过不去，你自己过去吧？"活像临终嘱咐。我很仗义地说："你要过不去，我当然也打道回府。"结果过关时我和赞助方一前一后把他夹中间儿，非常顺利就过去了。

在波士顿哈佛大学，王德威老师早已安排了讲座，坐得很满，我觉得大家都是冲着苏童来的，让我高兴的是哈金也来了。当时有个报道登在北美的各大网站：

> 2011年11月1日，中国作家苏童、徐小斌应邀来到秋意正浓的麻省剑桥小镇，与哈佛大学师生进行了一场别开生面的对谈。对谈由哈佛大学东亚系中国现代文学研究领军人物王德威教授主持，在座者除哈佛及周边学校师生外，还有著名的华裔美国作家任璧莲女士和哈金先生。对于海外的中国文学研究者及爱好者来说，苏童、徐小斌并不陌生。苏童发表于20世纪80年代末期的中篇小说《妻妾成群》被张艺谋改编成电影后，蜚声海内外；以《双鱼星座》《敦煌遗梦》《羽蛇》享誉文坛的徐小斌的作品已经被翻译成十三种文字，日渐引起英语世界读者的关注。

> 讲座中，苏童与徐小斌首先应主持人要求简短介绍个人近期的创作体验及其与英语世界的接触。在苏童看来，作为职业作家应该写某部重头作品，而《河岸》则是他的梦想之作，对他来说非常重要。不过他表示，写长篇小说仿佛造大船，船造完后扬长而去，只徒留作者在码头看着大船远去，心情有些怅然。《河岸》曾数易其稿，而今中文读者看到的应该是第四稿。他对修改结果表示满意。这部作品很早就被翻译到英国，最近又在美国问世。由于把稿件提交给英译者后，苏童仍然不断地修改，造成英文与中文两个版本差异很大，翻译家葛浩文甚至为此耿耿于怀。处于信息化时代的苏童，也像老一辈作家那样，留恋

用笔写作的时代。而在王德威教授眼中,《河岸》这部作品是苏童20世纪90年代末期以来继《妻妾成群》后,创作的另一高峰。

徐小斌在美国一些评论家和读者心目中是一位富有才华的多产作家,其作品在美国影响较大的有《羽蛇》和《敦煌遗梦》。据徐小斌自述,《羽蛇》对她的意义十分特殊。这是一部女性家族史,讲述的是五代女人的故事,每一代女性均颠覆了历史教科书中所描绘的历史。她认为每分每秒过去的就是历史,而我们看到的历史不过是冰山一角。即使一角,也值得质疑。正是这本书,使徐小斌得到英文译者与出版社的垂青。年届73岁高龄的英文译者决定在有生之年将《羽蛇》翻译成英文,而出版社则决定要求拥有优先遴选徐小斌所有作品的权利,并决定出版《敦煌遗梦》。《敦煌遗梦》具有混沌性和多义性。创作本书的灵感主要源于作家本人游历敦煌时所产生的心灵震撼。徐小斌本人出生于一个与佛教有着深厚渊源的家庭,姥姥以上的女性都是佛教徒,对佛教拥有一种敬畏与好奇之心。也许独特的生活经历是其书写敦煌的创作动因。

但是当时讲座的最有趣的部分他们没有报道,在互动时间,有一男生站起来问我问题:"徐老师,作为女作家,您怎么看待苏童笔下那些变态女人?"这问题也太尖刻了,我当时回答:"首先,你说的变态,我理解就是非常态。写常态的人,谁都能做到,真正考验功夫的,恰恰是写非常态的人,并不是今天苏童在场我才这么说,我是真正觉得苏童笔下的女人写得精彩。"事后大家开玩笑说我"救了苏童",晚上吃龙虾,苏童挑了一个大个儿的给我,我却执意跟他换,换完了以后才发现,苏童先给我的那个是个最好的龙虾,而我换过来的却是个惟一有点儿缺陷的龙虾,他笑得合不拢嘴,认为他的福气跑都跑不了。

接下来的事儿更证明他有福,我们一行辗转到了纽约,余华已经在那儿等我们。先是每人朗诵一小段自己的作品，苏童是《河岸》，余华是《十个词》，哈金是《南京安魂曲》，我朗读的是新译的英文版《敦煌遗梦》。然后正式开始与印度作家对话。晚上，工作完成大家都很高兴，哈金请我们吃晚饭，叫的都是家常菜，吃起来却很可口。我们四人聊到深夜，十分投契。忽然酒店服务生送来两瓶红酒——原来是苏童的代理快递过来的，余华揭发说：苏童不管到哪儿，代理都会给他送红酒。苏童于是得意洋洋地笑着，像多年前那样，把自己舒服地安放在椅子里——他永远从容不迫地写作，生活，赚钱，卖版权，被翻译，得奖，被一堆粉丝狂热地喜欢，而根本用不着像有些作家那样焦虑、费劲、演戏、自我折磨……这不能不说是与生俱来的福气，且是大大的福气！

艾青坐着轮椅看展览

1990 年 8 月里的一天，晴空丽日。位于东城区帅府园的中央美院画廊外面刷出一行斗大的字："徐小斌刻纸艺术展"。墨迹未干，便有朋友们结伴而来了。

一切都依靠着朋友。从经费到联系到布展到展出，仅用了两个星期的时间。大约是因了爬格子的人搞刻纸，使人感到新鲜、好奇的缘故，观者甚众。留言簿上写了不少溢美之词，令人汗颜。报社、电视台纷至沓来。亦有美商想以高价购买我的几幅作品（自然这笔买卖没有做成，由于我的缺乏商品意识，至今不曾打算出售任何一件作品，尽管它成本极低并且耗时不多），一时颇令人鼓舞。更令人鼓舞的是，艾青坐着轮椅而来，细细看了全部作品。

早就听说艾老学过美术，对于民间艺术，尤为喜爱。只是当时身体欠安，行动不便，大家都猜他未必能来。艾老却来了，而且是第一位观众。当他偕夫人高瑛出现在展厅里，颤巍巍地在签名簿上写下"艾青"两个字时，我真的心存感激。果然，艾老对于许多展品都有内行的评价。当他看到《水之年轮》《沉思的老树及其倒影》

等作品时，良久不语，最后看着我很认真地说：你这每一幅都是创作，想法很独特，应当拿去发表。

于是朋友们纷纷问我：刻纸搞了多少年了？是不是有版画基础？也有更熟些的朋友善意地嘲笑：你呀，你可真是不务正业。

真的是很不务正业呢。

至于刻纸产生的契机则纯属偶然。

80年代末那段时间我心情极度郁闷，尤其对着"格子"的时候，忽然有了一种深恶痛绝的感觉，常常是，呆坐半日，却一无所获。百无聊赖之际，只好重新拾起"女红"：打毛衣，裁衣裳等等。忽一日，无意间用削铅笔的足刀将一张废黑纸刻成一个黑女人，衬在白纸上，竟颇有一种韵味。于是便收集了一批黑纸，用锋利的足刀精雕细琢起来。开始时还打个小稿，试图藏上一点什么机关、什么寓意，后来索性抛却意念，随心所欲，心境空明地进入"准气功状态"。又有古典音乐相伴，刀尖上便悠悠产生了一种神秘的节奏与韵律。黑的沉重神秘与白的灵动优雅构成了一个崭新的宇宙，而我在这个宇宙中得到了暂时的休憩。

这种创作非常让人着迷。

由着迷而激发着灵感，由灵感而转化成作品，由作品而成为展品。却拒绝由展品成为商品。正是因为缺了这一环，良性循环中断了。按朋友的话来讲，也就是在为新的"不务正业"找理由吧。

然而我常常在想，真的是不务正业吗？那么究竟什么是"正业"呢？我学的是经济，却走上了爬格子的路，后来又搞影视，搞民间美术——可谓杂乱无章，无"正业"可言了。可是，生活却因此而丰富起来，生命却因此而鲜活起来，这不务正业带来的一切，值了。

其实，世上一切学问、一切艺术都是相通的，这道理古人似乎早就明白。舞剑和绘画有何关系？而吴道子观斐旻舞剑竟"挥毫益进"。听水声与写字有何关系？而怀素"夜闻嘉陵江水声，草书益佳"。更有打球筑场、阅马列厩、华灯纵博、宝钗艳舞、琵琶弦急、羯鼓手匀……这些与写诗有何关系？而陆游却因此"诗家三昧忽见前，屈贾在眼无历历，天机云锦用在我，剪裁妙处非刀尺"……

据说，人脑有若干亿个神经细胞。人从生到死，这些灰白色的神经元仅仅使用了很少的一部分，人有着许许多多的潜能未曾挖掘。从这个角度来说，人作为生命有机体，与应有的使用价值相比，是太微乎其微了。这不能不说是人类的大悲哀。人有时太注重目的，注重目的的结果往往是一生只能做一件事。专心做一件事，只要智力健全，一般都能成功。但这成功的代价，却是一种巨大的心智的浪费。

我倒是觉得，从生命的意义来说，人应当敢于不断探索创新，虽然这样的人生很难获得世俗意义上的成功，但是，他将像飞鸟一般，既享受天空的轻灵高远，又享受大地的博大深沉。比起那些所谓的成功人士，我倒是更羡慕这样的人生。

而今，艾老早已作古，我在写这本小书的时候再次想到他，想到他坐着轮椅看我的刻纸展览时，那专心致志的模样。

废都故事

与贾平凹结识是因为工作。1993年我刚调到央视剧中心不久，文学部主任程宏（现任央视副总编）就上任了，与历任领导一样，他自然也需要做出业绩。所以当各大报刊都开始宣传《废都》是"当代红楼梦"的时候，他让我马上联系贾平凹。

那时还没网络，我就给他写了封信。他很快回了信，信上称我为"先生"，明显与很多人一样因我的名字对我的性别产生了误会，客气地说很喜欢我的中篇小说《对一个精神病患者的调查》，并且告诉我他的小说已经给了《十月》的田珍颖，一切由她处置。于是我颇费周折地拿到了"一校"，还没来得及看，老贾到北京来了。

老贾从不住宾馆，永远都住七省市驻京办的陕西招待所，我和程宏来到招待所，陈汉元主任已经在梅地亚等着了，可老贾说什么也不肯去，一手捂着肚子一边用浓重口音的陕西话说："厄（我）不去！厄不去！厄肚子痛！"为证明是真的，他竟掀开大背心让我们看他贴了几帖膏药的肚子，只见程宏说时迟那时快，上去就把他架起来了，一边说着："老贾！老贾！我们陈主任在梅地亚等着呢！无论如何你得给我们这个面子！"贾平凹被绑架似的拖到了车上，那情形真是太好笑了！我当时硬憋着没笑出声来。

到了梅地亚，贾平凹任凭两个主任威胁利诱，硬是不说话。还好旁边的陕西中国神秘文化研究会会长费秉勋会应酬。直到晚宴结束，平凹才突然说了一句："厄那个稿子，你们看了就不要了。"

果然，看了校样我们都傻了。之后不久，就传出各方批判《废都》的消息，主任办公会批评了文学部，我立即找主任把所有责任揽了下来，因为我深知，程宏还在往上走，而我，从来就只对单纯的写作有兴趣。

但是平凹却一直在进步着，一部部大作不曾中断，且有非常牛的字画，也做高格调的收藏，写作生活都达到了化境。直到去年的第三届汉学家会议我们重逢，合了一张影。这二十年，他的外貌几乎没变，气韵却变得开阔了，颇有大家风范。想起二十年前那个趴在床上叫唤"厄肚子痛"的人，依然令人忍俊不禁。

外交部长二三事

现任外长王毅，是我小学、中学同学，亦是兵团战友。

三年级入队后，我俩同时担任中队长，我是一班，他是五班。四年级，同时升任大队委，我是学习委员，他是文体委员。五年级我又变成了副大队长，但除了大队辅导员定期召开的队干部会和在大队部值周，彼此很少接触。

他当时高个儿，娃娃脸儿，两道眉毛并不像现在这么浓，过队日的时候，白衬衫蓝裤子红领巾，看上去是当时标准的少先队员形象，很精神。

当时好学生的标准只有一个：学习好。

小学时参加国庆组花篮、接待外宾、参加少先队建队十五周年大型音乐舞蹈史诗《东方红》首演等凡此种种，学校均让两人参加，即王毅与我。但即便如此，我俩交流依然很少。因为那时整个北京的学生都是"男女分界限"。我通知中队长开会都用"写条子"的办法。有段时间队干部在大队部值周，我和王毅分在了一组，他见我翻看队部柜子里的小人书，便说："值日我一人做，你看小人书吧。"我竟一点没客气，拿出《聊斋》那套小人书便看起来，什么《婴宁》《画皮》《聂隐娘》……一本接一本。此事后来在同学聚会中传开，皆笑曰："怪不得后来人家当了外交部长，你当了作家，原来根儿在这儿啊？"——王毅当官之后确实还经常参加兵团战友的聚会，我却是一次也没参加。有一次他问："徐小斌为什么老不来，她架子怎么那么大？"朋友告诉我后，我仍没参加。

央视剧中心做境外拍摄题材《中美一九七二》，我是项目负责人。领导限我两周之内搞定外交部和中央文献办公室。因为有好友的父亲恰巧是文献办的周组组长，所以该部门几天就搞定了。而外交部，我第一时间想起来的便是王毅，他时任外交部副部长。按照我一向的准则，是只愿雪中送炭，不愿锦上添花，所以是不是找他，颇费踌躇。

事情逼急了，也不得不找了。只好写了封信。数天之后，有人让我交一份关于此剧的两万字的说明。老天爷！两万字啊！心知这可能是王副部长帮了忙，只好埋头苦写。

记得我写的内容大致缩减如下：

上世纪1969年的白宫，新任美国总统尼克松出人意料地邀请基辛格出任总统国家安全顾问。在总统就职宣誓时，尼克松要妻子帕特把《圣经》翻到以赛亚书第二章第四节：他们把长矛锻制成修树勾剪，不再学习征战。尼克松在就职演说中保证任职期间结束越战，并暗示将与中国通好。不久，马纳克向周恩来传递了戴高乐授权传递的尼氏橄榄枝，周恩来十分惊讶。

中苏边防军在珍宝岛发生武装冲突，两国紧张的关系箭在弦上。世界格局正在改变，中苏冲突使尼克松下决心抓住机会，从巴基斯坦和罗马尼亚传来尼克松要求和解的信息。毛泽东、周恩来决定利用巴基斯坦渠道。同时，美国驻华沙大使斯托塞尔接到基辛格的电报：设法在任何时候和任何地方与中华人民共和国大使接触。

于是在罗马尼亚展览会上发生了戏剧性一幕：斯托塞尔误将中方普通工作人员当成了代办雷阳，穷追不舍。美国方面急不可耐地发表新闻，向记者透露斯氏希望约见雷阳的消息。中国大使馆对此事十分紧张。斯托塞尔的电话直接打进中国大使馆，要求中国方面给予答复。中美终于恢复了双边大使级会谈。

毛泽东在国庆节那天的天安门城楼上对斯诺"放了一个试探性气球"。尼克松接到"气球"，在椭圆形办公室里会见叶海亚·汗。承诺将台湾问题列入双方会谈的重要内容。毛泽东说，尼克松说台湾不是一个国际问题，他这叫识时务为俊杰。周恩来让来访的叶海亚·汗给尼带口信，如果美国政府真有解决台湾海峡问题的诚意，中国政府将欢迎美国特使到北京来。尼克松决定接受邀请。

第31届世乒赛结束后，美国代表团希望能到中国去访问，毛泽东在最后一刻下决心邀请美国乒乓球队访华。著名的乒乓外交震惊了世界。基辛格受命走巴基斯坦渠道秘密访华成功。

黄镇神秘地从国内返回巴黎，立刻召见助手着手布置建立中美巴黎秘密渠道的工作。美驻法大使沃尔特斯亲自当车夫，将化过装的基辛格带往中国大使馆。基辛格对久违的茅台酒赞不绝口。

双方反复的试探与努力终于取得决定性成果，1972年2月21日，尼克松偕夫人正式访华，他走出舱门，主动向周恩来伸出手去。周恩来意味深长地说，你的手伸过世界上最辽阔的海洋和我握手，二十五年没有交往呵。

毛泽东在自己的书房里接见了尼克松和基辛格。《人民日报》刊登了毛主席与尼克松的合影。举世闻名的《中美上海联合公报》发表了！尼克松情绪激动，在宴会上举着酒杯豪迈地说，我们在这里已逗留了一周时间，这是改变世界的一周。

尼克松回到华盛顿，受到英雄般的欢迎。周恩来从机场返回，直接赶往丰泽园。毛泽东听罢周恩来的汇报，吸着烟说，不是尼克松改变了世界，是世界改变了他。

中美从此打破坚冰，改变了世界格局，这一杰作成为中国外交史乃至世界外交史的里程碑。

——我们决定，将这一历史性的选题搬上屏幕，请求得到外交部的大力支持！

云云……两万多字。

不知究竟是王毅的帮忙还是我这"铿锵有力"的句式打动了他们，抑或是二者兼而有之，总之李肇星部长第三周便接见了我们剧中心的老大。谈得很好，一拍即合。

但是后来由于各种原因，此剧至今都未见天日。

第二届汉学家会议，铁凝主持。会议茶歇时她突然笑问我："王毅是你同学？"我说是啊。她说，在法兰克福书展上，王毅找到她，问："徐小斌来了吗？你认识她吗？她是我同学。"

"哦，当然。太熟了。可惜她这次没来。"铁凝回答。

不依古法但橫行

韩国料理，高手论剑

　　我看《大长今》，是在全国人民看之先——北京电视台的负责人张强，为了让我为紫禁城影视中心所做的一部电视剧做编剧，率先从新加坡拿来《大长今》的原版——所以，本来是作为任务，一集集地看下去。

　　然后就被它吸引了——那些华丽的食具，精美的食物，返璞归真的清淡，火热浓重的厚美，摇曳生姿、巧笑倩兮的宫女们，严谨有序的烹饪技法，精细的刀功，食具的摆配——原来每道菜的背后竟隐含了那么多的掌故学问和精湛技艺——那是一种高远的文化与意境。

　　当然，主宰这一切的，是一位叫作长今的女子。

　　然而我却发现，功力深厚的编剧，其实一直附着着一条暗线，在与长今作比照，作反差，甚至是生死较量！——那就是崔今英——一个被绝大多数电视观众视作反派的女子，以及她的命运。

　　而在韩式料理的精髓上堪与长今比肩的，也只有这个崔今英！

　　今英、长今和连生，就像朴尚宫、崔尚宫和韩尚宫一样，她们也是从小一起长大的姐妹。今英本来也是可爱的女孩，却注定要沦为家族使命与宫廷纷争的牺牲品。相比长今背负父母之仇而言，今英的内心其实更为沉重，她不但时常面临现实的抉择，还要面对心灵的抉择，这对于一个自尊好强的女孩来说，实在不堪重负。

　　长今心思简单明朗，代表正义，每每遭遇绝境，总有人出手相救，长今也因此因祸得福，化险为夷。

对于女人而言，什么最重要？当然是爱。

表面看来，今英也不缺少爱，姑母崔尚宫对她也像韩尚宫对待长今一样，可是，崔尚宫的爱是极其功利性的——只关乎崔氏家族利益，而长今却得到了大爱：韩尚宫慈母般的爱，连生姐妹般的爱，闵政浩刻骨铭心般的爱——乃至病人们高山仰止般的爱。

有爱的女人自然是富有的，而无爱的女人，譬如今英，遇到困难，也只好独自承受痛苦。家族的压力，爱情的失意，心灵的挣扎，让她时常处于四面楚歌的状态。

起初的今英，是自信的，甚至有一种天生的优越感。"你是我认定的惟一的竞争对手"，今英这样告诉长今。她自然明白谁是高手，高手便是高处不胜寒，高手便是寂寞和孤独的代名词。当然，最初的长今也让今英感受到了家族使命以外的阳光和清风，也让她有眼前一亮的感觉，然而，崔尚宫很快把她拉回自己的巢穴，让这只年轻的小鸟收心，让她把所谓"家族的使命"放在一切之上。

最初，在与长今的竞争中，骄傲的今英是完全按照游戏规则行事的，当最高尚宫给予今英极高的赞美之词时，她却坦言这是长今想出来的法子——这让人对她肃然起敬，如同当年贵族之间的决斗，即使结局是你死我活，事先也要按照规矩扔白手套。

最令人扼腕的，是今英的爱情。这个骄傲的女孩一直默默地深爱着闵政浩——"屋子里的哥哥"，她也有花样年华，也有兰气节玉精神，然而她的爱，也只能在她心中隐秘盛开，"这屋子里的哥哥，是我在私宅的时候就喜欢的人"，在向闵政浩的身影告别的时候，她这样告诉长今，她也只告诉了长今——这个她一生中最重要的仇敌与知己。她笼罩在绝望中，绝望给她带来了一丝凄美。她是在向自己的整个梦想和人生告别，从此，她将与心爱的人咫尺天涯——她的爱情，从一开始就注定了是一场没有结局的梦！

骄傲的今英也曾无法抑制地去给心爱的人送去亲手做的料理——但她很快看到真相——她爱的人，并不爱她——世界上的悲剧，莫过于此了！

骄傲的今英本来觉得什么事都可以一个人完成——可爱情恰恰不是，爱情是两个人的事，当然，如果真的像《一个陌生女人的来信》中的那个女人，持一种"我爱你，与你无关"的态度，倒也罢了，但那只是茨威格的梦呓——现实中的女人，即使骄傲如今英者，见到心爱的人也难免要"低到尘埃中，再在尘埃中开出花来"。

　　尘埃中的花没有盛开，就萎败了。今英在最后一次表白中对长今说："你已经拥有了太多东西了。我这一辈子最想拥有的，我舍不得跟任何人提起他，也不愿意其他人多看他一眼，而你，你却拥有了他……"

　　正是爱情中的失意击垮了今英，她放弃爱情就等于放弃了最后一丝救命稻草，在家族荣誉与道德底线的权衡中，她只有越陷越深，最后沉沦。

　　其实她曾经那么希望与长今成为朋友，那个她手把手教过的小妹妹。或许她也在想，如果没有这一切错综复杂的关系，她和长今将携手并进，然而，命运把她们分开了，强大的命运的力量，大到势不可挡。

　　失去友谊失去爱情，让年轻的今英万念俱灰。只有家族的利益还可以让她勉强支撑，于是她拿起了报复的武器，这本是她不愿意的。聪慧如她，怎不明白自己是在沦陷？

　　造化弄人，这一对原本可以成为最好的朋友的女孩，却命定地成为仇人。可以说是家族利益和个人情感双重失意导致了今英的孤注一掷，好比破罐子破摔——那已经是今英无奈的选择——既然没有未来，那么就干脆一错到底吧！活着，对她来讲，不过是一种负累和难言的痛苦，她的灵魂开始对死亡有一种向往——她死了。除了死，她无路可走，我想，她最后期待的肯定是尽早的轮回。

　　两个天才女孩，注定的两种不同结局——但奇怪的是：当我想到她们的时候，并没有想到那些肮脏的宫廷斗争，相反，我想到的是那些精美的韩式料理——一道道色泽艳丽，富有立体感的精致美食，是那么耀眼，分明就是艺术珍品，让食者不忍动箸，想到的是在她们童年的时候，身着韩服，内心满怀着诚意，挥动着一双双轻灵的巧手，在御膳厨房内上演着绝妙的厨艺——食物不只是用来果腹的，它也可以给人带来快乐。一个好的司厨者就好比用餐者与天地自然的媒介，当她怀着一颗期望用餐者品尝到世间美味的心，竭尽所能地烹调时，用餐者无疑会接收到司厨者的这份心意，品出个中真味。

——韩剧又何尝不是如此呢？从这个意义来讲，韩剧也是一道精美的大餐——文化大餐，它让我们品出韩国文化的个中真味，正由于那里面包含了太多人的命运，那味道才如此丰富多彩——自然，包括长今，也包括今英。

天知我有　地知我无

　　穿白色旗袍的赵一曼坐在一张椅子上，怀里抱着儿子宁儿。虽然照片呈现出一种古旧的黄褐色，却遮挡不住我们的女主人公极富书卷气的美丽。白净的象牙色的脸上，有那样一双深得看不到底的黑眼睛，那里面藏着深深的爱与忧郁。

　　有谁能想到这文雅娇弱的躯体内蕴藏着那样一种骇人的力量，有谁能想到这蓬勃内敛的生命竟结束得那般惨烈？

　　当然还有那脍炙人口的遗书——给儿子宁儿的最后的信，至今令人不忍卒读。

　　但是，赵一曼这三个字令我想到的，首先却是童年时读过的一本《少年文艺》——里面讲了一个赵一曼少女时代鲜为人知的故事。

　　赵一曼出身大地主家庭，按照多年以前的"出身论"，是绝对没有机会革命的了。但她却天生喜欢朴素的生活，嗜书如命。赵一曼原名李坤泰，少女时代气质高雅、清纯美丽，但个人生活却到了不修边幅的地步。她躺着看书，坐车看书，甚至走路时也要捧着一本书，有时走着走着，忽然撞在树上。更多的时候，她沉浸在书里，连冷热都不知，往往人家都穿上了裙子，她还穿着厚厚的毛衣。她有个非常聪明的小侄女，常常提醒她：姑姑，该换衣服了！姑姑，该梳头了！她笑一笑，也并不以为意。有一天，小侄女围着姑姑打转，姑姑却毫无觉察。小侄女发现，姑姑的一双眼睛，牢牢地被一本书捉了去，那本书的名字叫作《前夜》。

直到姑姑把书放下，小侄女才说话：姑姑，这本书好看么？

好看，当然好看。

它讲的是个什么故事？

讲的……你现在还不懂，它讲的是个很美的爱情故事。

我懂，爱情，就是一个男的和一个女的在一起。

哈哈，对对，就是这样。

就像我的爸爸妈妈那样。

太对了，你真聪明！

那个女的好看吗？

赵一曼拉着小侄女慢慢地走进小树林：好看，她叫爱伦娜，她长得好看极了，最要紧的，是她的心很美。为了所爱的人，她能够毫不犹豫地献出一切……她是俄罗斯贵族的女儿，为了爱英沙罗夫，她失去了继承权，失去了国籍，甚至失去了父母的爱……

英沙罗夫是谁？

英沙罗夫是保加利亚的一个革命者。如果说爱伦娜是为爱而献身，那么英沙罗夫就是为祖国而献身，他牺牲了自己的生命，他的爱比爱伦娜更深厚，更无私，也更伟大……

小侄女并不大懂得姑姑的话，但姑姑的神情感染了她，不知为什么她小小的心里升起了一种预感，姑姑将来也会走这条路！

姑姑眉宇间流露出了神圣和冷峻，小侄女听着周围树叶的沙沙声响，看着夕照把树林染成纯金的冠冕，她小小的心在颤抖。

几年之后，姑姑真的要去反满抗日了，临行的时候大家都很忧伤，愁云惨雾笼罩着这个家庭，大家似乎都在心照不宣：坤泰也许会一去不返。小侄女想要大家笑一笑，想啊想啊，突然看着姑姑，眼睛一亮。

姑姑，我给你猜个谜语吧。

好啊，什么谜语？

天知我有，地知我无，人知我有，我知我无。

赵一曼猜啊猜啊，怎么也猜不出。

小侄女嘻嘻一笑，指着姑姑的脚说：就是你脚上的破袜子啊！

赵一曼一怔，笑了，笑得前仰后合。全家人都哈哈大笑，所有的忧伤一扫而光。

　　后来，赵一曼来到东北，成为东北抗日联军的重要领导人，与著名抗日英雄杨靖宇、赵尚志并驾齐驱。她率领抗联队伍，辗转在白山黑水之间。再后来，就是我们熟悉的故事了：她因受伤而被俘，受尽了日寇的严刑拷打，日军首领一开始就从她的非凡的气质中判断，她是共产党的重要人物，严刑无用，只好把重伤的她送进医院。在医院，她做通了一位韩护士和一位警士的工作，他们协助她，逃出了医院。她策划的计划差一点就成功了。

　　赵一曼在珠河县被日军枪杀。那是珠河县的凌晨。曙光和星星同时出现在天空上，赵一曼抬头看了看那奇异的景象，觉得那种光照十分迷人。日军宪兵让她转过身去，在那一瞬间，她对着黑洞洞的枪口，突然微微一笑。宪兵拿枪的手颤抖了起来，他们对这个不平凡的中国女人的微笑感到惶恐。

　　枪响了，我们看到那秀气冷峭的女人慢慢倒下去，她的脚正对着我们，那是一双秀美的脚，脚上的旧毛袜仍是破的，露出了脚后跟。再后来，这一切都浸透在新鲜透明的血液中，在星星与曙光的交相辉映下，露出一抹灿红。

和亲质疑

汉代细君公主的《黄鹤歌》记述了这位公主远嫁乌孙的情况：

> 吾家嫁我兮天一方，
> 远托异国兮乌孙王。
> 穹庐为室兮毡为墙，
> 以肉为食兮酪为浆。
> 居常上思兮心内伤，
> 愿为黄鹤兮归故乡。

这是一首多么令人黯然神伤的歌啊。

中国的男人，无论古代还是现代，无论是平民还是皇帝，到了万般无奈或者需要保护的时候，都会毫无例外地打女人这张牌。细君，一个正在韶华的柔弱女孩，便充当了这一牺牲品。不知为什么，我历来对于和亲什么的特别反感，据说，文成公主根本不像传说中的那么风光，文成的遭遇其实非常悲惨。

小时候看书，看张骞通西域的时候，头一回看到什么大月氏，什么突厥，什么乌孙，什么匈奴……觉得又新鲜又奇怪，读起来又拗口。汉武帝摆平这些小国可没少花力气。其中有很重要的一个砝码，就是女人。王昭君且不必说了，此次去伊犁，还是第一次听说细君、解忧二位公主与"冯夫人"的故事，这故事貌似美丽，其实不能琢磨，一琢磨就太令人感伤了，就像李安说的那样，真是重重地击碎了人们的心。旧时代女性的命运真像是一根风筝线，漂泊不定，一阵大风一来，就突然断掉，连个影儿也没法儿留。什么公主，什么贵妇，都难逃命运的摆布，更别说是平民百姓了。

细想细君解忧二位公主，都正值妙龄，可能是二八姝丽，撑死了也超不过二十岁。想想现在十几二十的独生子女，还都偎依在父母怀抱里，可从没出过门儿的她们，就一下子"一番风雨路三千，把骨肉家园，齐来抛闪"。这还不算，最要命的，是她们被指定一下子投入一个陌生男人的怀抱，此前，她们对于他们一无所知。他可能相貌英俊，性情温和，可能爱她，保护她，体恤她，但更可能他相貌丑陋，性情凶悍，甚至有隐疾，有狐臭，不爱她，虐待她，漠视她……天呐，总之一个年轻姑娘一下子投入一个异族的陌生男人的怀抱，真的是一件不可想象的事情！

那可怜的细君，在家里最是不善辞令的，身子又是如同"娇花照水，弱柳扶风"一般，"心较比干多一窍，病如西子胜三分"，那样万里迢迢折腾了去，本来已经是水土不服，可怜还要尽力做好，不失一个大国公主"母仪天下"的姿态，熟谙音乐文章的才女，还得现学一门"外语"，还得不断"会昆莫"，"置酒饮食"，"以币帛赠王左右贵人"，多累人啊！难怪细君来到乌孙后，不到五年便香消玉殒了。

再说解忧公主，也许是因为取了个好名字，运气多少比细君好些，但也是先后嫁了三个昆莫。谁能保证这三个昆莫个个都是她喜欢的？假如其中有一个不但不喜欢还很讨厌很不能接受的，岂不更是要了解忧公主的命？自然，我这是以小人之心度君子之腹了，也许人家解忧公主根本就不是一个爱情至上主义者，人家天生就是被培养来进行政治联姻的——那么，这岂不是更加富于悲剧性？！无论是先天还是后天，女性的爱情终有一天是要觉醒的，觉醒之后怎么办？

这真正是杞人忧天了。无论如何人家解忧公主在乌孙生活了五十余年，从寿数上看，还应当算是活得开心了。特别是与乌孙王翁归靡共同生活了三十余年，应当算是很长久的婚姻了。至于爱情，真的不好说。女人在爱情得不到满足时一向热衷于权力和金钱。对于解忧来说金钱是不成问题的，便只有权力了。解忧母仪天下，在行使与争夺权力方面做了几件相当漂亮的事，其中最漂亮的一件，便是以冯嫽为汉节。冯嫽于是成为中国有史以来第一任女外交官。

冯嫽也许是个更加聪明的女性。她嫁给了乌孙的右将军，上上下下搞得人缘很好，被称为"冯夫人"千古传颂。她的情感生活似乎也是完整的。她的性格，似乎既不像细君那样柔弱，更不像解忧那样强悍，她是适中的，美丽的，好运的，一个好运的年轻女子，无论活在哪个时代，都是被众星捧着的月亮。

是今天在伊犁夜晚出现的那弯月亮么？！

魅力是什么

漂亮与魅力不是一回事。

涉世未深的少年往往喜欢漂亮的脸蛋，而曾经沧海的人则会被魅力所吸引。所谓魅力，是一种无法言传的东西，风情？不准确，气韵，不准确，媚惑？迷人？更是不准确。

很久以来便一直困惑：英国继任王妃卡米拉·帕克·鲍尔斯，从外部条件来看也许与戴妃有着天壤之别，然而她却能令英国王储迷恋达三十五年之久，她的杀手锏究竟何在？

三十五年前，年轻美貌的卡米拉与查尔斯王子相遇，坠入爱河。据说，当时查尔斯王子便曾向卡米拉求婚，但卡米拉是个自由奔放的女孩，她很怕受到皇室的约束，何况她当时还在查尔斯和另一个男人——军官安德鲁·帕克·鲍尔斯之间摇摆不定，于是，在查尔斯到英国皇家海军服役期间，她嫁给了安德鲁，此事令天性忧郁的少年查尔斯更加忧郁。

卡米拉之于查尔斯情同初恋，有了这样的前科，难怪查尔斯王子在全世界人民共同编撰的童话婚姻中，始终耷拉着一张忧郁的长脸，打不起精神来。

当然，王子也曾为婚姻努力过，也曾对戴妃百依百顺，然而，因为戴妃不是卡米拉，戴妃的名言"我认为我们的婚姻太拥挤了"证明她根本无法容忍卡米拉的存在，尽管卡米拉与查尔斯当时的确是在信守诺言——两人退而做好朋友，不再有性关系的诺言。

戴妃的哭闹、厌食症、小女孩的脾气与不给查尔斯留面子的做法得到了适得其反的效果，王子的冷淡迫使戴妃红杏出墙，而戴妃的做法自然让王子重归卡米拉温暖而理解的怀抱。于是"卡米拉门"丑闻曝光。

让我们看看"卡米拉门"曝光之后卡米拉的表现吧：热爱戴妃的愤怒公众在各种场合，甚至在卡米拉的居所羞辱她，所有的媒体几乎一面倒地咒骂她，她几乎成为老巫婆、丑女人、十恶不赦的代名词，别说一个女人，恐怕任何人都难以承受这巨大的灾难，而卡米拉，却令人惊奇地始终保持着沉默，无论查尔斯王子如何面对公众和媒体，她没有一句辩解，她的亲人、家人、朋友们说，这就是卡米拉，卡米拉的坚强难以想象，岂止是坚强，她还幽默，热情，质朴，具有强大的个人魅力：从小就是那样，凡有卡米拉之处，那里就是一片笑声，卡米拉能在一个盛大的晚宴中，把每一个人都照顾得很好，即使是仇视她的人。这也难怪在直面戴妃指责的时候，卡米拉只是微微一笑，保持了良好的风度——从某种意义来讲她真是无辜的，因为查尔斯选择戴妃首先来自她的提议。

戴妃遇难之后，卡米拉再次堕入被人唾弃的地狱，但为了爱人她再次选择了沉默。查尔斯王子也因此对她愈发深爱。他们的恋情成了公开的秘密。在戴妃去世若干年后，他们开始第一次在公开场合露面，第一次在公开场合接吻。他们的真爱逐渐为民众所接受，英国人发起了"对卡米拉好一点"的运动，他们发现，昔日被他们认为的丑女人并不那么丑，也许她还很美，与戴妃相比的一种别样的美。一场可歌可泣的爱情长跑终于结束了，当查尔斯宣布他与卡米拉订婚的消息时，距他们相识整整过了三十五年。

这样的一个女人，有什么理由不赢得爱情长跑呢？又有什么理由不获得"2005年十大最具魅力人士"评选之榜首呢？！美国广播公司著名主持人芭芭拉·沃特在颁奖词上说："最有魅力的人"并没有像我们想象的那样改变世界。她没有找到治愈一种疾病的良方，或赢得诺贝尔和平奖。她所做的就是爱一个人，无条件地爱一个人。她就是英国新王妃卡米拉·帕克·鲍尔斯。

其实，卡米拉也给普通人带来了启示，当我们爱一个人的时候，最好是无条件的，并且不要想完全占有他（她）的自由。

长空独行侠

——阿迪力现象感悟

自今年 4 月 16 日至 5 月 7 日，当夜晚降临，全国人民都进入黑甜乡熟睡之际，将有一位独行侠在位于与金海湖大坝平行、距水面高三十米、长达四百二十米的钢丝上完成一项英雄壮举。

在这个商业主义时代，这是一个多么富于浪漫色彩的神话啊！

这位神话中的男主角，叫做阿迪力·吾守尔，维吾尔族，1971年 7 月 1 日出生于新疆，新疆杂技团国家一级演员。中国杂技协会副主席。第九届全国人大代表。被中国杂技协会授予"空中勇士"的荣誉称号，是达瓦孜家族的第六代传人。

笔者恰巧于去年参加过"游牧新疆"的创作活动，知道"达瓦孜"是怎么回事：达瓦孜是维语"高空走绳"之意，是难度极高、危险极大的空中表演项目。当时在新疆我曾经看过一次达瓦孜表演，当我仰起脸看天空的时候，看到那一个像是要被碧蓝的天空吞噬掉似的小黑点，我就想，能做这样惊心动魄的游戏的人一定具有上天赋予的某种特殊的禀赋，绝非凡人。

达瓦孜家族第六代传人接受过父亲关于千万不要从事达瓦孜的忠告。但是这忠告在勇士阿迪力这里似乎成为一种反作用力。阿迪力苦练十余年，练就一身盖世绝技。此次空中勇士要挑战极限，要战胜加拿大人杰依·科克伦，创吉尼斯纪录，需要战胜气候、气流与风速，需要战胜脱水、饥饿、衰竭与疾病……但是依我看来，他最可怕的敌人还是——孤独。

做勇士易，做独行侠难！！

二十二天之中，他需要一直在高空中，其活动空间仅限于钢丝和搭建在立杆顶部的小房子。

人是群居动物，特别是中国人，任何一件行为都需要纳入某个话语系统，连作家之成名都需要以一种集体作秀的方式浮出海面，而单个的独行侠，在这个时代简直就有点堂吉诃德的味道了。

孤独这个字眼，如今已经被用滥了。好像成了一枚廉价的标签，贴在哪儿都可以。孤独本身的那种痛苦的高贵，残酷的美丽，全都消失殆尽。

而独行侠在钢丝上的孤独，更是令我们这些凡夫俗子们难以想象。当黄昏来临的时候，暗淡的金海湖笼罩着银灰色的雾气，孤独飘浮在闪烁的烛光与紫色的涟漪中，连她巨大的羽翼也如同玫瑰色的空气在慢慢消融。无疑这是孤独幻化成鸟群在黄昏中出现。我们的阿迪力就站在寒风扑面的高空看着这鸟群，稍一疏忽，他就会前功尽弃，而孤独却隐藏着巨大的诱惑，总想携领人向藏匿着死神的海水走去。不过，也有可能恰恰相反，当真的狂风恶浪降临的时候，孤独会引领我们的独行侠登上诺亚方舟，把他引渡到彼岸，孤独会帮助他自我救赎，无论这种救赎对于他来讲多么艰难。

阿迪力在孤独的笼罩下变成了一只鹰，他飞上了绝壁，栖在一枝从石缝里伸出的树杈上。就像是回到了童年，母亲在下面望着他。上面是天空，离得很近，星星是淡红色的，仿佛伸手就能摸到，在孤独中，他觉得肉体渐渐石化，惟有灵魂随着山风在战栗，在山谷里落寞的回声、远方低低的海啸拧搅在一起。群星在夜空中自由地飘移，聚在一起又分开，万花筒似的排出千百种图样，碰撞在一起的，便碎了。变成水晶般的粉末渐沉入宇宙深处。甚至还有一颗星落在他身上，淡红色的，并不沉重。像一颗美丽透明的星状气球，跳了几下，很有弹性的，一会儿，又变成一团团淡红色的泡沫……整个宇宙都在慢慢地动荡、飘移，像一片薄薄的云，覆在他身上。

阿迪力看到的一切，将是我们这些普通人永远无法见到的。从这个意义来讲，被真正的孤独光顾将是巨大的幸福。那是孤独带来的痛苦的高贵，残酷的美丽。那是一个人可以得到的独一无二的馈赠。那种昂贵需要用一生的代价来换取。

　　祝愿阿迪力挑战成功！

禁锢在胆瓶里的魔鬼

　　我大概该算个早熟的孩子，早早便把该放在青年时代看的书提前看完了。而在青年时代之初，我和我们那批人一起到了东北兵团纬度最北的地方。那时只有几本书，在知青排里传来传去的，《一千零一夜》便是之一。

　　有许多作家的许多书是我喜爱的，且或多或少地对我有些影响。梅里美、茨威格、陀思妥耶夫斯基、罗曼·罗兰、雷马克、赫尔曼·黑塞、莫里亚克、福克纳、加西亚·马尔克斯、格拉斯……我崇拜的对象不断变更。然而，在这许多作家的许多书里，却是那一本我并不怎么喜欢的《一千零一夜》与我的人生产生了一段苦涩的维系。那是一段难以磨灭的记忆。在漫长的岁月里。每当看到或听到人提到此书，我便会神经质地感觉到内心一种隐隐的疼痛。

　　那是 1974 年夏。一天晚上下工回来，因为没事干随手翻看起那本黄了皮儿卷了页的《一千零一夜》。这里的故事我简直可以背熟了。给我印象最深的要算是那个"魔鬼和胆瓶的故事"，那故事似乎能撩拨起儿童的一种原始幻想。正翻着，团部来蹲点的曲管理员推门走进来。他拿过书翻了翻，脸上神色突变。我心惊胆战地看见他的视线停留在"脚夫和第二个巴格达女人的故事"的那幅插图上。那巴格达女人，是裸体的。

　　"这是啥？你咋看这书？！"我只听见这愤愤然的两句话，书便被拿走了。

第二天，夏锄（东北叫铲地）中午歇间儿时，连里召开了一个地头批判会，批判我的"资产阶级思想"。效果是可以想见的。鲁迅早就表彰过中国人的想象力，由半裸而全裸而性，这想象的全过程在几秒钟便可完成。那时的兵团，遇见这种事便会毫不留情，一如"文革"中的"口诛笔伐"。现在细想，那口诛笔伐、愤怒声讨乃至武斗杀人种种倒大抵是可以原谅的，因为那毕竟是过分压抑的心灵的一个宣泄口，是中国人当时惟一合法的感官刺激，如果连这一点也不存在的话，那么当时的精神病院便一定会人满为患了。

只是，那时我毕竟还是个十七岁的女孩，敏感、脆弱、羞怯。我当时觉得那简直是我生命中最黑暗的时刻。

那天我一个人在北河套的塔头地里待到很晚。北河套是野狼出没的地方，而我竟忘了怕。比起夜的黑暗我更怕人心里的黑暗。当时的夜是那么美丽。从黑暗中我渐渐辨认出深绿的塔头、漆黑的灌木丛，碧蓝的水泡子和被高大乔木染绿了的月亮。后来，星星一颗颗沉落下来化作雨滴落进晶莹澄澈的水泡子里，发出叮叮咚咚的音响，那时我似乎产生了一种幻觉，感到什么事就要发生了。如果那时水泡子里忽然钻出一个装在胆瓶里的魔鬼，我一点儿也不会奇怪。

我会对魔鬼讲出我的三个愿望：

让大家快快忘掉这件事；让曲管理员快点调走；让我快快回北京，回到自己的家。

后来，随着岁月的推移，人们把这件事淡忘了；

再后来，曲管理员由于犯了男女关系方面的错误而被调离兵团；

最后，我转插回到了北京。

三个愿望都实现了。魔鬼很守信。

近二十年的光阴过去了。我不再是当年那个敏感怕羞富于幻想的女孩，社会也正当变革开放时期，一切都很好。然而，偶然地，也会有些古怪的念头一闪：假如现在再遇到那装在胆瓶里的魔鬼我会怎么办？我想，我不会再向它提出任何愿望，而会毫不犹豫地把它释放出来，让它在天地万物中占有自己的位置，让它在宇宙空间自由回荡，让每个人敢于正视它的存在。

那时，世界将不再寂寞。

世界将更加美丽。

海边的女孩

前几年，我曾写过一篇小说，叫作《海滩上的小房子》。写的是山东海边某小镇的一个女孩，和小朋友一起设计和建造了一座小房子的故事。这故事自然是虚构的，且有点童话色彩。不想发表之后不久便接得一信，信上这样写着：尊敬的小斌哥哥，您好！读了您《海滩上的小房子》，非常喜欢。但是我也很奇怪，您怎么会知道我盖小房子的事呢？而且知道得那么清楚。也许您曾经到我们这地方来过，悄悄地观察过我，别人告诉我，作家就是这样的。不过，您的小说里也有一点不真实的地方：我并不是为了游人的方便才建造这所小房子的。我只想有一个自己的地方，我的爸爸妈妈整天吵架，我连作业也写不下去了。我觉得我和别人不一样，爸爸妈妈从来就不喜欢我，为这个从小到现在我哭了好多次。我特别感谢您，您的小说发表的时候我的房子还没盖好，我拿着您的小说找了镇长，后来镇长就派人帮我把小房搭好了。我很想去北京看看您。

我读了信，先是惊奇，后是感动，破例地，我给她回了信，信中我并没有更正自己的性别，只是告诉她，无论是什么样的父母都是爱孩子的，我告诉她小时候我也有同样的困惑，可是随着岁月流逝，父亲故去，母亲病弱，这才感觉到父母的不可替代，感觉到一种需要你长大，需要你变老，需要你回想时才能慢慢体味的深情。回信后不久，那女孩又来了一信，刚一拆封，便有鲜艳的粉红色花瓣飘落，因是当着同事们的面拆的，于是立即引起了一阵小小的轰动，调侃声中我看了信，信只有简单的几行字：小斌哥哥：您好！谢谢您的回信，您的话我会记住的。我们家乡的桃花开了，给你寄去几半（原文如此），您喜欢吗？——同事们不由分说争相传看，几个男同事得出结论：完了，这女孩爱上你了。

事隔几年，去年初我已调了工作。谁知在 2 月份的一个周日，有人敲开了我家的门。看一看并不认识——是个中学生模样的少女，长得普普通通，略有一点羞怯的样子，她向我点点头问：麻烦您，徐小斌是住在这儿吗？她明显的外省口音使我立即有了某种预感。我回答：我就是。她大大吃了一惊，那样子像是听到第三次世界大战爆发似的。我笑了：特失望是吗？她连连摇头：不不……我不过一直以为，您是男的。

她就是那个女孩。她告诉我她多年来一直想来看看我，这回总算在考上高中之后，母亲给了她一笔钱，让她到北京来看个远房亲戚，也趁着假期玩一玩，她找我费了很大劲儿，总算如愿了。"你的爸爸妈妈呢？和好了吗？"我问。她垂下眼睑："他们离了。"我不知道说什么才好。我轻轻拉着她的手安慰她："别太难过了。"她抬起头，正视着我的眼睛："我不难过。爸爸和妈妈现在都建立了新家庭，他们过得都不错，这些年他们很不容易，只要他们好就行了。您说得对，没有父母不爱自己的孩子，我现在才真正懂了，"她腼腆一笑，眼里却分明有泪光在闪，"您的那封信，我一直记得……"接着，她竟然一字一句地背起了我几年前写给她的那封信，她背得一字不差。

我望着窗外，正是春天来临前那段最寒冷的时日，却依然有阳光透进窗子。也许世界上有一种情感正像这冬日的阳光一般素朴。无论时代潮流如何变幻，普通人的平凡故事每天都在静静地发生和结束，那是埋藏在浪潮下面的深厚的潜流，沉潜而执著，凝重而美丽。

我决定把这篇小文定名为《海边的女孩》，献给她。作为她的粉红色花瓣的回礼。

天下奇寨抱犊寨

诗人刘小放给我们介绍了三个人：大寨主，二寨主和三寨主。

天下奇寨的寨主，果然非同凡响。大寨主，面白气清，声如金钟。二寨主，朴实无华，沧桑之美。三寨主，颜貌清奇，洒脱怪诞。大寨主说，现在总经理多如牛毛，寨主的名称却很特别。我说，寨主这称呼令人想起过去的"山大王"，以及他们的压寨夫人。

三位寨主顿时哈哈大笑。

三位寨主，过去不过是小小剧场的负责人，竟然在短短两年半的时间里，把一个荒山废寨，建成了年创收八百万元的著名风景区，如今的抱犊寨，有着全国最大的山顶门坊南天门；全国第一条无塔式双线往复客运索道；全国第一座山顶地下石雕群五百罗汉堂。中央和省市电视台记者接踵而至，海内外名人名家纷至沓来，连美利坚的电视台也向全美播放了抱犊寨的风光……这本身，便不能不说是一个奇迹了。

一索飞架天堑贯通

当看到那条雄壮绵长的客运索道时，众人都为之一震。这索道连接了抱犊寨、莲花峰和磨寨，颇有"一索飞架，天堑贯通"之感。当即三十人一行坐进了缆车。缆车在铁索上滑动，山间小路变成了一条条银白色的带子，而正在上山的游人则变成了一颗颗流动着的彩色珠宝，在五月的艳阳下流光溢彩。过去在西山、在慕田峪长城都坐过缆车，却从未见过如此壮观的索道。

峭壁的面目，因缆车的迫近而格外清晰。北方的山，雄浑险峻，具有魔鬼的魅力。那一道道的斑痕缝隙，那从石中顽强生出来的植物，都有着一种苍凉的动感。那柔嫩的春天的绿，如上等的翡翠一般，不含一丝杂质。再近些，又能看出那绿中常爆出一丛丛银星似的花，在绿中泛出亮丽。

大寨主告诉我们，这是我国第一条无塔式双线往复客运吊箱索道，由他们——鹿泉文化旅游开发公司策划构想，由长沙有色冶金研究设计院设计，由山东泰安市安装工程公司承包安装。当时，设计院的人介绍情况说，我国目前拥有的大型索道共有七条，它们的工程都在几年以上，泰山用了三年，黄山用了五年，按抱犊寨的地势情况，二年工期很难保证，其造价估计旅游公司也无法承受。寨主被逼无奈，计上心来。他提出，勘测索道基础工程施工由他们自己承担，工程公司只做技术指导，而大型客运索道由塔式改设中间站，既安全平稳，又可使游客中间分流……这方案会大大缩短工期，节省经费，只是，累坏了他们自己，在施工最紧张时候，他们每天要拼命干上十六至十八个小时。也就是在那个时候，大寨主的夫人突发眼疾而得不到及时治疗而近于失明，而二寨主只能在山上奠纸以祭新丧的老父……

在最后百米冲刺的时候，以大寨主为首的十三勇士把发电机拴到铁架子小拉车上，大寨主驾辕，三寨主断后，四人拉绳套，三人从后面推，两人抬那个直径两米多的尾轮。换了六个车轱辘。压折了两条杠子，流了十三个小时的汗水，才把这两个大家伙安然运送上山。摸着黑做了一大盆面汤，匆忙中竟把机油当作花生油放进汤里，极度饥饿疲劳的他们竟然没吃出来，就那么狼吞虎咽地吃完，便在刺骨的山风里沉沉睡去……

一阵仙乐般的古曲飘然而至。索道的终点南天门到了。春风拂面，白云萦绕，真有羽化登仙之感……

人杰地灵

金阙宫为我们一行人做了场面很大的法事。

金阙宫位于抱犊顶峰北部，是座道教庙宇建筑群，创建年代已不可考。硕果仅存的只有清顺治年间的重建碑文。重修金阙宫是全面开发抱犊景点的重要项目。眼前屹立的金阙宫富丽堂皇，已非昔日可比，两侧刻有"脱俗归真，须向吾门求觉路；超凡入圣，更宜此地问玄津"的对联。

记得童年时候，笃信佛教的外婆常领我们去西四广济寺，佛教的法事因此并不陌生。道教的法事却是头一回领略：只见一鹤发童颜、仙风道骨的道长飘然而出，左右是两名年轻道人。道长戴珠冠，穿白袍，上绣蓝色仙鹤，服饰既高雅又鲜明夺目。另两名道士一位穿古青色摹木缎袍，上绣朱砂滚边云朵图案；另一位穿玉色长袍，上绣湖绿兰草。我注意到道长脚下穿的是京剧演员的高底鞋。三人在殿中站定，两旁道士、香客环绕，鼓乐齐奏，花团锦簇似的一片，比起佛教的法事，又有另外一番情趣。

诵经完毕，又有一队年轻的女道姑敲着乐器飘然而出，那音乐超凡入圣，颇有仙家浩浩御风之气。再细看，那些女道姑都生得颜貌寂静，洗尽铅华，卓然不凡，于是暗暗感叹信仰的力量之强大，竟强于韶华之美。后来我悄悄拉住一位小道姑细问，答曰：确实信奉道教。再问，为何相信？竟不答，颔首垂眸，面呈忧郁，似有万般难言之隐。于是不再问。

法事做完，河北旅游报记者老袁陪我去面见老道长，小房间素朴无华，陈设极其简单。道长名叫李文普，原是北京白云观的住持，精通道教音乐，这整套法事的全部音乐均由他一人作曲编器，令人叹为观止。但令人不解的是道长为何离弃了白云观而选择抱犊寨。听我谈出疑问，道长微微一笑："我们道士讲究云游四方，四海为家。久居京城，难免与天地造化有所隔膜。我自北向南，又由南往北，走遍了大半个中国，到这抱犊寨时，忽感地气蒸腾，睡眠清净，神清气爽，因此留了下来。"

李道长的话令我心驰神往。或许，这片地域真的有些来历？我深感这一切充满了神秘意味。于是我求签。李道长十分郑重地焚香，将签筒在缭绕的香烟中微微摇动。

我抽的第二签——他乡遇友——上平。上有签言曰：他乡遇友喜气欢，须知运气福重添。自今交了顺当运，向后保管不相干。……

又有四句偈云：功名有成，失物得见。家宅平安，占病无妨。

李道长和袁记者贺我抽了好签。道长又赠我一小小的徽章，乃白云观所制，四周八卦花纹环绕着的太极图。道长嘱我如有头疼脑热，可在头部轻轻摩擦，百病皆消。我真心地感谢他。只是，我很少头疼脑热，因此这灵物的灵性怕是难以验证呢。

无论如何，这山，这水，这人，都属这一方神灵造就，难怪李道长踏遍青山，惟钟情于此地山水独秀；也难怪寨主及寨民们能在那么短短的时间内将一片荒山废寨变成著名景区，只怕是他们的精神感动了山上的神灵呢。或许正如李道长所说：此乃抱犊之造化，天地之灵性，众生之福祉啊。

佛道并存　友好相处

抱犊的另一奇，乃是佛道并存。早在唐代，李志甫《元和郡县图志》就记载曰：又云抱犊者，古其有名也。即道家谓之北岳佐是也。《名山记》以为福地之数，云可避兵水也。金阙宫、白云寺均是历史悠久，颇有道家渊源。道教所供养无非玉皇、三清之类。说来好笑，我最早的有关道教的知识竟来源于《西游记》。在"车迟国猴王现法"一回中，孙大圣与两位师弟踢倒三清泥像，分别变作元始天尊、太上老君和道德天尊，不仅吃光了供果，还留下一泡臭气熏天的猪溺。每每看到此处，幼时的我便会咯咯笑出声来。说起来《西游记》中颇有些佛道并存、各显神通的味道。美猴王大闹天宫，被闹的对象皆是玉皇大帝、王母娘娘等道家之辈，又被道教三清之一的太上老君收服于炼丹炉内，冶炼了七七四十九天，炼出一双火眼金睛蹦将出来，将那兜率仙宫捣得稀烂。最后还是佛祖释迦牟尼亲自出面，才将猴头镇压于五行山下。佛道的亲密关系由此可见一斑。有趣的是，这次看了金阙宫，才晓得道教的财神原来是比干。比干原是《封神榜》里的人物，是商纣王的叔爷。因纣王暴虐无道，屡屡苦谏，惹怒了纣王，又被妲己所陷，于是被纣王法场剖心。《红楼梦》中描写宝黛初会时形容黛玉"心较比干多一窍，病如西子胜三分"，可见比干大约是个智者。但后来因为多心变成了无心，于是智者比干变成了财神比干，与赵公元帅并列在民间施财。因为无心，也就没有偏心，所以颇受百姓欢迎。这一段传说我倒是头一回听说。关于财神，佛道两家历来说法不一。佛家的财政大权，原是北方天王毗沙门掌握，婚后财权旁落，其妻、著名的吉祥天女成为施财天，正式进入佛教护法神行列。吉祥天女有无偏心尚未可知，但仅就她一人掌握财权这一点来说，就不符合现今的会计制度。看来是道教在财政管理方面更为科学。

更有新鲜的，是月下老人居然也算是道家的神灵，俗称"媒神"。月下老人的工作主要是为情人们牵红线搭鹊桥，月下老人的主张是"愿天下有情人终成眷属"。小放说，月下老人在这方面很有些值得骄傲的功绩。譬如唐朝有个孤儿韦固，成年后路过河南商丘，夜宿客栈，遇月下老人正在月光下翻书。韦固问他所检何书，老人答曰：赤绳子，以系夫妇之足，虽仇敌之家，贫贱悬隔，天涯从宦，吴楚异乡，经绳一系，终不可违。韦固急忙问自己未来妻子是谁，老人查书后告诉他，说是店北卖菜瞎老太的女儿，那时刚刚三岁。韦固十分愤怒，竟派人去刺杀这个小女孩，结果只伤了她的眉心，韦固遂连夜逃跑。

多年之后，韦固从军，他作战英勇，屡立战功，刺史王泰将自己的女儿许配给了他。新婚之夜，他发现新娘眉心贴花，追问之下，方知原来新娘正是当年卖菜瞎老太之女，因被刺史收养，方才成为名义上的刺史之女。韦固始知天意之不可违，遂与此女结为恩爱伉俪，百年偕好。商丘县令听说，就把韦固住过的客店命名为"定婚店"，并亲自题写了匾额"月老媒神"。

不过，我常常怀疑月老拴红线的准确程度，如果这"赤绳子"果真那样灵，人类最大的难题也就解决了，又何来那些千古流传的爱情悲剧、世世代代的痴男怨女呢？！

就是玉帝、比干和月老脚下的这方土地，曾是寨主们领着寨民清淤的地方。古窨上小下大，深达丈余，地表凹陷，一锹下去，便弥漫出一股恶臭。这些淤泥必须运到三公里之外的山谷中。剧场所有人都来了，他们忍着恶臭，有的挖有的装有的抬有的推……甚至还有人光着脚丫子跳进古窨里……连那些正当妙龄的女职员们也不例外。这些今日的导游小姐们，当时也曾和男子汉们一起在"合葬墓"前吃饭，这真真是出污泥而不染了！

清早，附近的山民们忽然发现，那个淤积的古窨房不知何时架起了两口烧水做饭的大锅，团团蒸汽中，他们看到几十个男女锹镐并举七八辆小车穿梭如飞，他们吃惊了，感动了，他们也投入到这个队伍中，一时间，来帮忙的山民竟有二三十人之众。三位寨主眼圈儿红了。大寨主喊话说：乡亲们！我们除了求仙佛保佑你们平安之外，可真没钱酬劳大伙儿啊！山民们回答：我们啥也不要，等你们把抱犊寨开发好了，请我们上去开开眼就成了！

寨主们慷慨决定：每人补贴生活费大洋一元。此事至今传为佳话。

正是因为寨主和寨民们的努力，抱犊寨才保留了佛道并存、友好相处的传统风格。于是财神们可以公正地分金银，月老可以准确地牵红线，抱犊寨的人民可以开心地享受改革开放带来的好生活。

地下五百罗汉

1990年的一天，大寨主正在山顶冥思苦想，洞外忽来一位僧人，近前双手合十道：老衲远道而来，有一言相告，此寨合有佛缘，"一窍地中开佛界，九重天外落香烟"。尊驾务证前因，即成十方之果，千万千万！说罢倏然而逝。大寨主惊觉，方知是南柯一梦。

当天下午，施工人员在清理蛟龙洞时，发现了明代诗人的题诗原碑："一窍地中开佛界，九重天外落香烟……"原来，这里面包含着另一个传说：明代诗人李腾芳到此寨来拜谒恩师，谈笑甚欢，在山阴蛟龙洞，李诗兴大发，题诗曰：百丈攀跻到绝巅，芒鞋踏遍藓痕穿。纷拖角马空心跃，闲锁蛟龙沿里眠。一窍地中开佛界，九重天外落香烟。高歌烂醉行无力，欲乞山僧半榻缘。诗刚题罢，忽有一僧人走来，高声说道：好一个"一窍地中开佛界，九重天外落香烟！"师徒二人见是一相貌清奇的老僧，见礼之后，老僧抓笔在石壁上写下"便是西天"四个大字，然后飘然而去，口中念道：山即是佛，佛自在心。阿罗汉果，合证前因。

于是，大寨主倡议修建了五百罗汉堂，与"山即是佛，佛自在心。阿罗汉果，合证前因"的说法磨合。"便是西天"四字也至今犹存于蛟龙洞外的石壁上。

地下五百罗汉堂，无论在布局、气势还是质地等方面，都堪称中国一绝。罗汉堂位于金阙宫的前方，总体建筑分为地上地下两层，地上为"弥勒殿"，地下则是罗汉堂。它也是这奇寨之奇——海拔五百八十米高山上深达六十米净土层中所开辟的一个奇异世界。

罗汉堂的两侧是世界佛教协会干事罗锦先生为罗汉堂书写的楹联：

罗汉五百放眼看大千世界，婆心一片赐福与亿万苍生。

关于五百罗汉的传说历来说法不一。我了解的一种，自认为是较为权威的版本：佛陀释迦牟尼涅槃之后，刚刚皈依佛门的印度王阿阇世把各国比丘僧团推选出的五百人集中起来，从四面八方集中到摩揭陀国的京城王舍城郊外七叶岩。阿阇世亲自主持了佛教徒这次大规模的集会。参加集会的众比丘对于佛陀生前的演讲及各种理论分门别类加以整理，并由佛陀的十大弟子阿难、迦叶等人分头编定，分为经、律、论三部分，总称《三藏》。《西游记》中的唐三藏之名便源于此。据佛教传说，参加这次集结的五百比丘都修行成了罗汉。即现在人们在佛教寺院中看到的五百罗汉。有些名称讲得多了，即成通俗。很少有人追问来历。其实，罗汉二字也是颇有考究的。"罗汉"应是阿罗汉的简称。是小乘佛教修行者所取得的最高果位。佛教分为大乘和小乘，它们在教义、教理、修行目的和方法等方面都有区别。小乘者，指自己修道，修成正果，但不能人人成佛。从哲学上讲，主张"我空法有"或"人空法有"。在仪式上不拜偶像。后来有些人受到婆罗门教的影响，主张修行不仅可以自度，而且可以"他度"。"人人皆成佛，普度众生。"在哲学思想上主张"法我皆空"。在仪式上主张拜偶像，持这种观点的人自称"大乘派"。

而在小乘佛教中，修行者要达到阿罗汉果位，须经过四个阶段。据说达到阿罗汉果，就已除尽一切烦恼疑惑，得到解脱，不再进入生死轮回，应享受天人供养，所以罗汉的意思是"应供"。

正殿里，三世如来（法身、应身和报身）端坐莲台。令人惊叹的是五百罗汉的布局疏密有致，动静结合，明暗对比，神态逼真，造型迥异。三寨主说，这五百罗汉均由巨型大理石精雕细磨，并加以彩绘而成。有趣的是著名护法神韦陀像不是按照佛殿常规伫立在弥勒佛的后边，而是挪到了三世佛的右侧，而鞋儿破帽儿破的济公则蹲在了殿堂梁上，摇着那把破扇子俯视众生。

也就是在罗汉堂竣工的时候，"剧场人"一个个地病倒了。没有节日，没有假日，甚至春节也没能回家吃上一顿团圆饭。但是，本来三千万元也不一定拿得下来的项目只用七百万元便提前完成了，为此，剧场人付出了巨大的代价。二寨主韩怀印的胃本来就只剩了正常人的四分之一，连续苦干两年，他积劳成疾，面黄肌瘦，依然带病坚持；三寨主聂庆生得了糖尿病，常常为了控制饮食，饿着肚子和大伙儿一块干，有多少次他倒下了，爬起来，接着拼；大寨主本来白白胖胖的脸瘦得变了形，设计师突然晕倒在工地上，被送往医院抢救……

俯视众生的济公，你可记得创造了你们的英雄群体？可记得创造者们许许多多艰苦卓绝的往事？……

韩信点将台

韩信，汉代开国元勋，与张良、萧何并称西汉三杰。韩信祠位于南天门以东，祠前便是点将台。点将台上帅椅端然，两旁刀枪剑戟，战旗猎猎，有一副楹联格外动人心魄：人穷志不穷，辱为韩信，荣为韩信；勇显谋非显，成也萧何，败也萧何。

韩信祠内的金漆壁画，金碧辉煌，描述了韩信背水列阵、蓖山设伏、射鹿得泉的故事。据说当年韩信大兵曾至获鹿，安营寨列阵待战之时，苦苦寻水而不得，三军萎顿不发。韩信再派大将胡申觅水，胡登峰探谷，历尽艰辛而终不得，胡觉得自己无颜再见统帅，遂自尽。

韩信终日期盼胡申而不得音讯，且全军水尽，正当焦虑不堪之时，忽得一梦。见胡申急步而进，禀道：卑职受命得一水泉！韩信出得帐来，胡已不见，只见一白鹿高叫三声飞驰而去，韩信紧追不舍，至一山，韩信弯弓射鹿，弓弦响时鹿已消失，但见一眼山泉，盈盈如镜。韩信饮之，泉水甘冽异常，遂解全军之难。传说是胡申死后精魂不散，觅得鹿泉，化鹿引路，得尽天职。而鹿泉便也长流不息直到今天。另一与水有关的传说更是著名的千古绝唱：史载公元前204年，韩信灭魏平代之后，由晋阳东下破赵，背水列阵，使二千奇兵于蓖山（即抱犊寨）设下埋伏，大破赵军，创造出以少胜多的著名军事战例。

然而，韩信虽为一代名将，千古英风，也绝不会想到二千年后的今天，抱犊寨的寨主们会遇到与他当年同样的问题。面对抱犊山顶上那一眼碧清的天池，小放给我们讲了一个今天的故事：

一天，三位寨主正在指挥部议事，为山上缺水、无法进行地质勘测而头疼的时候，忽见两位送饭的姑娘沿山间小径走来。一道亮光忽然照亮了大寨主的思绪："人家韩信有背水一战，我们为什么不能有背（读 bēi）水一战呢？"

"背水一战？"老二老三惊异不已。

"对呀，你们看，她们能送水送饭，勘探用水难道就不能背来？"

"勘探的用水量可是几百吨啊！"

"咱剧场有二十多个人，水袋水桶一起上，每人每次平均四十斤，每天来个五六趟，一天就是半吨水呀，两个月就能把这几百吨水拿下来！"

三位寨主于是齐心协力，找到一个大水箱，用肩膀和木棍抬上了山，以解决储水问题。几天之后的一个傍晚，在通往抱犊寨的山道上，出现了一支二十多人的运水队伍。几天、十几天过去了，这支夜战的队伍依然坚持着，但是，每个人的肩膀都又红又肿了。四十多岁的女售票员摔伤了脚，仍一瘸一拐地跟在队伍后面，就连六十多岁的老人也披挂上阵。至于三位寨主，更是身体力行。有一天夜半，忽然下起了倾盆大雨，大寨主从熟睡中醒来，听着那外面震耳欲聋的雨声，突然，他好像想起了什么，抄起件雨衣便冲向暴风雨中——英雄所见略同，另两位寨主竟也不约而同地来了，他们想到了一个共同的主意：用剧场那块大塑料布在水箱旁的洼地上接雨水储水。

几双手撑着塑料布，仍抵不住山风的强劲。大寨主心一横，竟冒着风雨在一角塑料布上躺了下来。于是，大家一个接一个地躺了下来，在狂风暴雨中，像钢铁打的一般岿然不动，直到雨过天晴，这些被雨浇透的人们才从塑料布上爬起，他们冻得发抖，但眼睛里却闪着狂喜的光泽——那四十多平方米的深陷下去的塑料布上，积着一泓清水，那水映着月，映着星，映着八个平凡而非凡的身影。

韩将军英灵地下有知，怕是也要感叹后人们的智慧、勇敢和刚强吧。

南天门奇观

西南诸峰不知数，荡海鲲鲸尻背露。霏烟空翠有无中，百态阴晴变朝暮。

用金代诗人元好问的诗来形容南天门景观，十分贴切。

南天门在客运索道羽化登仙的极地之侧。从抱犊峰顶至南天门台基下，按照导游小姐的要求，我们一级一级地数着台阶，结果竟然出现了四个数字：36，38，39，40。导游小姐笑了，告诉我们，正确的答案应是 38。我暗暗惭愧，因为我竟然数出了 40 级，而其他作家也多和我不相上下，于是再次感到爬格子动物对于数字的低能。38 这个数字据说象征着三升、六顺、八发。至此可看到太行山起伏的群峰。在茫茫云海的拥戴下，巍峨的南天门横空出世，气象万千。

小放告诉我，关于南天门，也有个新故事：在设计南天门时，大家冥思苦想而不得。某夜大寨主入梦，见一老人飘然而至，口称为南天门而来，大寨主恭请指教，老人向空中一指，一翘檐翻卷、金戟刺天的辉煌建筑隐约现于云海。大寨主注目良久，终有所悟。回头欲问其详，老人已杳无踪影。时值破晓，大寨主和衣而出，找来设计师，依梦中所见，用树枝在地上勾画出它的轮廓。设计师心领神会，设计出了南天门的建筑图。

大寨主在一旁辟谣，说是事实上根本没有那么神，不过是他和设计师常常在一起切磋探讨，精诚所至，金石为开而已。说不上南天门的设计究竟出自谁之手。是的，这一山一草一木，都是抱犊人的心血凝成，你中有我，我中有你，融汇胶着在一起。

南天门高四丈，宽六丈，是我国目前最大的山顶门式建筑。三个拱门全部采用汉白玉装饰，两侧拱门和中间主拱门的雕金嵌银的立柱上，各有楹联一副，上联是：遥瞰白云曼舞主峰招手才知已处圣境，近瞧金鸟轻歌玉兔蹈足方悟更居仙天。横幅是四个丈许篆刻大字：天下奇寨。

我忽然感到这四个大字似曾相识。正冥思苦想，友人大叫：中央台"神州风采"里有这个特写镜头！

日已中天，阳光如锋利的宝剑一般穿破迷蒙的云雾，把辉煌的金色涂抹在南天门的飞檐上，远远望去，犹如戴了一顶纯金的冠冕。南天门，这个曾诞生了古神话中玉皇大帝的至尊领地，如今向我们这些凡人敞开了门扉，将那远古的神秘，融入现代的高度文明之中……不知那当年一个跟头翻过南天门，偷吃蟠桃仙酒、大闹天宫的美猴王看到这一切会做何感想？孙悟空实在该算是一位敢于创新的先行者了，先行者的第一要义便是勇气。强烈平民意识的美猴王虽屡经磨难但始终不曾真正妥协，他固执地想与玉帝老儿有一番平等竞争，不过我相信，即使他获得了这种机会，把玉帝打败之后，他也决不会就此坐在金銮殿上，他将去寻找新的世界，将去开辟新的战场……

敢问三位寨主，我说得对吗？

尾　声

大寨主叫张春江。

二寨主叫韩怀印。

三寨主叫聂庆生。

这是三个非常平凡的名字。

平凡的名字可以变得不平凡——如果这平凡的名字诞生在一个不平凡的时代里。

成如容易却艰辛

我爱足球

1

去年冬天，北京第一场大雪之后，路面滑得像玻璃镜，接朋友电话，说是刚出的一期精品购物指南豪华版登着范志毅的大彩照，便毫不犹豫地顶着凛冽的寒风，一步一滑地来到报摊上，但是遗憾，那一期的报纸已经脱销了。远远地还听见那报贩子大声问："这姓范的是个啥人，咋都来买他呢？"我觉得他的话颇有些亵渎之感：这年头儿，居然还有不知道范志毅的！但转而又觉得悲哀：中国足球已经到了人人都自以为有资格谈论、有权利批评的份儿上，也是惨点儿了。

2

曾经完全不明白、完全看不懂。

那是"医疗队员到坦桑"的年代。一夜之间，我所居住的北方交通大学里来了许多黑人兄弟。在他们的小放映室里，每逢周末，都要放一部内部片，而每次的加片都是世界杯足球赛。我依然清晰地记得那时的场景：一个中国女孩蛮不讲理毫无商量地坐在前排的椅子柄上，害得后排的许多黑人兄弟都要伸长脖子瞪着眼，自始至终保持着一种紧张的姿势，且敢怒不敢言。

真正喜欢并略微有一点懂得，是在1982年的世界杯。在宽阔的绿茵场上，苏格拉底、济科、法尔考……得有神助般划出精妙绝伦的弧线，那是完美的艺术，是赏心悦目的艺术，只有当想象力的翅膀充分展开的时候，各种姿态才会辐射异彩，全盛时期的球星谱写着生命的华彩乐段，千万双热情的手点燃着一束束美丽的自信，世界的血都在为之膨胀、为之颤栗，连上帝本人都在俯视着他们，为他们的创造而喝彩！

但是，那场景毕竟离我太遥远了，那是不可企及的美，是不可参与的艺术。

3

可以企及、可以参与，才可能热爱。

真正爱上足球，是在中国足球职业化的第二年。忽然发现，在这个时代，这个代用品的、复制的时代，只有足球是真的。人类的高科技发展有时候很可怕，它达到了以假乱真的地步，高仿真高保真的结果是假的比真的还像真的，连人都可以克隆，可以想象当我们居住的这个地球上又克隆出另一批人类的时候将是多么恐怖啊！这样的时代，我们需要一点真的东西，即使它充满缺憾，即使它永不完美，但它是真的，是不可替代的，这就是足球。

我爱足球，还因了它的悬念。高水平的足球赛就像一部气势恢宏、悬念丛生的戏剧。每一个瞬间都充满了悬念，每一个瞬间都不可重复，每一个瞬间都是永恒。你永远不知道下一次传球会到谁的脚下；永远不知道下一次的进攻将由谁来发动，谁来组织，谁来助攻，谁来射门；你永远不知道经过一次精妙绝伦的传切配合的终极命运；那临门一脚是如狂飙怒射直入网窝，还是过五关斩六将般地跳起桑巴舞，就如李金羽在登喜路杯上门前的一带一拨一射，我相信所有球迷的心都在那时狂跳了三下，然后便被狂喜的欢呼淹没了。当然，也可能是截然相反的命运：眼看着必进之球忽然拐了弯，打在门楣或立柱上弹出底线，或者，干脆被门将生生地扑出，那时，又有多少人会跟着不听话的皮球肝胆欲裂、泪飞如雨？足球是圆的，正是那奇妙的偶然征服了无数球迷，但谁又能说那偶然中没有隐藏着必然？

我爱足球，更因为它勇敢地在一个非英雄化的时代呼唤英雄。60年代的雷锋在90年代依然被讴歌充分说明了英雄的匮乏；人们憧憬的英雄往往是由人们自己塑造出来的，塑造英雄成了90年代人类的一大心理需求。对于球星的迷恋取代了对于歌星影星的迷恋，因为和平时期的人们更渴望看到刀光剑影枪林弹雨中杀出不怕死的英雄，当我们看到罗纳尔多连过数人狂飙呼啸般地杀入禁区突然施射命中的时候，任何一个血肉之躯都会兴奋刺激狂喜，在这个过程中，人们为见到真正的英雄而万众欢腾！即使他失败了，他也是失败的英雄，有时失败的英雄更能引起人们一掬感动之泪。绿茵场上的英雄具有难以置信的感召力，就像那个家喻户晓的童话故事《丹柯的心》一样，当丹柯把心掏出来变成火炬照亮黑暗的时候，无数的人们都跟在了他的后面，义无反顾。

但这个时代的特征的确不是巨星闪烁，而是群星荟萃；60、70年代球王贝利英雄孑立的时代似乎已经一去不复返了；而80年代的普拉蒂尼、鲁梅尼格、苏格拉底、马拉多纳等巨星也已经消逝；90年代的足球世界与其他领域一样，球星众多，球王难觅：罗马里奥、罗纳尔多、维阿、希勒、克林斯曼……你很难过早地确定，谁是球王，或许，这根本就不是一个球王诞生的年代。

4

我爱足球，最爱是它的想象与创造。很难想象一个循规蹈矩、墨守成规的人能够成为球星。很难想象一个拘谨、僵硬、内心紧张的人能够当好教练。我们所居住的这个东方古国应当是足球最早的发源地，我们可以想象，这块土地上的人们曾经何等浪漫，这条河流孕育的文化曾经何等辉煌：我们的祖先曾经打球筑场、阅马列厩、华灯纵搏、宝钗艳舞；也曾经胡骑易服、丝竹声声、琵琶弦急、羯鼓手匀——

——但是从什么时候开始，我们想象与创造的翅膀开始萎缩了？！

健力宝小将的归来曾使我们萌生一线希望，但是曾几何时，在场上的他们已经发生了一些微妙的难以察觉的变化，他们那种灵性似乎已经在减退，那种锋芒似乎已经在磨损，最让人难受的，是再见不到李金羽脸上那灿烂的笑容了。

迟尚斌和金志扬的加盟教练组曾经使我们翘首以待，但韩国照样打我们一个二比零，两位教头的腰围倒是增大了，目光也变得混浊，除此之外，迟指原先的胸有成竹与金指一贯的梗着脖子叫板倒都不翼而飞了。

难道，国家队真的是个埋葬想象与创造的百慕大？

在北京，在工体，球迷们再次喊出了"换教练"的呼声，当然，这呼声毫无意义，因为早在亚洲杯结束时换教练的呼声便早已被"不能临阵换帅"的说法所否定，而现在是真正的"临阵"了，岂有"换帅"之理？！

可怜的中国球迷诸法使尽均告失败，也只有听天由命这一条路了。

5

有朋友讥笑我："你怎么还看中国足球？我只看德甲、意甲、英超。"我回敬他："那你就是假球迷。"

真的，中国足球虽然屡战屡败，球迷们却一定要屡败屡看。

或许正是因为屡败才屡看。

试想，假如我们有一天真正走向了世界，进入了××强的行列，我们还能像今天这样爱之深责之切呼天抢地大喜大悲大开大阖痛快淋漓地宣泄吗？真到了那一天，一直吸引着中国球迷长达几十年的大悬念忽然消失了，也许我们在狂欢之后会忽然感到索然无味。不是吗？

足球，你这黑白相间、聪明绝顶、将人玩弄于股掌之中的精灵，我爱你。

在东方时空与白岩松解说
一九九八世界杯决赛

世界杯临近尾声，我热爱的球队纷纷落马，看球的热情便也减去了许多。赌气说，决赛肯定一面倒，没意思，不看了。

就在这时接到《东方时空》邀请我做节目的电话。

第一反应是拒绝。此前已经拒绝了小崔去《实话实说》谈足球的邀请，然而没想到，白岩松把电话打进来了。

第一句便大兴问罪之师："看了你在《足球》报发的《裁判杀死了英格兰》了！非常愤怒！……"

原来，他是铁杆阿根廷球迷，而我是铁杆英格兰球迷——我写的那篇文章，正是因为阿根廷对英格兰那场，西蒙尼假摔导致裁判误判，贝克汉姆被罚下场，那是世纪末的一张最有名的红牌！小贝出局的镜头在五套反复播放，以致至今都能想起当时的情景。凌晨4点刚刚结束比赛我便匆匆写好稿子寄给了当时火得一塌糊涂的《足球》报，《足球》报当即在显著位置上刊登。

我和白岩松在电话里大吵起来，吵完了他说，就是你了，你一定要来和我一起做世界杯决赛的节目！

虽然同在中央台工作，却还是头一次来到东方时空的办公室。与盛名相比，他们的办公条件的确太简朴了。我是去过美国洛杉矶电视台的，我想，假如美国人来到他们的办公室，一定会对这个赫赫有名的节目原生地发出惊叹。而且，他们都那么年轻。著名主持人白岩松，屏幕形象庄重老成，敏锐犀利。本人却年轻得多。很早就听说他是个超级球迷，且看过不少他的文章，对于足球，他见解独到，最难得的是，他从不使用现在对足球的那种约定俗成的"熟语"，而是有自己独特的话语系统与穿透力。那一天他穿黑色西服，蓝色衬衫，系黄色起花领带，这一套服装在屏幕上效果极佳。注意到我穿的白色西服，坐在演播室里他头一句话就说："你看，我们穿的衣服不约而同与足球有关，我穿黑色，你穿白色，黑白相间，正是足球的颜色，我的衬衫是蓝色的，代表法国，领带的黄色代表巴西，而黑色呢？——"我戏说："代表黑哨。"当然，这句话后来给删掉了。但是对于本届世界杯而言，给我留下印象最深的的确是黑哨。我最心仪的英格兰队就葬送在黑哨的黑暗之中。

对此，白岩松颇不以为然。因为他最心爱的球队恰恰是阿根廷。他说，他之所以喜欢阿根廷，是因为他们是一支野性尚存的队伍，而英格兰也并不像我说的那样纯洁，譬如第二个点球，也是欧文利用裁判想找平衡的心理假摔造成的，而导演这一幕的人恰恰是霍德尔。好在英格兰在他心目中排在第二位，不然我们真的要彻底闹翻了。

节目录了大部分之后，闭幕式开始了。办公室的长桌子上摆满了肯德基、汉堡包、西瓜和各种饮料。大家边吃边看，当三百佳丽服饰斑斓地走进绿茵赛场时，所有人都感到，法兰西世界杯最残酷的一幕就要开始了。

说也奇怪，在座的除一人之外，几乎所有人都把宝押在了法国队一边。大约是都想看到一个新冠军的出现吧。比赛开始阶段显然双方都比较拘谨，后来巴西踢得越来越不对味，大家笑说："简直是甲B水平。"而法国队的前锋水平也实在不敢恭维，就在人们怀疑这将是一场乏味的比赛时，中场帅才齐达内一记狮子甩头，首先攻破巴西城池，而第二个头球更是迅雷不及掩耳。这头沉默的狮子的两记头球一下子把大家推向了兴奋的极致！天呐，这个谢了顶的二十六岁的年轻人，平时也不大进头球的，怎么会在决赛场上连进两粒头球呢？！这太神奇、太不可思议了！除了受到上帝的特别惠顾之外，简直就无法解释了！

是不是上帝在不经意之间摸了一下齐达内业已凋谢的头顶？

总之那一天的上帝是属于法国人的。假如不是吉瓦什脚头太臭，打个五比零、六比零也在情理之中。

而被上帝抛弃的巴西人则怎么踢怎么不顺。两届足球先生罗纳尔多只有一脚像样的射门；盘球大师德尼尔森在法国的铁闸后卫图拉姆面前简直像个跳梁小丑；而曾经射出美妙绝伦的香蕉球的卡洛斯则大失水准……当珀蒂最后锁定三比零比分时，那位惟一的巴西球迷默默地走开了。终场哨响，我看见普拉蒂尼一下子在原地转了两圈，而法国总统希拉克则挂着一条法国队服图案的围巾振臂高呼——大人物们只有在此时才偶露真情。

时间已经不多了，白岩松和我坚持着看完了法国最初的狂欢，才恋恋不舍地走向演播室，这时我才感到，很有几分疲劳了。

真正应当疲劳的是《东方时空》的小伙子们，他们为了节目忙活了整整一夜。给我打电话的张朝夕是个高档次的球迷，为了做节目而牺牲了看决赛，那滋味可想而知。但这样的事对于《东方时空》的小伙子来说，早已不算什么牺牲了。

早7点整，节目准时播出。《东方时空》星光灿烂的背景似乎在告诉着人们，98世界杯结束，新的生活又要开始了。

我看御林军

　　可怜的北京球迷跟着御林军忽冷忽热地打了一年摆子，终于惊魂未定地盼到了甲Ａ落下帷幕。甲Ａ战场十二支队伍旌旗猎猎，七个月的硝烟弥漫，一百三十二场的激烈搏杀，二百九十四个入球的铿锵壮美，迎来万达金身不败，八一异军突起，粤军团全线溃退，宿将军荣穿金靴。但这一切似乎都与御林军关系不大。国安既无冲入三甲的荣耀，又无降组之忧，只是中间几起几落，险些由"争第一"变成了"争第七"，名列前三的射手们，国安也光秃秃的一个没有。原因何在？局外人若就此对国安教练及主要队员做一番雾里看花式的剖析，倒也不失为一件乐事。

　　教练金志扬：此公长着一副在寻找高仓健的年代颇为抢手的深沉型面孔，起码在屏幕上，笔者从未见他笑过。每逢新闻发布会时，便见他低头沉脸撇嘴咬牙，说话如一粒粒石子从齿缝里往外蹦，其内心之沉重之不甘，可想而知。但据报纸介绍，他似乎在国安队亦有"慈父"的一面，但这"慈父"二字容易使人产生不那么愉快的联想，譬如"慈父领袖"之类。金教头有许多名言。名言之下，便是"国安的实际水平应在五到七名之间"。这句话在国安去年夺亚之后说出，颇令人费解。退一万步说，国安即使真是这种水平，作为一个主教练也不应说这样的话，何况，在甲Ａ十二强之中，国安队的国脚是首屈一指的多，实力也并不见得比甲Ａ的任何一支强队差到哪儿去。去年"打疯了"的时候便是例证。金教头此话的不聪明之处是容易让人产生两种误解：一是一支原本应当五到七名的二流球队，只因教练的战术运用合理，方才得了第二；另一是万一此番角逐拿不到好的名次，教练概不负责。自然，这不过是以小人之心度君子之腹而已。费解之二，是金教头的阵形永远是五三二，永远以不变应万变，这和永远争第一不知是否有什么内在联系。须知，防守反击固然有其可取之处，但在联赛中有这样高的使用率就不正常了。当代足球追求攻守平衡，去年韩国大宇队访华便有队员说：中国足球已经落后了，他们踢的是我们四五年前的阵型……国安固然攻强守弱，却也不妨试试其他打法，大可不必与谁赌气似的"要错就错到底"。费解之三，是金教头的用人换人常常令人胆战心惊，达到立竿见影的效果，譬如客场对广东宏远，韩旭看黎兵看得好好的，不知为何忽然将其换了下去，黎兵立竿见影便进了一个球。又如客场对四川全兴失利完全是教练用人不当所造成，当时国安形势已经十分危急，金指却在赛后的新闻发布会上硬着头皮充好汉，大谈这场球打得还是不错的云云，直到深圳一役之后，他才咆哮如河西狮吼（女人在河东男人想必在河西了），但此时早已大势去矣。费解之四，是金指常常把单纯的一场球提高到意识形态的高度，足球的魅力之一便是因了它的单纯，而金指却颇有把一切单纯的事物复杂化的癖好，把自己心里那些沉重的东西统统排泄给国安队那些单纯的小伙子们，使他们再也"疯"不起来了，这一点对于成败来说，或许是最致命的。

1号符宾：金教头意识形态化的直接受害者。去年的符宾虽不成熟却十分生猛，因为生猛所以神勇，因为神勇，所以被北京的姑娘小伙们奉为英雄。据调查，在北京的中小学生心目中，符宾是第一英雄。然而今年的符宾却判若两人，不但状态常常不对，连长相也快认不出来了。由一个英俊小伙变成了一个半大老头子，其扑救常常带有某种表演的性质，向球迷们展现其身手之矫健，体态之优美，殊不知这些在足球场上是次要的，要紧的是如何扑住球。符宾变化的谜底可以一记者采访他时的回答作为揭晓："……金指导确实教会了我们不少东西。"生猛的符宾一旦变成有着"不少东西"的符宾就沉重得跳不起来了。不是吗?

3号谢朝阳:一个经常犯低级错误而又永远牛气哄哄的球员。这样球员的存在并不奇怪,奇怪的是他永远作为主力阵容被派上场。角球开到他的脚下他如长颈鹿伤风一般,半天才见反应,因不是他之所长,也就罢了。单说他司的主力后卫一职,不是把人看丢了,就是在禁区里犯些低级错误,这些毛病如果没有眼疾谁都会看出来,无论是2号刘建军还是13号吕军在防守方面都比他有办法。金教头却执著地继续自己的排兵布阵,直到做客深圳时谢朝阳犯了那个致命的错误——看漏了陈大英。但是,大势已去,悔之晚矣。

6号魏克兴:国安队里兢兢业业的老大哥。年已三十四岁的魏克兴因有着很强的敬业精神而常常被金指如一枚棋子似的调来调去,位置常常变更。难得的是60年代出生的魏克兴有着60年代被立为楷模的雷锋的钉子精神,不管被金指拧在哪里,他都是一颗永不生锈的螺丝钉。

7号谢峰:国安队里少见的状态稳定、技术一直呈上升趋势的球员。年龄绝不是一切。年届三十的谢峰今后依然会继续上升。如今在国内他长途奔袭的速度首屈一指,在高速奔跑中他的传球准确到位令人惊叹。最难得的是客场对全兴那次,五员大将都因伤病未赴蜀道,令金指捉襟见肘,其时他高烧三十八度仍坚持了全场,表现了职业球员的一种相当高的素质。能感觉到谢峰的性格温和而略带倔强,有很强的自尊心和责任感。主场对八一的那个点球射失,他含泪嘱国安绿茵传真的主持人董路向观众道歉,而在此之后获得的两个点球他都不负众望。尤其是'96甲A的最后一个点球,其时观众情绪已达沸点,可以想见如果射失,谢峰会成为球迷心中第一罪人。很难想象一个患得患失的人会担此重任。当时谢峰出奇地冷静,破网之后也没有露出惯常的微笑,或许是仍然想到对不起球迷吧。

8号曹限东:有中场先生之称的曹限东去年曾威风八面,今年状态虽有所下降,仍不失国脚风范,在最后的几场球中颇有斩获。尽管做客深圳的第二个球被无辜封杀,也并未能阻止他在联赛的最后一场闯入对方禁区制造了一个金子般的点球，用身体制造机会在他来讲是很少见的。他是十分善于用脑子踢球的聪明人，是灵气足球的典型体现者。曹是国安队最成熟的球员之一，不必"教父"指点，他完全可以靠自身调整状态，相信他在1997年联赛中会有上佳表现。

9号王涛：六十六万的转会费压得他喘不过气来，其实大可不必。单就"足协杯"那一粒黄金入球来说，这转会费也值了。否则，"永远争第一"的国安落在了第四，金教头拿什么来撑起面子，给京城的父老乡亲看呢？总算有一个"足协杯"的冠军在远远地给一些若有若无的安慰。何况，王涛的尴尬有一大半都是排兵布阵造成的，王涛与曹限东、魏克兴同时组成中场，不能成为豪华阵容而只能造成中场重叠。这一点，以金指的智力，似应当懂得。让我们祝他在新赛季里能重新抖擞往日雄风，以换回这一年光阴的浪费。

10号杨晨：国安队未来的希望所在，京城万千球迷无可争议的骄子。球迷们对他情有独钟，不仅因为他有拼命三郎的劲头，还因为他长得帅，球场上既拼抢凶狠又气质文静。凶狠绝不等于粗俗，杨晨的脚下从来光明磊落。搏杀津门的两粒入球，爆发出他积蓄已久的杀气，特别是第二粒入球，虽然不甚规范，却是带有创造性的充满生机的杰作。球场上可以看出人格，杨晨的人格如水晶一般透明，不含杂质。关键时刻，他总是不顾个人安危，拼命向前。然而也有忧虑。年轻好学的杨晨会不会也从"教父"那里学一点什么"东西"，使自己沉重起来呢？要知道，生命体验的给予与意识形态化的"东西"是完全不同的，但愿生气勃勃的杨晨不要落入陷阱。

11号高峰：他是整个国安队最难以评说，也是目前状况最为复杂的一个。高峰，曾经是最具有创造性的天才球员，是北京球迷的骄傲。去年的最后一个主场，高峰曾连进两球，引来数万球迷的热烈欢呼，风光占尽，风头出足。今年主场对新西兰那个南美风格的经典性进球，足以与世界一流的球星媲美。依稀感到高峰具有极强的个性，北京话所谓"各色"。但也许正是因为这个他才在球场上与众不同。高峰是那种具有明显弱点的足球才子。对付这种类型的球员，需要执教高手来调理、点拨。申花队徐根宝便是这样的教练。想当初"范大将军"是个虽有天赋但顽劣异常的足球莽夫，经徐根宝调教之后，现在成为国内惟一一个亚洲一流的球员。而高峰的运气就不那么好了。这把著名的快刀在整个96赛季只进了四个球，连奔跑的速度现在也降了下来，仅仅是因为被"OK"撞了一下腰？恐怕不那么简单。个性与创造性是最容易被平庸的教练毁掉的。高峰现在似乎正在处于一种危险的边缘，但愿他不至于被毁掉。

12号胡建平：御林军中惟一的正牌大学毕业生，老而弥坚，为国安进入"足协杯"决赛立下汗马功劳。但能感到这也是他的顶峰了，再往前走，恐怕很难。

15号邓乐军：被称为小诸葛的邓乐军果然长了一脸聪明相。他踢球也确实聪明，似乎与曹限东是同一路数。'96赛季主场对全兴的那一脚非凡的香蕉球令人刮目相看。但因为先天条件的制约，他似乎很难再超越自己，进入腕级球星的行列。

16号李洪政：与邓乐军一样，他也受着先天条件的制约，尽管他拼抢十分凶狠，踢球十分努力。但李洪政在御林军中是不可或缺的，正如在战斗中那些扰乱敌军阵脚的角色是不可或缺的一样。

18号高洪波：有人把他比作中国的罗伯特·巴乔，窃以为然。他与巴乔的确有许多相似之处。心高气傲的徐根宝曾哀叹：就是把申花的年轻球员都加起来也不如一个高洪波。高洪波是国内极少的已经从必然王国走向自由王国的球员。无论从门前抢点、把握机会的能力，还是门前一脚的功夫，都无人能出其右。他永远状态稳定，有冷面杀手之称，看他门前冷静施射绝对是一种享受。从来看不到他做出那些令人难受的动作，他在绿茵场上潇洒自如，纵横捭阖，是天生的球星。今年的联赛他只参加了后半个赛程便进了六个球，可以想见他若是参加全部比赛，射手榜上未必在范大将军之下。他是那种自有一定之规的人，内心很难被他人侵入。所以无论是金指还是别的教头，都不会对他产生太大的影响。但"夕阳无限好，只是近黄昏"，洪波老矣，一旦告别绿茵，北京球迷定将"泪飞顿作倾盆雨"。

20 号南方：与李洪政不同，南方的冲撞，不但扰乱了敌人，也扰乱了自己。20 号南方总像没头苍蝇一样在场上奔跑，犯一些站在越位处使自己的队友进球无效的低级错误。若是让他当前锋，十次有九次他会进入对方制造的越位陷阱之中。有一次，老谋深算的金指不知怎的心血来潮同时起用了他和林德诺这一对难兄难弟，结果是没头没脑不知为了什么地满场奔跑，与中场脱节，瞪着大眼睛把球传给对方，没射中个乌龙球已是万幸，当教头的想必也是打掉了牙往肚子里咽，真正有苦难言。很难设想南方的未来。并不排除他经历艰难磨砺走出来的可能性，但更多的可能是永远做足球场上跑龙套的一介莽夫，跑不动了再去做一个平庸的教练，贻害他人。

21 号林德诺：引进外援中最富有悲剧性的人物。林德诺的出现，颇有"千呼万唤始出来，犹抱琵琶半遮面"的效果，因为在这之前金指反复强调了"宁缺毋滥"，人们对他抱了很高的期望值。谁知刚刚把面纱拿下，疑惑便开始了。但是金教头像往常一样梗着脖子说不。金指反复告知大家林各方面的功夫都是很不错的，惟独现在还未能与国安磨合，于是大家又等，等来等去，依然如故。金指又强调大家应当把球多多传给林德诺。直到主场对济南那一场极其重要的赛事，金指竟然突发奇想地把南方和林德诺同时派上首发阵容做前锋，明眼人一看就知道这场球要玩儿完了。林是个永远进不了球的前锋。客场对全兴时，他甚至怯懦到了不敢接球的地步，连他惟一一次制造的那个点球，也成为本赛季谢峰惟一射失的球。这个地道的倒霉蛋如何被独具慧眼的金教头看中，确实值得研究。而相比之下，被国安放弃的马洛维奇则成了深圳队的中流砥柱。看来真是"便宜没好货，好货不便宜"。

北京球迷是宽容的，但球队特别是主教练不应当宽容自己。'96赛季结束，新一轮的训练很快又要开始，但愿御林军能做一番脱胎换骨的调整，否则"国安永远争第一"就会变成一张永远无法兑现的空头支票。

邂逅迟尚斌

正是京城 7 月暑热难耐的日子，接到中国作协去大连开会的通知。第一个反应就是：大连万达！大连万达这个字眼如酷热中的海浪，掀起一层层的蔚蓝色，令人神清气爽。

但心情是矛盾的，就是在前一天（7 月 13 日），大连万达刚刚以五比一狂胜北京国安，这当然令所有的北京球迷不快。不能不承认，万达在联赛中一骑绝尘，金身不败，的确十分了得；北京国安本想当一回终结者，最后却飞蛾扑火，壮烈牺牲，不能不说是一次悲壮之举。

因此我见到大连市委宣传部部长王会全的第一个要求就是：采访大连万达。王部长说，可能不行，万达可能已经赶赴石家庄训练去了。当时是在大连饭店，薄熙来市长宴请之前。可话音未落，一个人推门而入：健壮结实的身材，稳重谦和的形象，全国球迷都熟悉的那张脸——不是迟尚斌，又是哪个？王部长笑了，"真是有缘。"

既然是缘分，岂肯放过。我也不客气，寒暄过后第一句话就说："您不是一个一比零主义者吗？干吗对我们北京国安这么狠？"他一脸无奈地笑："那你说让我怎么办？"后面的潜台词是："难道让我放水？"我清晰地看到他眼睛里亮晶晶地闪着得意的光，这位以稳健著称的甲 A 金牌教练并不像我想象的那么矜持，他憨厚之中有几分狡黠、稳重背后又有几分孩子气，他是如何把大连万达带成一支王者之师的？一种好奇强烈地攫住了我。

235

翌日，我与祖芬、赵玫结伴去大连万达酒店采访。坐在咖啡厅里，祖芬和赵玫不停地问着关于甲A、关于万达不败、关于队员素质等等话题，迟尚斌就像接受正式采访那样中规中矩地回答。祖芬不时地睁着一对大眼睛悄悄问我："什么叫放水？什么叫补位？……"

　　谈话到了中午，他很客气地请我们到楼上吃饭，祖芬是作家会议的主角，"逃会"时间不能太长，吃完饭就匆匆走了——我注意到迟尚斌一下子松弛下来，就像是老师离开课堂时的调皮学生似的，笑眯眯地说："我给你们讲个故事吧。"接着，在赵玫的不断"诱导"和"启发"下，他讲了在日本的经历、和妻子离异的过程、过去的老国家队、宝贝女儿迟趑……最后他说，送你们一本书吧，我讲的这些事儿，大部分都写在书里。我趁机提出不如搞个足球题材的电视剧——现在体育题材奇缺，他很爽快地答应："目前大连台有人写了一部电视剧，不成熟，可以先请你看看。"我喜出望外：结识了迟尚斌；完成了"深入生活"的任务；又给台里找到一部体育题材的电视剧，真可谓一石三鸟啊。

　　谈话进入高潮，因为十分投机，也就不怕"班门弄斧"了。我连珠炮似的问了一系列问题：关于十强赛，关于国脚的位置，关于小王涛离开国家队的事，关于戚务生这个人，关于范志毅的场上和场下，关于健力宝……我问了一切感兴趣的问题，而他也作了很令人满意的答复，绝不是应付，也绝不是外交辞令，而是实打实的。当问到万达队中他最欣赏的球员时，他明确回答："孙继海。"接着他说："你们听说过上个赛季万达胜全兴之后，四名国脚超时归队受罚的事儿吧，其中也有孙继海，他悔得不得了，哭了好几天。健力宝第二次赴巴西挑中了他，是我没放。"言谈话语之间，透出一种对孙继海的特殊喜爱。但是对于中国球员的总体素质，他认为偏低。他说，有些球员该学的东西太多了，球员不仅要在场上踢球，还要在场下做人。有的人尽管球踢得还过得去，但毛病太多，毛病太多的人国家队也没法用。

　　下午，我们随迟尚斌去了万达足球队的训练基地——同去的还有他的女儿迟趑及小伙伴。迟趑现在美国读书，小姑娘长得很漂亮，在父亲面前很嗲，是万达的铁杆球迷，有意思的是她和邓小平的外孙女羊羊是好朋友，羊羊是北京国安的铁杆球迷，上个赛季万达主场三比一胜国安，跶跶兴高采烈，羊羊却痛苦万分。跶跶想安慰她却不知道怎么开口。好在羊羊除国安之外，最爱的球队就是万达，同样，跶跶除万达之外也是最爱国安。我想，这次在地球的另一边得悉国安的惨败，羊羊又要痛苦了，好在足球是圆的，谁也无法料到就在一周之后，国安主场把甲Ａ劲旅申花队打了个九比一，范大将军泪洒工体的一幕充满了戏剧性，北京球迷在短短两周之内经历了大悲大喜大开大阖呼天抢地痛快淋漓，此是后话暂不提。

一下车，就看到了那支著名的球队。当时他们正在做准备活动。像是神话里的感觉，就是你几乎天天在电视里看到的人，你那么关心、那么寄予厚望的人，一下子近在咫尺，而且在电视里看上去很一般的队服，这时在绿茵场上呈现出真正的本色，那是一种鲜艳的碧蓝色，是大连海浪那种不曾被污染的碧蓝，那种碧蓝色充满质感，漂亮极了，而穿着它们的那些人——鼎鼎大名的国脚张恩华、徐弘、孙继海、郝海东……也显得比电视里年轻得多，他们生气勃勃地站在眼前，向我们投来探询和好奇的目光。

我第一眼就看到万达队中我最欣赏的队员张恩华，他向我微笑，是球迷们熟悉的那种憨憨地笑，我们互致问候。赵玫说："你们显得比电视里年轻。"他又是一笑："在电视里我们跟老头子似的吧？"接着是孙继海，这位年轻的国脚是迟尚斌最钟爱的球员，赵玫问他："你多大了？"他有点羞涩地把头一低："今年满二十了。"我问："你的眼睛好了吗？"他稚气地往眼睛上一指："这不，没问题了。"

训练比赛开始了，他们的对手是支乙级队，上半场只出了替补阵容，下半场才尽遣主力上场，下半场郝海东又是连进三球，重演对北京国安的帽子戏法。当时我们坐在教练席上，迟尚斌看比赛时身体前倾，皱着眉头，和在电视里的神态一模一样。

打完了比赛，迟尚斌为我们作了介绍，和全体队员一起照了张全家福。可是事情并没结束，第二天中午，我们正在金州酒店用餐,《东北之窗》的摄影记者小迟走进来递了个条子,条子上写:迟尚斌在外面等你。

迟尚斌果然坐在外面沙发上,他给我和赵玫每人签了一本书《英雄无语》。并且说好,待9月份国家队集结时北京再见。还谈到作家里的球迷,我说,有一位作家说你最适合做国家队的主教练,他说你身上有一种神秘的瑞祥之气。近期看过《南方周末》的人都知道,这位作家就是江苏的叶兆言。他听后扑哧笑了:"这真是作家的语言,就是不一样。"

然而回来不久,形势突变,由于亚足联的无能,十强赛的场地提交国际足联敲定,整个赛制都变了,而我们的主场定在了大连。

以迟尚斌为原型的七集电视连续剧已经拿到,显然还需要修改。很可能,再见的地点要变成大连了。

大连的金州体育场,很美,草皮很好,而且,透着一种"神秘的瑞祥之气"。但愿这股瑞祥之气能够在十强赛中起作用,但愿大连那股碧蓝色的海浪像在甲A联赛中一样热不可当,横扫西亚如卷席,给我们多灾多难的中国足球带来好运气。

用人之道
——我看中伊之战

　　中伊之战，因受戚务生误导，不少人把败因归咎于范志毅禁区内犯规造成的那个点球。说那个点球是整场比赛的转折点，甚至有人已把范志毅和董礼强相提并论，这种比较，且不论用意何在，八场比赛刚刚赛了一场，就得出如此结论，未免太着急了吧。近读《足球》报，看到阿根廷足球校长阿玛亚胡先生采访录，心中感叹到底还是有明白人说了明白话，心中深以为然。但阿玛老毕竟是阿根廷人，隔山观虎，总要讲一点客气，何况，还有他并不了解的中国国情，还有只有中国才有的复杂的非足球因素。

　　依我陋见，败因有三。

　　一曰教练用人严重失误。关于教练的用人，可从小王涛离开国家队谈起。任何不带偏见的人都应承认，三个高中锋里，小王涛当数最佳。连续四年联赛，小王涛总进球数仅次于范大将军排名第二，何况，他人高马大，就算他比别人慢半拍，也足以使他对于对方后卫造成威胁，更何况他与郝海东配合默契，如果采用一高一快，他俩应是最佳拍档。可是，仅仅因为他与戚务生顶撞了几句，就被拒之于国家队大门之外。而且戚务生还放话说："国家队不是大车店，想来就来，想走就走！"言外之意，就是在他任期内小王涛休想二进宫，这未免太霸道也太可笑了。诚然，戚务生看好的高中锋黎兵颇有五好青年的风范，不但可以不知疲倦地在海埂跑圈儿，还常常能做一些为贫困山区捐款之类的慈善事业。但就是一上场就找不着北，总是充当对方的最佳后卫。苏永舜赛前就提醒了：如果打四五一，那么一是极为重要的。一看首发阵容，找不着北的黎兵成了那个一，心下便觉得大势去矣。

现在让我们细细分析三条线的球员。

正如阿玛老所说，三条线比较而言，我们的后卫线应当算是最好的，但是阿玛老有所不知，我们的后卫线完全可以更好。譬如两个边后卫的使用。孙继海无疑是出色的，但他首先是个出色的右后卫，最浅显的道理是他用右脚踢球，一到传中的时候总是有点别扭，让他客串左后卫，实在是勉为其难了。现在的主力右后卫毛毅军，常被人用中规中矩来形容，试问，他不中规中矩又当如何？毛毅军本不属于那种有天赋的球员，现在的中规中矩，已经是很不易了，又如何能寄希望于他大赛之中，超常发挥？这绝不能怨毛毅军，他已经尽力了，要怨只能怨看中他的教练。试想，如果让孙继海回到他所熟悉的右后卫位置，再急调申花队吴承瑛入队踢左后卫，效果会不会好得多？至于"解放范志毅"的呼声已经响彻云霄了，恐怕只有戚帅一人没有听见。把一个生龙活虎的人禁锢在后场，发挥不出他的弹跳、快速起动和惊人的爆发力，实在是太残酷了。

再说中场。戚务生大概以为，中场聚集了五条汉子便会很强了，殊不知五条汉子中没一个拿得住球的。过去有彭伟国做前腰，还算有个中场核心，彭伟国伤了，彭伟国的第一替补张效瑞又莫名其妙地被微调下去，据说是状态不好。张训练时状态好否不得而知，但据我们看到的在张为数不多的上场时间里，发挥都是较为出色的，特别是被誉为中国队近年来经典之战的中土之战下半场，张效瑞与李金羽的配合曾使我们眼前一亮，那几个漂亮的转身、摆脱，包括角球与任意球的水平，都绝不在彭伟国之下，而曾几何时，因为健力宝世青赛的失利，使之在国人中的声誉一落千丈，在国家队效力的四小天鹅也打蔫了。很少再看到李金羽的门前灵感和灿烂笑容；隋东亮那颇具隐蔽性的传球和射门、张效瑞漂亮的盘带也不见了，李铁则频频横传回传，勇于向前的意识也没了，其实，他们都属于21世纪的希望之星，何必以几场成败论英雄，何况，世青赛失利，到底多少责任该由他们来负，还很难说，我们的教练何必那么势利呢？

四五一，双前腰极为重要。偏偏用了缺乏大赛经验的伤病员于根伟和姚夏。于根伟的确有天赋，但因为严重膝伤，很多动作做不到位，有心无力，而姚夏，更是众所周知的水晶玻璃人儿，锁骨一碰就断，这岂不与戚家军要求的硬朗、强对抗能力背道而驰吗？！

再说前锋。正选前锋郝海东两张黄牌不能上场，说起来，这又是教练的失误，小组最后一场对越南，对郝海东的使用一定要慎重，当时其实已胜券在握，何苦如此作声嘶力竭买空卖空状，真正的大牌教练应如高级棋手，走一看三，而戚务生却常常因为短视而使自己捉襟见肘。郝既上不了，高峰状态又差，对李金羽又不放心，于是只好倚重于模范青年黎兵了，如此想来，倒也顺理成章。

中国足球最根本的症结在于教练，这已是越来越清楚的问题。在毁灭队员天赋这一点看来，以戚务生最甚。说到底，这与中国文化的深层结构有直接关系，中国讲究中庸，所谓木秀于林，风必摧之。而西方更重视个人能力，强调球星的作用。自从当年的林副主席对伟大领袖毛主席冠以天才并最后被毛"讨嫌"之后，"天才"二字在中国已不大有人提了。除非死了，才偶然被人冠以"天才"，譬如作家王小波。

天才绝不等于完美。很多天才球员恰恰是有缺陷的。如果按照我们模范青年的标准，有多少世界级巨星要被淘汰！首先便是马拉多纳，然后会是坎通纳、罗马里奥、斯托伊奇科夫、加斯科因……又想起罗马里奥在巴塞罗那踢球时，与斯托伊奇科夫共同对付教练的故事，他们的教练，正是鼎鼎大名的克鲁伊夫！然而克氏知道他们的价值，他是真正的大牌教练，知道如何发现天才、爱护天才和"修理"天才。我们不是没有过足球天才，当年被评为世界六大希望之星的李华筠，柯达杯时的谢育新，老到踢不动了才进国家队的高洪波，近在眼前的健力宝"四小天鹅"……不都逃脱不了一种冥冥中的悲剧命运吗？！

二曰心理素质问题。戚帅把败因归咎为心理素质差，并津津乐道地对记者说，队员的心理素质差到害怕谈心理的份上，真是这样吗？我不了解国家队如何解决队员的临场心理问题，我只知道西方的球队都配有正宗的心理专家。再有，我总是疑心队员的心理问题是受我们戚主帅的传染：我们主帅那张万古不变的脸的背后，总是充满了焦灼、疑虑、想赢怕输……凡此种种，无一不让人有所感觉，我们隔着屏幕尚有感觉，何况队员乎？伊朗临战前去夜总会，而我们的队员却被圈在房间里，"吾日三省吾身"。读《新民晚报》，知道在卡塔尔时，因为炎热，队员跳进海水里洗澡，正在嬉闹间，忽见戚帅远远走来，一个个都吓得避猫鼠似的溜了，再有，小组赛时，我们的队员小心谨慎地提出来，当我们赢球时，我们的教练能不能为我们鼓鼓掌？写到这里，笔者不能不感到悲哀，彻骨的悲哀。教练与球员的关系如彼，我们还能指望这样的球队有必胜信念，有王者之气吗？！

三曰伤病问题。"轻伤不下火线"大约是我们的传统。但这正是与现代足球背道而驰的观念。国外球队对于队员伤病的重视是我们难以想象的。而我们的观念也自然而然导致了伤病满营的结果。彭伟国髋骨受损是老伤，为什么不早一点治疗呢，1996 年的天才少年于根伟成了 1997 年的伤号，尽管膝伤严重，可他还在参加甲 A 联赛，我真想呼吁有关部门，不要那么短视，那么急功近利，要重视队员的伤病，爱护队员的身体！队员年轻不知利害，可我们的教练并不年轻了。写到这里，笔者又想起一件不该想起的事情：赛前曾有记者问戚务生："彭伟国上不了场会有很大影响吗？"戚帅断然答曰："不会。"当时他已然认为在英格兰苦心演练的四五一胜券在握，中场有五条汉子能拼能抢，何惧一彭伟国不能上场乎？但事实如何，每人心中都有杆秤，笔者就不赘言了。可悲的是，彭伟国在戚帅帐下也有四五年了，戚帅竟对麾下大将的价值全然不知，实在是太可悲了。

以上陋见似乎都与"人"有关，球队是由球员组成的，足球要由球员来踢，这是最简单的道理。

隐患依然存在

中沙之战前半小时我与友人打赌，我说，中国队将以一球小胜，首发阵容中将有徐弘、郝海东、彭伟国，第一球由张恩华打进。友人说我得了热病。但赛后他立即打来电话表示祝贺，并恭维我预测惊人准确云云。但我的预测也有不准确的地方。因为具体的比分我预测为三比二，后两球我预测为郝海东、李金羽各进一球。但是比赛的结果告诉我，我对于前锋的能力还是估计过高了。三场比赛进了四球，只有一球为前锋所进，充分说明了我们的锋线还不够锐利。

中沙之战的阵容令人眼前一亮，偏执的戚帅居然能够从善如流，终于改变了那个隆重推出的法宝四五一，并且一气换了四名队员：毛毅军、李铁、姚夏、黎兵终于不见，取而代之的是徐弘、谢锋、彭伟国、郝海东。

徐弘的复出，他的经验与稳健在场上作用十分重要，明显感到防守有层次了，使范大将军暂时摆脱了被人"人球分过"的尴尬；而彭伟国在中场如定海神针，起码中场能拿得住球了；郝海东在锋线上，以及谢峰的右路进攻也给对方造成很大威胁。应当说，在目前缺兵少将的情况下，这已经是最佳组合了。

然而依我陋见，隐患依然存在。

最大的隐患依然来自两个边后卫。这个担心，早在十强赛开战前就对一位国家队教练组成员讲过。很明显，孙继海是右脚踢球的球员，让他长期客串左后卫，多少有点勉为其难，起码不像他踢右后卫时发挥得那么出色。毛毅军本不属于那种有天赋的球员，如何能寄希望他于大赛之中，超常发挥？这绝不能怨毛毅军，他已经尽力了，要怨只能怨看中他的教练。而谢锋则属于有特点的右后卫，不见得场场都能出奇制胜。试想，如果让孙继海回到他熟悉的右后卫位置，谢峰可作为奇兵出现，再急调申花队吴承瑛入队踢左后卫，效果会不会好得多？吴的速度和身体条件俱佳，助攻极有威力，回防亦很到位，不健忘的人们都会记得亚洲杯时对沙特吴承瑛那个被误判的进球，如果当时那个球判进了，那么整个赛事的历史可能会重写，吴也会成为大功臣。当此关键时刻，我们为什么不能请他重新出山呢？

解放范志毅的呼声早已响彻云霄，恐怕只有戚帅一人没有听见。至于范的位置，有人认为是后腰，有人认为是前腰，我认为，小范最适合的也最能彻底解放他的位置应当是所谓"中场自由人"，这是目前在国际上流行的一个特殊位置，韩国队12号李基珩，以及这次攻入我们两球的伊朗小将马达维基亚，打的都是这个位置。这个位置貌似后腰，但并不固定，经常突然插上，或突然回撤，令人防不胜防，这样的位置对于球员要求很高，但对于范这种体能上佳，激情四溢，头球好，起动快，具有超强的弹跳力与惊人的爆发力的球员来讲，是再合适不过的位置了。这样会大大增强我们的前场攻击力，而现在把范牢牢禁锢在后场，实在是个巨大的浪费，久而久之，范大将军的感觉都出现问题了。

第三个担心是左前卫马明宇，马儿在三场比赛是表现尚可，但也失去了几次势在必进的球，马儿给人的感觉是在关键时刻总是有点儿犯"面"，目前马的替补是隋东亮，但隋在大赛中的表现实在有点不尽如人意，依我之见，不如把申思调了来，这样，左有申思吴承瑛，右有李明孙继海，这两对人选都是各自在俱乐部队中经过长期磨合的，配合当十分默契，这样的搭配，进可两翼齐飞，退可及时回防，为后防起屏障作用，中国队的两翼便牢固得多了。

再说锋线。郝海东是无可争议的第一前锋。而三个高中锋里，任何不带偏见的人都应承认，小王涛当数最佳。连续四年联赛，小王涛总进球数仅次于范大将军排名第二，何况他人高马大，就算比别人慢半拍，也足以使他对于对方后卫造成威胁，更何况他与郝配合默契，如果采用一高一快，他俩应是最佳拍档。如果用双快，那么，在高锋状态不好的前提下，应当考虑用李金羽。人们不会忘记被誉为中国队近年来经典之战的中土之战的下半场，李金羽与张效瑞的配合曾使我们眼前一亮，而李金羽的那个入球，实际上是小组赛中的致胜一球，而曾几何时，由于健力宝世青赛的失利，使之在国人中的声誉一落千丈，在国家队效力的四小天鹅也蔫了。很少再看到李金羽的门前灵感和灿烂笑容了，隋东亮那颇具隐蔽性的传球与射门也没了，李铁则频频横传回传，勇于向前的意识已不见了，而被誉为健力宝中技术最好的张效瑞干脆就被"微调"了下去。其实，他们都是21世纪的希望之星，何必以几场比赛的成败论英雄，何况，世青赛失利，到底有多少责任该由他们来负，还很难说，我们的教练何必那么势利呢？！

被充分肯定的中伊之战前六十分钟，其实是一次无前锋之战，箭头人物黎兵根本不见影，所以最后被人攻进四个球是必然的，锋线不锐利，再好的后防长久暴露在对方火力之下，也难免"百密必有一疏"。不是吗？

所以，按照目前的可能性，我们能够排出的最佳阵容可能是这样的（以四四二为例，可视情况不同而变阵）：

郝海东　　李金羽（小王涛）

彭伟国（刘军）

马明宇（申思）　　李明

范志毅（实为中场自由人）

吴承瑛　　张恩华（盯人中卫）　　孙继海（谢峰）

徐　弘（自由中卫）

区楚良

路漫漫其修远兮，我们绝不能仅因赢了沙特一场而沾沾自喜，注意我们的隐患和可能出现的任何问题，最大限度地发挥队员应有的潜力，学会用人之道，应是戚务生和我们整个国家队教练组的当务之急。

异域思球

正当十强赛鏖战之际，作为中国作家代表团成员，我于10月10日赴捷克访问。球迷们自然都知道那一天是什么日子。飞机途经维也纳的时候，天色早已黑透，从机窗上看去，下面的灯光璀璨，流金溢彩，像一只巨大而贵重的珠宝盒，很美。我盯着我的表，一直坚持着不肯换时差，为的是等到北京时间11点30分那一刻，在维也纳的上空想象科中之战开战的情景。

坐在一旁的肖复兴对我的坐立不安嘲笑不已。同是球迷，他却属于"冷静"甚至"冷淡"的一派，就在出国前几天的《足球》报上，还看到幽默奖栏里有读者评他为"最佳矿泉水奖"，说的就是他那既"冷"且"淡"。此时他笑道："早晚我得写写你们这些女作家球迷，你们这些人就是好肉不疼疼烂肉！……不过你们这几位，哪个也不是省油的灯，要真惹了你们，还不把我给生吞了！"继而看到我要了一小瓶威士忌加巧克力，便又略施小计："你要是能把这一瓶都给喝了，中国队就有戏！"天公作证，恰恰是在11点30分那一刻，我硬是把那瓶威士忌生灌下去了，这对于平时滴酒不沾的我来说，简直如上刑一般。但我硬是喝下去了。肖复兴好气又好笑地摇头长吁："得，我算是服了你了！"

在维也纳机场转机起飞至布拉格，又有两个多小时的时间，算算比赛结果也该出来了，那种滋味真真是焦急难耐。还好，来迎接的人群中有个来自驻捷使馆的秘书小高，我急不可耐地问他："你们在这儿能看到现场直播吗？结果出来了吗？"他笑了："要能看到直播就好了，这儿只能看到中央四台，得等到布拉格时间12点播新闻的时候才能知道结果。"——原来他也是球迷。当时已是当地时间晚上9点，北京时间凌晨3点了，还要等三个小时才知道结果。那一夜，就在等候和换时差当中度过了。好在小高不辱使命，及时将二比一的结果电告，且详细到郝海东高峰虎头豹尾各进一球，我激动不已，暗想刚才那瓶威士忌没有白喝，又只恨看不到现场直播，只好回去看朋友为我录的带子了。

17日，去南斯拉夫（应当说是塞尔维亚），好在中国使馆文化参赞便是球迷（我们的球迷真是遍天下啊），自告奋勇地承担了为我及时通报的任务。第三天，团长王火先生接刘参赞电话，转达朱大使的意思，十分恳切地邀请我们赴使馆作报告。见到刘参赞，我头一句话便问伊中之战的结果，他笑道："作完报告再说吧。"看他那笑眯眯的样子，我立刻产生了错觉，报告作得格外卖力。可待到报告完毕，他却仍是笑眯眯地告诉了我那个灾难性的结果。天呐，可真是做外交官的！我一路愤愤然唠叨回去，颇有一种上当受骗之感。

晚上辗转反侧睡不着觉。只知道结果是四比一，只知道险些剃了光头，只知道那个"一"竟是毛毅军捅进去的。其他什么也不知道。在国内，我要买很多很多的报纸刊物：周一和周四的《足球》，周二的《中国足球报》，周三的《体坛周报》，另外什么《球迷》《足球风》《新民体育报》……月刊《足球世界》《当代体育》，几乎期期不落，加上每周的电视节目：周一的《中国体育报道》、周三的《足球杂志》、周四的《足球之夜》、周五的《体育沙龙》、周日的《周日体育热线》……在有甲A联赛的日子里，还要加上周日的联赛和《国安绿茵传真》、周二的《国安足球报道》，每天的生活都让足球挤得满满的，生活于我，简单地分为了三块：写作、足球，还有旅游。写作令我凝思默想，足球令我热血沸腾，旅游令我心旷神怡，我生命中的这三部分，缺一块也不完整。可是，现在在异域他乡，尽管有着看不尽的风景，却有一道要紧的风景被抹去了，那一道亮丽的风景，它一直在我的生命中，不可或缺，我从没想到过它的缺失会给我带来什么。在那些"足球无消息"的日子里，它成为一种遐想，一种思念，一种异乡异闻美丽风景中的缺憾。

应当感谢刘参赞，是他鼎力相助使我们在回国途中的维也纳机场，办成了过境签证，使我们得以光顾维也纳美丽的金秋。那些哥特式、拜占庭式、洛可可式、巴洛克式的欧洲风情的教堂，茜茜公主当年曾经住过的宫殿，花园墓地中矗立着的莫扎特金像……整个的维也纳就是一曲凝固了的音乐，令人感动更令人倾慕。最妙的是在那个寒冷的晚上，当我们住进使馆招待所，饱餐了一顿"Chinese food"之后，终于在电视里找到中央四台了，终于看到足球消息了。消息说，本轮亚洲区预选赛中国队轮空，之后，于10月31日，中国队将在大连金州体育场主场迎战卡塔尔——10月31日，那正是我回家的日子啊！我一夜未眠，为中国队算分，当时积七分，还有三场比赛，无论怎么算，也还是有机会的，一阵欣喜悄悄涌上心头，有戏，真的有戏，难道上帝对于我们真的很厚爱，在经历了四十年的挫折之后，在本世纪末，真的要圆世纪之梦了么？

1997年10月31日，注定将是我很难忘记的日子。这一天，在去国二十天回家之后，在阔别了中国足球二十天之后，第一次在自己的家里，打开电视机，但中国足球带给我的，竟是欲哭无泪的疼痛！不，我不相信关于中国队是亚洲二流球队的说法，只有二流的教练，没有二流的球队！被视为鱼腩部队的卡塔尔队换教练后三战皆捷便是最好的例子。我更不相信什么"技不如人"，什么"心理素质差"，我同意《新民晚报》记者的说法："这一届球员是近年来最成熟、最有特点、最有经验，也最有希望与亚洲强队抗衡，冲出十强的，他们只是缺少好的引导"；至于什么心理素质差，更是只能说明教练的低能，举个十分简单的例子：所有经过高考的人都应知道，考试前一天要彻底放松不谈考试，而我们的国家队，却哪壶不开提哪壶，据说，十强赛以来，国家队教练组的每个成员都平均与队员谈过三次话，如此重压压在二十几岁的队员身上，让他们心理如何不紧张？动作如何不变形？如何能有创造性的发挥？如何能有想象力的迸发?! 我只相信"临阵易帅"的奇效,只相信几千万球迷雪亮的眼睛。"10·31",与十二年前的"5·19"何其相似,十二年一个轮回,中国足球,你难道永陷轮回的苦海了么?

　　一个人并不怕被石头绊倒,怕的是永远被同一块石头绊倒;一个人并不怕被对手打败,怕的是被自己打败。中国足球,你对得起几千万为你大喜大悲大开大阖为你生为你死的球迷么? 对得起我——一个在异域他乡仍无法忘情于你的人么?

　　看罢了那场比赛,我病倒了。心情恶劣,加上倒时差,我拒绝一切电话,也绝不给任何人打电话,如植物人一般躺在床上,昏睡不已。

有感于中国没有球星

中国队没有球星。

据我之见，天才球星大抵分为两种：一是完美型。如 1982 年世界杯时的苏格拉底，既有医学博士的深沉，又有在当代已十分罕见的古罗马式的男性美，在球场上那种开阔的视野，从容不迫的大将风度，都令人倾倒；又如范·巴斯滕，高贵的气质和炉火纯青的球技都在向人们证明，他是真正的荷兰王储；还有恺撒大帝贝肯鲍尔；法兰西王子普拉蒂尼，天王巨星克鲁伊夫，直到金色轰炸机克林斯曼；斑马精灵皮耶罗；绿茵王子吉格斯；天才杀手希勒；外星人罗纳尔多……

另一种是那些有缺陷的天才。譬如马拉多纳、加斯科因、罗马里奥、斯托伊奇科夫、坎通纳……

天才这个词在我们的国家已经废弃多年。不要说是天才，可怜中国凡有天赋的球星都在一茬茬地消亡：与巴斯滕同列为世界六大希望之星的李华筠；柯达杯时期的谢育新；老得跑不动了才入选国家队的高洪波；直到十强赛中屡犯错误的范大将军；逐渐被弃用的健力宝四小天鹅……

十强赛开赛前曾与迟尚斌有过一次深谈，问及吴承瑛何以不能入选国家队，答曰："脾气各色。"这回答令我吃惊。难道一个年轻球员要在国家队坐稳，凭的不是实力，而是必须学会拍教练和老队员的马屁么？天赋与个性是紧紧相连的，很难想象没有了个性的球员还会有什么天赋，还能成为什么球星。想当初，罗马里奥与斯托伊奇科夫同在巴塞罗那效力时，一个迟到早退，一个出言不逊，合伙对付教练，而他们的教练，正是鼎鼎大名的克鲁伊夫！克鲁伊夫虽然也气得发疯，却深知他们的价值，作为真正的金牌教练，他知道如何发现天才保护天才和"修理"天才，实践证明，正是这两个"捣蛋鬼"在危急关头几度挽救了巴塞罗那，我们的教练，却完全没有克鲁伊夫这样的眼光与气度！

也难怪，中国历来提倡中庸之道，所谓木秀于林风必摧之，"出头的椽子先烂"。进入商业主义神话时代，就更少了敢于第一个吃螃蟹的勇士，但是竞技体育这种勇敢者的项目却不会因此而被取消，于是有聪明人想出绝妙之计：成立一个十一人之多的庞大教练组，荣辱与共，责任均摊，胜了自不必说，败了也可以雄赳赳地总结出十点经验，真是进退自如游刃有余，何其自在乃尔！

只是我们中国特色的足球却被世界潮流越落越远了。正是"沉舟侧畔千帆过，病树前头万木春"。中国足球可以对世界说不，而世界足球也照样可以对我们无情地说："不！"

球迷 ABC

球迷与球星

最近看了一部电影《狂迷》，据说是好莱坞很叫座的新片。大致说一个棒球迷基尔（幸好不是足球迷），为了迷恋棒球，抛妻弃子，又丢了工作（至此尚未突破，不过让人想到中国球迷罗西），但接下去就不一样了，下面的故事情节发展令人匪夷所思：基尔最崇拜的偶像球星、身价七千万美元的波比状态下滑，原来，波比从来队的时候就提出要 11 号，11 对于波比是吉祥号码，而球队却给了他 33 号。现在的 11 号柏莫状态极佳风头出尽，为此波比在公共卫生间里与柏莫发生龃龉，波比一定要柏莫还他 11 号，柏莫不肯，这一切都被正在解手的基尔听到。后来，基尔在棒球热线中向波比表示理解，波比在表示感谢之后随口说了一句："看来，需要基尔找柏莫谈谈。"这句话让基尔充满了使命感，基尔真的找柏莫谈了，柏莫当然不肯，柏莫让基尔看了他文在胳膊上的 11 号，然后把基尔暴打了一顿。基尔一怒之下杀了柏莫，而波比自此之后状态回升达到巅峰，基尔很希望波比能对他说一声谢谢。而一次偶然机会，基尔得知，波比从来就不把球迷放在眼里，"I don't care them"，他说。

基尔暴怒了。原来他为之牺牲了一切的偶像压根儿就没把他当人。基尔惩罚了波比，最后也死于警方的子弹之下。临死时满脸鲜血的基尔还挣扎着说："我不过是想听你说一声谢谢。"

这样的球迷可谓"狂迷"矣。幸好仅仅是个西方的电影故事，生活中既不会有，也是决然不可取的，但从中我们却悟到了一个道理，那就是：全世界的球迷都有共性，全世界的球星也都有共性，尽管确有个案存在，但我们却不能不承认，作为球迷，似乎只能付出，不能索取。未成星之前，明白球迷是自己的衣食父母，可以通过电视传媒满脸堆笑着说："朋友们，给个面子，来看甲A联赛吧！"一旦成星，关系就不那么平等了，不但"don't care them"，而且稍有忤逆，便要大打出手。但是对于打人的惩戒却有不同，飞腿踢球迷的坎通纳得到了严厉的惩罚，而我们的"球星"却只被罚了一千元。谁都知道区区一千元对于甲A球员意味着什么。

毋庸讳言，球星在足球运动中的作用难以估量，一如影迷们看电影要找他们喜爱的影星一样，如果没有球迷们热爱的球星，足球比赛的魅力起码也要减少一半。严格来讲，我们还没有真正意义上的球星，即使有，也是"乡镇企业制造"，真心希望那些有可能成为"星"和自以为"星"的球员，爱护自己的名声，最好搞清楚，你们不"care"球迷与球迷不"care"你们，究竟哪个更重要。

球迷与教练

球迷们的潜意识中个个都想做主教练。什么排兵布阵，什么战术打法，样样门儿清，就差上去踢了。有心人便设计了各种球迷梦幻联赛之类，让球迷们过一把教练瘾。

不过奇怪的是，球迷的眼睛往往真的比教练亮。大概这便是旁观者清，当局者迷吧。十强赛的时候，球迷们干看着中国队一次次得到机会，又一次次落入陷阱，真要急得吐血。可戚务生当时就像中了什么魔法似的，硬是按照他自己的路数一步步走下去。国人们不失善良本性地想："或许他有什么难言之隐？"所以当十强赛结束，大戚表示要将所有辛酸苦辣一吐为快时，传媒立即炒得沸沸扬扬，但结果却是大失所望，于是球迷与媒体，颇有一种被戏弄的感觉。

一位记者朋友是戚务生的哥们儿，曾为大戚的评价问题与笔者发生了激烈的争论，他说，你们真的不了解大戚，他是好人。我说，我相信他是好人，但是好人与好教练，完全是两个概念。雷锋无疑是好人，但是如果让雷锋做国家主席，国家就完了。我并不是对大戚本人有什么偏见，我要说的是，戚务生作为主教练，有很大的局限，这种局限，似乎对于大戚的同代教练，都或多或少地适用。例如国安的金指，自 1995 年接手国安队以来，的确战绩不俗，夺了一次联赛亚军，两次足协杯冠军，还曾创造出"工体不败"的神话，但实事求是地说，金志扬更多地是个精神蛊惑者，听圈内人士讲，金指在布置战术的时候，常写一个巨大的"拼"字，然后画一箭头，再写一"搏"字。诚然，精神力量至关重要，但绝非致胜法宝。倒是更年轻一代的教练如沈祥福与迟尚斌，因为有过做国脚和远赴东洋执教的经历，多少知道一点与国际接轨，似乎更讲究技战术素养与科学训练的方法。国安在今年缺兵少将的情况下战绩不错，团队精神固然重要，更重要的是主教练的技战术运用得当，这是不争的事实。即使只有一点葱花一根咸菜一口肉末一个西红柿，照样能做一碗可口的面条，就看你的厨艺如何了。沈祥福正是用了捉襟见肘的作料，做出了价廉味美的大餐。而最让人敬服的是每每赢球他便表扬队员，亚优杯的零比五，他却一句话担起全部责任。对照十强赛失利后足协官员与主教练对于责任二字的恐惧，实在让人无限感慨。有多少人，正是通过零比五认识了沈祥福，认识了一位好教练的人格魅力，于是多灾多难的球迷们又悄然升起一线希望。且不论国安今年的战绩如何，沈祥福是好教练，却是谁也无法否认的。

沈祥福，祝你好运。

球迷与俱乐部

对于俱乐部，我等草民从来不敢轻易说长道短。何况北京的球迷，一向维护自己的球队与俱乐部，天子脚下的臣民，从来没有反水的习惯，连 1996 年年底二高的转会，北京球迷也在不能挽狂澜于既倒的情况下，无怨无悔忍痛割爱。然而，从 1997 年年底到现在，北京球迷不能不着急上火了：国安一下子走了七员大将，等于走了一个主力阵容，而转来的仅仅是甲 B 球员，当然，还有一位身价一百二十万美元却上不了场的罗曼。以我等凡夫俗子之智力，实在是百思不得其解：俱乐部的葫芦里，究竟卖的什么药？！

最让我等不解的是，据说谢峰曹限东在转会受挫之际，曾有重返国安之意，却被婉拒，一时令京城球迷议论纷纷。笔者拙见：且不说他们至今都是甲 A 中脚法技术一流的佼佼者，即使是他们老了，踢不动了，也都是为国安立下汗马功劳且在球迷心中分量极重的老臣，他们的技术与经验都会是国安队的宝贵财富，何必如此短视，做出这等令人心寒之举？在球迷的强大压力之下，总算在五一前解决了国安的后备力量问题，但是新人出现最早也要在甲 A 赛程过半之时，我们可以试想，假如不是有个有水平敢顶压力的国安教练组，那么俱乐部的这种运作冒的风险也太大了！

诚然，我们被告知，俱乐部有自己的长远考虑，按照三四年一更新的规律，借此机会更新。但更新是渐变而绝非突变过程，像这样的大撒把，实在是让球迷捏了一把冷汗，最后俱乐部也作法自毙：连一个完整的阵容也无法交给主教练。试想，如果今年有谢曹邓等助阵，加上沈祥福的指挥，说不定真和万达有一拼呢！我想这绝非痴人说梦。

俱乐部的战略头脑与科学经营是保证球市不衰的要素，望官员们以此为诫，球迷们的承受力是有限的，虽说是爱之深责之切，但着急上火打摆子的一幕，不健忘的人们大概再也不愿意重演了！

法兰西决赛：？VS？

尽管预测胜负总让人感到有点儿蠢，譬如球王贝利，屡说屡错还要屡错屡说。说错了，自然免不了受人嘲笑，说对了，有时也要被人骂为是乌鸦嘴，但即使如此，也很难使人摆脱预测的诱惑，其实这正是足球的魅力所在，因为每场比赛都是具有巨大悬念的戏剧，每一瞬间都令人难以逆料，每一细节都可能改变最后的结果。

不知为什么，我对于巴西队的卫冕一直不持乐观态度。在RO—RO组合尚存的时候，我想巴西队可能进入决赛但最终功亏一篑，而独狼罗马里奥的黯然离去令我推翻了原先的预测，尽管老扎加洛做出一副舍我其谁的样子，在开幕式上桑巴又险胜了风笛，但人们无法不怀疑缺少了独狼的锋线是否还够得上犀利，加上儒尼尼奥的落选，莱昂纳多的状态不佳，巴西的中场自然也受到一定影响，锋线上贝贝托老态毕现，外星人罗纳尔多即使三头六臂，失去了黄金组合也孤掌难鸣。昨晚首场巴西中前场的球星们虽然有非常华丽的个人技巧与小范围配合，最终进球的却是两名后卫，似乎很能说明一定问题。

如果从不带任何感情色彩的纯理性出发，我猜想进入决赛的可能是德国与意大利或英格兰中的一队，作为理性足球的王国，德国队也问题多多：譬如总体老化。金色轰炸机克林斯曼巅峰期已过，无论他与队内老冤家马特乌斯如何以国家利益为重勉强携手，也很难再现昔日风采；比埃霍夫虽然仍在射手榜上名列前茅，毕竟已是年过三十的老臣。但是，不能不承认，德国队后防固若金汤，具有世界级的门将科普克，优秀的后卫托恩、科勒尔与沃恩斯；有穆勒坐镇的中场也能与巴西平分秋色，而比埃霍夫与基尔斯滕的锋线组合也令人头痛。最重要的，恐怕还是日耳曼民族那种咬紧牙关血战到底的顽强斗志，那是令世界任何一支球队望而生畏的。

如果抛开理性分析，我最希望的，或者说最企盼的，是意大利与英格兰在决赛中的对阵，那是年轻人的对阵，是足球王储与王子的对阵，是激情与浪漫，狂飙与烈火的对阵。那是不但赏心悦目，还充满悬念与刺激的全新戏剧。意大利的皮耶罗与英扎吉，是最令我心仪的一对锋线搭档，英扎吉的最终入选令我长舒了一口气——这是在舍弃了佐拉和基耶萨之后做出的决定，老马尔蒂尼果然独具法眼。自然，英扎吉很可能是作为维耶里的替补上场。而英格兰的射门机器希勒、绿茵王子贝克汉姆的即兴表演，将更加富于想象与创造，令亿万球迷大饱眼福，如醉如痴。无论是多么的不可能，我希望的决赛，就在意大利与英格兰之间进行，我想，如果它们其中一方的中场能够有法国齐达内式的大牌球星，将会更加完美。当然，足球中是没有"如果"二字的。

上帝保佑意大利

意大利是我最钟爱的球队之一。大约是因为常常看意甲的缘故，有几位王牌球星总是在我脑海里挥之不去：斑马王子皮耶罗，快刀精灵英扎吉，悲情天王巴乔，当然也包括已转会西甲的铁甲杀手维耶里。这些顶尖好手都被老马尔蒂尼召至国家队中，自然要引起我对于意大利的特别关注。

然而意大利却总是让人提心吊胆。老牌劲旅加上无法掩饰的贵族气，使这支球星荟萃的球队总是慢热，老马尔蒂尼的保守战术，又常令大牌球星们"茶壶里装饺子——有东西倒不出来"，往往是实力占优场面却并不占优，这实在令意大利的球迷们扼腕。

但意大利的运气却是出奇的好。早在1982年世界杯上，由苏格拉底、济科、法尔考组成的巴西队达到了艺术足球的巅峰，而正在巴西被球迷与媒体看好之时，运气绝佳的意大利却依仗金童罗西的入球淘汰了巴西，那一届世界杯得主最终是意大利。上届美国世界杯，意大利又故伎重演，小组一场未胜，磕磕绊绊地进入了十六强。然而一旦小组出线，便如出笼飞鸟，一飞冲天。最后若非巴乔和巴雷西的点球射失，大力神杯便会再次落入亚平宁英雄手中。而本次世界杯意大利人更是上来便让球迷们胆战心惊，整场比赛如同梦游一般，虽然维埃里率先入球，但接下来智利萨拉斯的两记入球并没能把意大利人从梦中唤醒，时间在一秒一秒地消逝，场外老马尔蒂尼的白发在大雨中滴着水，即使大雨也无法浇灭老马尔蒂尼的如焚心火。就在这时，奇迹发生了：巴乔一记传中打在对方球员手上，生得如同 007 影片中的日本杀手一般的尼日尔裁判毫不犹豫地指向点球。

天呐，我想那一刻全世界的意国球迷都屏住了呼吸！老马尔蒂尼背过身去，热爱巴乔的女球迷都闭上了眼睛，我还算是意志坚强，硬是睁大眼睛看着巴乔罚中了那个点球，那个球其实很悬，对方守门员判断准确，手指尖已然触到了球，但是没能阻挡住球飞入网窝——那种力量确实无法阻挡，那是冥冥中一种不可知的力量！那就是上帝，是意大利与全世界热爱意大利的球迷的上帝！

上帝保佑意大利！

裁判杀死了英格兰

　　7月1日凌晨5点45分，随着巴蒂的最后一脚点球射失，我的心也沉入了深渊——我的第一个念头就是要写一篇文章，叫作《裁判杀死了英格兰》！

　　甚至怀疑是FIFA与裁判联手做套谋杀英格兰。不是吗？下半场开场不到两分钟，阿根廷的西蒙尼从身后推翻贝克汉姆，并粗暴地挤压他的背部，贝克汉姆毕竟只是二十三岁的年轻人，气愤难耐中只是有一个毫无危险的报复动作，后者却就势倒地——连意大利人也看不下去，与西蒙尼同在国际米兰踢球的帕柳卡说："我很了解西蒙尼，他就是在假装演戏，尼尔森犯了一系列大错，还不仅仅是罚下贝克汉姆。"卡内瓦罗也说："看着西蒙尼演戏真是难受，但是把局面搅乱的是裁判，他应当各出示一张黄牌。"而荷兰老牌球星干脆就说："应当吃红牌的是西蒙尼！"

　　但是对于丹麦长脖鹿裁判尼尔森来说，戏还刚刚开演。接下来他又判坎贝尔一粒"干净得像水晶一样的进球"（荷兰球星语）无效；而加时赛不到两分钟，希勒在对方禁区冲顶时，阿根廷3号查莫特竟用手将球打了出去，这是个极其明显的故意手球，应当判点球的，按照金球制胜法，足以让阿根廷打道回府，而尼尔森却视而不见，连个间接任意球都没判。看到这里我只觉一股凉气攻心：原来天涯处处有黑哨！

　　尼尔森的执法引起了强烈的义愤：福格茨毫不含糊地说，让英格兰出局是耻辱。俄通社——塔斯社认为，英格兰的提前出局导致了世界杯的贬值。……就连阿根廷的《体育日报》也认为：尼尔森犯下了一系列不可饶恕的错误，包括两个根本不该判的点球，贝克汉姆的红牌，加时赛的故意手球，以及坎贝尔的进球无效。这家报纸给尼尔森打了个零分。而另一家报纸得出结论：他（尼尔森）不应在本届世界杯赛中再得到一次执法机会了。

　　裁判杀死了英格兰！英格兰本想拥抱朝阳的年轻生命殒落在98法兰西赛场如血的残阳中。那一刻，全世界的球迷都为之心碎。当我们看到巴蒂射失点球后悲痛欲绝的表情的时候，绿茵杀手希勒带着大将风度的宽容神态的时候，中场天才贝克汉姆被红牌罚下却毫不辩解地保持大不列颠人的高贵的时候，星光四射的天才少年欧文含泪凝视的时候，英格兰的国旗在风中慢慢地飘……于是，世界杯最震撼人心的一幕诞生了：那是世俗胜利绝对无法换取的古希腊悲剧式的荡魂摄魄的美，那是本世纪最后一曲美丽的挽歌……

伊甸之光（代跋）

——徐小斌访谈录

贺桂梅　徐小斌

　　徐小斌在当代文坛似乎始终保持着一种"局外人"的姿态。她以诡谲的想象力、超拔的智性与敏锐的感受力长久地构造着一个个由神秘的文化符码筑成的"别处"：从一个精神病患者眼中的世界，海火，到敦煌，中缅边境的佤寨，蓝毗尼城，我们从中读到的是体察社会历史文明与人性深层悲哀的别一种视角，她的小说如同美丽的珊瑚触角，向我们展示了当代写作"无限的多样性与可能性"。她心爱的人物，则是具有透视人类灵魂的通灵性，勘破世情、揭示本真的"永远的精神流浪者"。他们的存在隐隐地构成与现代文明社会的紧张的对峙关系。对于徐小斌而言，写作既是一种"以血代墨"的生命需求，同时也是一次次以文化密码编织的智性游戏，她的小说由此成为智性与诗情、科学与神秘、象征与隐喻、回旋与变异、玄奥的形而上空间与深刻的女性经验等交织在一起的叙述怪圈和迷宫；犹如埃舍尔的绘画与巴赫的音乐，总是在不知不觉中由异域回到当下，由神秘转入现实，又从现实过渡到更高层次的未知。

　　徐小斌是具有自觉的女性意识的作家，在历史与现实经纬交织之处，她大大加强了女性文学的深度与广度。在想象力普遍匮乏的当下，徐小斌的小说以她遗世独立的姿态成为"梦想的诗学"。（法加斯东·巴什拉）。如果巴赫金关于中心话语意识形态神话将在世纪末破产的预言成为现实，那么另一种神话——神秘中心话语将应运而生，它将穿越世界，走向深刻的终结，在不可知的语言极地，昭示着不断更新的自由降临——这正是徐小斌向我们展示的世界，在90年代世俗与超越，拜金狂潮与人文情愫，众声喧哗与"天籁之音"的冲突与对峙中，"徐小斌现象"值得我们足够的重视与研究——她弥足珍贵。

贺：你是比较早开始创作的，1981年就发表作品了。有你这样创作年龄的作家一般都和社会语境结合得比较密切，但你的创作却始终和社会语境以及大家普遍关注的话题离得比较远，这样也很大程度地影响了你被文坛与社会的关注。我想请你就此谈谈你的创作情况。

徐：有一位批评家认为我的小说是"写作在别处"，我比较认同。作品有各式各样的分类法，从某种意义来讲，我的作品大概有两类：一种是迷宫式、寓言式的写作，如《密钥的故事》《迷幻花园》《蓝毗尼城》《蜂后》等等，这类写作对我来讲是一种智力的挑战，让我迷恋；而从《河两岸是生命之树》《对一个精神病患者的调查》《末日的阳光》到《双鱼星座》《羽蛇》，则构成我的生命轨迹，可以从中窥见一个生命过程中深度的伤痛与隐秘，写这类作品是生命的需求，它是一种感官的写作，身体的写作，很疼痛，伤筋动骨。我很欣赏美国著名女性主义者苏珊·格巴的说法，她说"女性艺术家体验死（自我，身体）而后生（作品）的时刻也正是她们以血作墨的时刻"。"以血作墨"实在是对女性写作的一个准确的界定，比所谓"个人化"要准确得多了。你知道，在一个人迷恋于"以血作墨"的时候，他是不大在乎外部对他的关注程度的。

贺：我读你1983年写的《河两岸是生命之树》感到吃惊。因为在1985年以前，吸引人们注意力的那些作品，往往把所有问题的解决都寄希望于社会问题的解决；对人的心理和情感的体验都带有一点夸张、漫画式的色彩。但在你的作品中，一开始就能开掘人的心灵深度达到那样的层次，具有浓郁的激情，这种激情只是在《晚霞消失的时候》这样的我们称之为具有"贵族气"的作品中才有。可以说你一开始写作就显得比较成熟。那么小说写作的语言、形式以及小说本身的一些常识和经验，还有作家找到的那种能与本人的气质契合的叙述方式，你是如何获得的？

徐：这里面可能有比较复杂的原因，可能跟我的童年经验和一些后天经历有关。小时候我曾经是个很自闭的孩子，对成人世界有一种莫名的恐惧和格格不入，好像始终生活在内心世界，以至外部世界的记忆变得支离破碎，尽管我也做过知青的尾巴，干过最苦的活儿，但并没有留下太多那个时代的痕迹，就像"没活过"似的。但是痛苦、恐惧与孤独在一个敏感的孩子那里必然会积郁成一种巨大的激情，在适当的时候寻找宣泄的渠道。写作当然是最佳渠道，因为起码是合法的。（笑）另外，可能启蒙得比较早也有关系。记得很小的时候父亲给我讲了大量的童话，印象最深的就是"海的女儿"。早期教育的确非同凡响，"海的女儿情结"几乎影响了我的一生。还有《红楼梦》。九岁开始读《红楼梦》，初衷是为了偷尝禁果，后来就看入迷了，看成了神经衰弱，差点儿休学。那时狂热地喜欢看小说。特别在"文革"中，人们都风起云涌闹革命的时候，我却偷偷地看各种各样的"禁书"，《前夜》《怎么办》《牛虻》《被侮辱与被损害的》《红与黑》等等就是在那时读的，这些书又使我有了一种"十二月革命党人情结"，（笑）后来又迷上了梅里美和茨威格。但是，这一切与当时的社会主旋律形成尖锐的对立和反差，这种对立与反差对一个正在跨越童年门槛走向少年的孩子来讲，是一种极大的刺激和诱惑，也形成了一种心理生理上的撕裂，这种撕裂很容易让一个孩子生出"反骨"。事实也是这样，我一直习惯于"逆向思维"，喜欢找出"别一种"思维方式来看待约定俗成的东西，这样的结果使我在现实生活中常常倒霉，却对创作大有裨益。当然，最重要的还是我自己的一些情感经历和生命体验，它使我想起达利的一幅画：海水像薄纱一般可以揭起来，"被剥离的海水有如被提纯的经验一般鲜血淋漓"。《末日的阳光》可以说是我最早的"被提纯的经验"。它写了一个女孩在时代的喧嚣中固守自己内心的一种美丽的不谐和音,那时我甚至有一种古怪的想法:纯粹的爱情不能是两个人的爱情,只有当爱情成为一个人的爱情时,爱情本身才能纯粹和完整。就像茨威格《一个陌生女人的来信》,那个女人用整整一生的时间来爱一个男人,而当她弥留之际才把这一切告诉他,男人拼命回忆,却只是捕捉到了一点零星的影像,以及隐隐的遥远的乐声。这种唯美倾向在我早期作品中比比皆是,在《请收下这束鲜花》和《河两岸是生命之树》中达到了极致。

贺:我觉得《对一个精神病患者的调查》写得成熟冷峻,而且和《河两岸是生命之树》有较大的差别。撇开当时的社会语境而表现一种至少对当时的人们来说很独特的东西,需要一种很强的勇气和自信。

徐:那时候经常有一些问题在困扰我。譬如关于生命,照我那时的看法,归根到底人只有两种活法,一种是屈从于外部的强力与诱惑,放弃自由出卖灵魂,换得世俗意义的幸福,而另一种是对抗,是绝不放弃,这样可能牺牲太大,但是这样的生命或爱情可以爆发出瞬间的辉煌,这样的生命注定短暂,但却真实,它的质地与密度无与伦比,这样的人可以说他真正活过了。但是我们有多少人敢说自己真正活过了?我们大概早已忘了我们的第一句谎言,第一次违心的认同,第一句言不由衷的赞美……我们常常被一种看不见的外力左右着,因循着一种既定的轨迹兜圈子,内心自由常常在不知不觉中被扼杀,这太让人痛心了。当然,在适者生存的前提下,任何物种都要学会保护自己,或曰:学会伪装和欺骗,人类为自己涂的保护色就像鮟鱇鱼的花纹或者杜鹃的腹语术一样。但总有些人不愿认同那条既定的轨迹,譬如我小说中的景焕,一个被世俗视为精神病患者的少女,她拼命挣脱,想获得常轨之外的尝试,挣脱的结果是落入冰河——然而上天给了她补偿,就在她落入冰河的瞬间,她看见了弧光——那象征着全部生命意义的美丽和辉煌。这篇小说原名就叫《弧光》。景焕当然不是理想人物,她究竟有没有精神病更不重要,我宁愿读者把作品看成一个童话或者不定式。同样的隐喻也出现在 1987 年写的第一部长篇《海火》中。海生物在交配时呈现出最美丽明亮的色彩和形态，在所有条件都具备的时候，可以形成一种罕见的非常壮丽的"海火"景观，但这只有短短的一瞬，然后，海生物们便都"悲壮"地死去了。海火过后整个海面都是死去的浮游生物。当然这是一种显而易见的隐喻。所以当郗小雪和方达相携走向海的时候，海火出现了。

贺：我觉得你的写作大概可以分两个阶段：1981 年到 1988 年左右，是第一个阶段；而从 1993 年《敦煌遗梦》《末日的阳光》到你刚刚完成的《羽蛇》是第二阶段，这时你的创作越来越明确到自己的写作要求。比如说《海火》中的郗小雪，一半是自然人，但另一半让人感觉像海妖；而到了 90 年代人物精神比较纯粹，尤其是《羽蛇》中的羽，简直就成了一个生命之神。是不是在你的创作中有一个慢慢的自我发现和展开的过程？

徐：好像是这样。《海火》中的郗小雪和方菁，貌似两极，实际上我是把她们作为一个人的两种形态来写的。小说结尾点了一下，方菁在半梦半醒中听见郗小雪对她说："我是你的幻影，是从你心灵铁窗里越狱逃跑的囚徒。"但是几乎所有的人都更认同郗的形象，这充分证明了"恶的魅力"。郗小雪，一个因爱情而出生的私生女，一个在爱与恨，阴暗与猜忌，谋杀与复活的纠织中成长的孩子，一个因深味辛酸而变得玩世不恭的现代嬉皮，一个以美艳与才情征服世界，以摆布愚弄他人为乐事的骄横女王，甚至一个半人半巫的美丽海妖，她的出现是我创作中一次重要的转折，是对我唯美倾向的第一次颠覆，因此值得纪念。黑格尔认为狮身人面的斯芬克斯象征了人类灵魂已经挣脱自然，而肉体却仍受自然束缚的两难境地，但是在郗小雪这里，一切都颠倒了。郗对于方菁们是绝对的诱惑。方菁先是趋避，然后倾倒，最终迷恋，方菁的情态似乎也代表了我的审美品位的某种变异，或者说是拓宽。

贺：我好像记得你说过对于郗小雪、安小桃这样的人有一种"迷恋"？

徐：对，我迷恋是因为知道自己永远不可企及。（笑）

贺：有了方菁这样的人，小说可以和 1987 年当时人们的社会道德认知和常识接上去。

徐：对。方菁是个常数，而郗小雪是个变数。方菁作为小说的叙述人，只能采取一种"佯谬"的态度，仿佛是面镜子，能给每个过路人留下清晰的投影。那时还是考虑读者。后来写作就越来越不考虑读者了，就像你说的第二阶段。实际上我的几篇小说都写得很早了。比如《对一个精神病患者的调查》是 1982—1983 年写的，写完就搁下了，1985 年才发在《北京文学》上。《末日的阳光》放得时间更长，1987—1988 年就写了，1993 年才发出来。至于《羽蛇》，构思开始于 1995 年年初，甚至更早。这是我很早就梦寐以求想写出来的书。它的进步之一在于，郗小雪式的人物在小说里变成了常数。（笑）《羽蛇》当然是我的精神化人物的延伸，但是她已经变得面目全非了，这大概就是你说的自我发现的过程吧。这样的小说可以更加复杂、多义、混沌，因此也更容易抹去虚幻与现实相接的所有痕迹，使它们浑然一体，从另一方面来看，它们又可以向无数个方位展开，展示多样性与可能性，就像珊瑚或者什么海生物的触角似的。

贺：你居然那么早就写出了《对一个精神病患者的调查》！好像有两种作家，一种是一开始比较幼稚，通过不断的练习和学习，越来越成熟；另一种是一出手就比较成熟，很有才气。我觉得你属于第二种。我很想知道你在开始创作之前的一些经历。

徐：在《羽蛇》中讲到羽有一种转世再生的本领的时候，提到一个词叫作"前世记忆"。这并不神秘。有很多孩子都有前世记忆。譬如达利的童年，荣格的童年。不幸的童年使敏感的孩子产生自闭，自闭会使孩子通向自己心灵的秘密世界，而孩子初入人世未染浊气，灵性尚存，这时的孩子最容易接近神祇。就像郗小雪似的，与自己心里的神对话，或者像羽，常常在不经意的时候，听到一种神谕般的耳语。这样的孩子长大了，最适合写作，或者搞艺术。像达利，竟然能记得他在子宫中的生活，他确切地写出了子宫的质地和色彩。有谁看到达利的画不怀疑他是在另一个世界获取的灵感呢？后来许多类似的事情使他把发生过和不曾发生过的记忆，混在了一起，这大概就是超现实主义绘画的缘起吧。还有荣格，很小的时候就做一些极其神秘可怕的梦，譬如梦见黄金宝座上的巨大生殖器，还有上帝本人蹲在教堂尖顶上大便，把彩绘玻璃崩得支离破碎。这对于一个在西方宗教文化背景下生长的孩子是多么恐怖啊！这意味着他的精神支点可能在瞬间被打得粉碎，他可能变得什么都不是。那么小的孩子就被迫直面上帝，回答如此恐惧的问题绝对不可思议，但是荣格回答出来了。他断定，是上帝本人让他有这种幻想的，就像上帝希望亚当夏娃犯罪一样，尽管他命令过他们不要犯罪。我想荣格那些千奇百怪的梦境，就是一种前世记忆。……至于我自己，我不想谈得太多，但是在童年经历中，确实发生了一些神秘的、迄今都不可解的事情，也包括梦。这些经历的确滋养了我的写作。不过我觉得虚幻与真实其实离得并不那么远，也可以说是一回事。同一件事，可能我眼里的真实就是你眼里的虚幻，就像《罗生门》那样：世界上本无真相，每个人眼中都有自己的真相。

贺：谈到"前世记忆"和童年经验，我觉得你的新作《羽蛇》写得比较充分，其中羽的神秘记忆和童年生活构成了羽一生的灵性的源泉。在你前期的作品中你对童年神秘记忆保持一种神秘主义的态度，但是现在我越来越发现你试图给这种神秘的体验寻找一种历史文化的延续性。在你的小说《羽蛇》中似乎把这种通灵性的童年记忆理解为一种与远古的母系文明有内在延续性的东西。现在我们所处的可以说是一个解构神话的年代，而你的叙事却是一种神话式叙事。你这么长时间来坚持表现一种神秘但又充满了生命激情的东西，这是不是包含着你某种独特的文化理解？

徐：人类为什么失乐园，到现在还是一个谜。按照刚才我说的荣格的理解，上帝绝对是个阴险的老人，是他一手导演了人类原罪的悲剧，而女性的祖先夏娃是悲剧的最大牺牲者。但我现在不想谈西方人的上帝，《圣经》是希伯来的男人写的。我想说的是东方神秘主义的起源，或者说，是人类世界共有的神话原型。这些来自民间的传说，才是真正具有生命力的："阳离焉死——大鸟何鸣"，阳离即太阳神鸟，而神鸟常栖神木之上，《楚十二神帛书》有三头人像，象征太阳神、太阳神鸟、太阳神树三位一体，还有"羽蛇"，它的形态就是神鸟与神蛇缠绕在生命树的十字架上，它是远古的神灵，却是阴性的，是远古母系文明的象征物。羽蛇为人类取火，投身火中，粉身碎骨，化为星辰。在古墨西哥、秘鲁、波利尼西亚、蒙古、帕劳群岛以及玛雅文化中都有类似的传说，构成了整个太平洋古文化的重要图式。现在你肯定明白我书中那些女人的名字了：羽蛇、金乌、若木、玄溟……那些来自远古的太阳与海洋，与女性本身一样源远流长，生生不息，具有转世再生的顽强。这当然可以构成一种文化象征，但问题是这种顽强既有悲剧的美感，又有非常可怕的一面。这并不是什么神话式叙事，而是借助神话来揭示现实中残酷的关系，这本身就是在解构神话。我写的是母系家族的五代女人，每一代的脱胎与蜕变都惊心动魄。我用了很重的笔墨来写母女关系，当然主要是羽和若木的关系，又有若木和玄溟的关系，亚丹与孟静的关系……慈母爱女的图画很让人怀疑。只有金乌，因为没见过母亲，才把母亲想象成绝美的象征。母亲这一概念因为过于神圣而显得虚伪。实际上我写了母女之间一种真实的对峙关系，母女说到底是一对自我相关自我复制的矛盾体，在生存与死亡的严峻现实面前，她们其实有一种自己也无法正视的极为隐蔽的相互仇恨。广义地说，有些女人具有"母亲情结"，而另一些女人具有"女儿情结"，前者有一种权力欲，喜欢控制他人，而后者则是永远的女孩。"母爱"可以毁掉女儿的青春、心智与爱情，因为"永恒的母亲"已经成为正确的象征，在彻底毁掉女儿之后在公众面前赢得掌声，因为她的原意是要使女儿永远成为一个"正常人"，这的确是一种滴着血的残酷，这种残酷还在于，它表面上是以"女儿"获得幸福为前提的。

贺：你的作品有非常丰富的自然科学以及文学之外的知识，而与一些作家经常提到的世界性经典的渊源关系和互文本关系并不密切。对你的写作形成很大影响的并不是去学习或模仿一些文学经典，而与一些来自自然科学和文学之外的知识有密切关系；这在当代作家中是非常独特的。

徐：当代作家面临的重要问题之一就是知识结构的不断更新。维纳说得对，人类社会与蚂蚁社会的最大区别，在于后者以遗传模式为基础，而前者则是学习与创造。学习与创造为人类带来无限的多样性与可能性。我读书很杂，什么哲学、心理学、宗教、美学、社会学、博弈论等等都喜欢看。对自然科学尤其感兴趣。我想作家绝对不能和自然科学绝缘，否则就会受到很大的局限。20 世纪正是由于物理学的革命引起了哲学的革命，而哲学的革命才引起了心理学与文学的革命。这种多米诺骨牌式的连锁反应提醒我们，作为作家，要明白文学本身在整个社会历史文化格局中所处的位置，这样可以使我们的眼光和思路更广阔一些，也更容易寻找到所谓人类共通的东西。前不久我看了一部美国新片《妮尔》，说的是一个白痴女孩的故事，朱迪·福斯特主演，挺棒的。但是让我震惊的是这部片子有很多想法都和我的《对一个精神病患者的调查》一致。但我的小说是 1985 年发的，而这个电影是 1997 年的。惟一的解释只能是"人类是相通的"。（笑）我想说的是，我们完全可以跨越意识形态的局限，拓宽文学创作的深度与广度。当然我也有很喜欢的作家，比如罗伯-格里耶、三岛由纪夫、博尔赫斯、马尔克斯、卡尔维诺等。但对我最有启示的往往不是文学作品本身。比如《羽蛇》，正是从物理学的耗散结构中得到启发，找到了切入点。我觉得用凝聚扩散来形容母系家族的血缘关系太贴切了。这种美丽的树形结构，很明确地象征我的小说中每一个人物的轨迹与终极命运。

贺：我有一个看法，觉得《缅甸玉》写的阿韵、三梅和何顺的故事有点程式化，如果不是这么处理小说的故事，小说包含的内容会更复杂一些。这可能就是叙事形式和处理对象的关系问题。但你的《敦煌遗梦》和《羽蛇》，形式和内容却达到了非常好的协调关系。一方面是宗教中有关人生际遇离合的象征性故事或血缘关系的终极思考；另一方面是有关现实经验的故事，这两方面契合得非常好。我觉得在这儿也可以看到你所喜爱的埃舍尔和巴赫的影子：现代的经验故事和神秘原始的文化象征，让人看不到痕迹地组合在一起，互相转化。我觉得你是很会处理神秘意象的小说家，因为你不仅能把这种神秘描述得触手可及，而且能把它和现实经验结合起来，并融化到小说的形式中。另外，在你的作品中还缠绕着很多非常对立但又奇妙地融合在一起的东西，比如古代／现代、象征／叙事、前世／今生等。你是不是对这些方面有过一些自己的考虑？

　　徐：从《海火》开始，我就在做一种实验，就是把最虚幻的形而上空间与最现实的符码结合起来。这种处理确实很有难度。过去我一直把文学大师们分为两大类，一是托尔斯泰、巴尔扎克等社会型作家，另一是陀斯妥耶夫斯基、普鲁斯特、卡夫卡等"内省型"作家，相比之下我当然更喜欢后者，因为后者与生命本质艺术本体更接近。但是我注意到一个令人恐惧的现象，那就是，后者的最终命运几乎都与病态、疯狂或自杀有关，他们在劫难逃。我觉得，自己的秘密世界有如一面魔镜，它好像是真实的，但每一个细节都不真实。人在面对自己、自以为达到至善至美的时候，其实是在制造一种骗局。走入那面魔镜是自欺欺人的开端，可怕的是，通往魔镜的道路有去无回。萨特说，他人即地狱，那么我要说，个人即魔鬼。这大概就是后一类作家非疯即死的答案吧。但是我发现在地狱与魔鬼中还有第三条道路。譬如我刚才说的达利与荣格，毕加索，博尔赫斯与一些拉美作家，他们穿越了时间与空间、虚构与现实、上帝与魔鬼、此岸与彼岸的界限，达到了一种出世与入世的自由转换，这样，他们就可以把渴望自由与逃避自由这两种人类需求的主动权把握在自己手中，这种境界非常令人羡慕。打破界限之后，就可以把貌似对立的两极融合在一起，就像埃舍尔的画，一对僧侣上楼，另一对僧侣下楼，但是你忽然发现上下楼的僧侣实际上是同一队人。又像巴赫《音乐的奉献》，巴赫利用"无限升高的卡农"——即重复演奏同一主题，然后神不知鬼不觉地进行变调，使得结尾最后能平滑地过渡到开头。真正的高手看不到契合点，现在我还差得远，还没入段呢。

　　贺：《羽蛇》处理了百余年的历史，却没有形成断裂，这很不容易。有些处理历史的小说被称为"半部书"，往往是因为它们在描述过去的历史时处理得较好，而对现实或当代历史的描述却显得不伦不类，无法和我们的切身经验融合。《羽蛇》写到太平天国、辛亥革命、40年代、"文革"的一代和所谓新生代……描述了五代女人的生活，处理得非常连贯。而且我发现，你的语言也很有特点，你把两种不同的语言很成功地糅到了一起，这难度很大。

徐：写长篇的感觉好像是一种深度的"休眠"，美丽而野蛮，而且不能走气，一走气就全完了。至于这部小说的手法，更多地受到影视和绘画的一些启示，譬如镜头的切换，变焦，特写，定格，等等，因为小说背景的反差太大。其实我写的时候倒并不连贯，就像一个个独立拍摄的画面，这样可以保持最鲜活的原生态，最后再通过后期剪辑把它连贯起来。我不喜欢写得太油的小说，而从头到尾的连续作业容易丧失新鲜感，产生匠气。另外，我写了五代女人，当然最起码的要求是进入这五代人的经验，有历史的也有个人的，这当然很有难度，但是也很有意思。我常想作家就像演员，有本色演员与性格演员之分，我觉得后者更具有挑战性。我每写到一个人，就试着去扮演她的角色，不管演技是否拙劣，但总能寻找到她内在的合理性与发展脉络，这样的结果就是，即使是魔鬼也是个触手可及的魔鬼。当然，最有难度的还是你刚才提到的语言。罗伊、德尔沃、巴尔苏等神秘现实主义画家对我有一定影响，主要是在文字的感觉上。可以说我对文字有种迷恋，在一篇随笔里我谈到这个问题。我觉得文字本身是有色彩的，譬如我们画油画的时候，钴蓝和钴黄碰到一起，变成了一种说不出的绿，既不是墨绿翠绿也不是碧绿苹果绿，非常神秘，好像只要细细看，就能看出数不清的颜色，那其实是一种过渡色。《双鱼星座》等使用的就是过渡色，与早期《河两岸是生命之树》的单纯颜色很不同了。歌德在《色彩论》里也说过一件奇怪的事：歌德久久看着一位红衣女郎，但是她起身走后，她身后的白墙上呈现的是海水绿色，由此发现"补色原理"。《羽蛇》第一次尝试了补色，不是刻意，刻意就没意思了，复杂到了极致便成为简单，单纯的墨可分五色，每一个字都可以达到意外的效果。写旧时代用一种语言，写到现代又用了另一种语言，两种语言实际上互为补色。

贺：你是从色彩的角度来理解文字的，这非常独特。一般我们谈到对语言的迷恋，都会想到语词本身形态的变化或从一个什么样的角度写的时候语言最有意味。你的理解很有意思。下一个问题：我觉得你们这一代人主要的问题是你们不断地感到这一段经验和那一段经验断了，有一种很强的断裂感。比如 80 年代和 90 年代，这不仅是个人的经验，也是历史经验。我所以认为《羽蛇》是一个有分量的作品，在于它获得了一种文化基点，叙述语调和作家内在的一贯的东西能够把历史变成一个连贯的过程。你的写作表面上与社会历史无关，但是耐心阅读后会发现，在梦想与现实，当下与"别处"的二元对立中，你的作品最终还是遥遥指向文明、历史与社会的。我觉得 90 年代有点"水落石出"的味道，能够看出 80 年代有哪些东西获得了一种力量，能够在任何时候都保持自己。我前面的话的意思是说，你的小说中表现的叙述方式和内心体验并不是一种完全个人的东西，它与历史和现实都构成了一种张力关系。当你把它放在这样一个维度上时，你能不断地获得张力性的激情和灵感，而不是慢慢地完全退缩到个人的内心去。从这一点来理解你所说的"逃离"，就能体会到其中的批判意味。

徐："逃离"不光是批判，还是反抗。是一种形式的反抗。那么，逃离什么呢？在《双鱼星座》里，我第一次自觉地写到逃离的对象，女主人公卜零逃离的是菲勒斯中心的世界，在现实中，她被权力金钱和性压迫得奄奄一息，最后逃往"他乡"，也就是"别处"。但这个"别处"其实是不存在的，是乌托邦，因此逃离也就没有了终极意义。在根本不存在精神家园的前提下，卜零只能成为一个永远的精神流浪者。其实我在《末日的阳光》《海火》《敦煌遗梦》里面都触及了政治历史的边缘，不过用了一种特殊的视角。《海火》里的祝培明和《羽蛇》里的烛龙，都是 80 年代特定的人物，精英符码，最后却被一种强大的力量改变成了一个"非我"，然后无声无息地消失了。这是大不幸。我们这个民族历来健忘，一直没有人认真总结我们这一代人，和我们曾经面临的反差极大的社会历史背景。历史经验的断裂毁掉了很多非常优秀的人，每个目击者都会有一种深度疼痛。

贺：我发现你的小说除了《双鱼星座》中的男性形象带有很强的感情色彩，并与女性形象构成了一种很紧张的对立关系之外，其他的作品中并不如此。一般来说，具有女性立场或女性主义色彩的作家的作品中，男性形象往往比较坏或比较孱弱。（笑）但在你的作品中，男性却是一种与女性相当的力量。我想听听你对性别关系方面的看法。

徐：女性立场是肯定的，但我不想成为一个狭义的女性主义者。有时候，攻击就是恭维，如果不堪一击，那你的胜利就贬值了，所以这是个悖论，最好不要进入这个圈套。

贺：对两性关系你是怎么理解的呢？你的《羽蛇》在结尾处写到，两条蛇互相冷冷地对视。在我的理解中，这是喻示两性很难达成和谐、融合的状态。

徐：这么理解当然也可以。《羽蛇》里所有的男性，包括那个驾帆船的天使一样的男孩儿，最后都"焦距变形"，当然这是极端的女性立场。两性的关系是一种彼此对立的关系。对立是绝对的，融洽是相对的。但是两蛇对立也可以理解成一种自我相关自我复制的对峙，譬如母与女，还可以理解成别的。总之我觉得这个小小的图标很有意思，它可以作为我的这部书的一个复杂的象征物，蛇缠绕着十字架式的生命树，这简直就是远古"羽蛇之神"的图解！……

贺：要达到两性和谐，不能说是"平等"，至少是"公平"，有同样的机会的时候，对男人和女人都是公平的。这和"平等"不一样。比如，有两个杯子，这两个杯子的水是一样平的，这叫"平等"。实际上，由于女性的生理状况以及既成文化现实对她的改变，她肯定和男人是不一样的。也许，两个杯子尽管水不是一样多却适合杯子本身的需要，这样是比较"公平"的。你的小说中，最富有创造性的人物都是女性，《羽蛇》中你说"这个太阳是女人的太阳"，这样的描述让人容易理解为，你是要描述或想象一种由女性创造出来的文明状况。

徐：杯子和水的说法很有意思。将来社会文明达到一定程度的时候，"公平"是可能的；但"平等"永远是个神话。答案只能到上帝那儿找，刚才我们谈到，女性祖先夏娃是上帝制造的悲剧的最大牺牲者。在《双鱼星座》里我写道：上帝对女人进行了严厉的惩罚：让她妊娠，让她流血，让她经历比男人大得多的痛苦，但是上帝老头显然忘了，她是在亚当之前就吞吃了智慧果。所以尽管"上帝把天门永远向女人关上了"，但并不妨碍女人有属于自己的智慧与创造力。至于"女人的太阳"，当然是指"羽蛇"同时是远古时代的太阳的别称，金乌也是，而若木是太阳神树的金枝，远古时代的太阳都是女人，后来不知道为什么把女人比作月亮了，很奇怪。

贺：最后一个问题：你对你自己目前的创作状态，有什么样的评价？就你整个创作过程而言，你认为自己处在一个什么样的阶段？你对以后的创作有什么打算？

徐：我目前的创作状态，可以说是写作近二十年来最好的时候。我发现对于作家来说，还是多几岁年纪为好。岁月可以除掉烟火气，使心境更加沉潜。处在什么阶段没好好想过，五卷本的文集年底出来，也许正在走过一个门槛。至于以后的打算，还是暂时不说为好。完成了《羽蛇》，把我多年的一个"情结"化解了，我得好好歇一段了。好在世界杯非常精彩，"出世"了这么长时间，我得"入世"了，在四年一度的全世界球迷的节日里，我需要尽情享受欢乐。

（贺桂梅根据 1998 年 6 月 17 日、25 日两次谈话整理）

徐小斌作品系年

长篇小说

《海火》（1989年中国青年出版社，2008年中国友谊出版公司，2019年百花洲文艺出版社）

《敦煌遗梦》（1994年北京出版社，1997年河北花山文艺出版社，2007年河南文艺出版社）

《羽蛇》（1998年花城出版社，2001年长江文艺出版社，2002年时代文艺出版社，2003年台湾联经出版社，2004年人民文学出版社，2007年人民文学出版社，2009年作家出版社"共和国作家文库"，2012年重庆出版社，2013年人民文学出版社第三版）

《德龄公主》（2004年人民文学出版社，2005年香港经要文化出版公司，2006年漓江出版社，2009年台湾印刻出版社，2010年天津人民出版社）

《炼狱之花》（2010年由人民文学出版社与长江文艺出版社首次两大社联袂出版）

《天鹅》（2013年作家出版社）

《水晶婚》（2015年由英国Balestier Press出版）

中短篇小说集

《对一个精神病患者的调查》（1990年海峡文艺出版社）

《迷幻花园》（1995年华艺出版社）

《如影随形》（1995 年河北教育出版社）

《蓝毗尼城》（1996 年云南人民出版社）

《末世绝响》（1997 年华侨出版社）

《蜂后》（1999 年长江文艺出版社"跨世纪丛书"）

《双鱼星座》（1999 年百花文艺出版社）

《天生丽质》（2000 年北岳文艺出版社）

《歌星的秘密武器》（2002 年广州出版社）

《清源寺》（2003 年北京出版社）

《非常秋天》（2005 年中国广播电视出版社）

《徐小斌作品精选》（2007 年长江文艺出版社）

《末日的阳光》（2009 年河南文艺出版社）

《别人·花瓣》（2010 年文化艺术出版社）

《睡蛇的伤口》（2015 年安徽文艺出版社）

《入戏》（2019 年北岳文艺出版社）

散文随笔集

《世纪末风景》（1996 年云南人民出版社）

《蔷薇的感官》（1997 年华艺出版社）

《缪斯的困惑》（1998 年辽宁人民出版社）

《出错的纸牌》（1998 年天津新蕾出版社）

《徐小斌散文》（2000 年华夏出版社）

《心灵魔方》（2002 年知识出版社）

《美丽纹身》（2002 年当代世界出版社）

《西域神话》（2003 年云南人民出版社）

《大都会：缪斯的殿堂，我的梦想》（2003 年西苑出版社，2004 年四川人民出版社）

《我的视觉生活》（2004 年上海文汇出版社）

《莎乐美的七重纱》（2010 年商务印书馆国际有限公司）

《密语》（2015 年安徽文艺出版社）

《生如夏花》（2016 年高等教育出版社）

《孤独之美》（2019 年江苏凤凰出版公司）

文集

《徐小斌文集》（五卷本 1998 年华艺出版社出版）

《徐小斌小说精荟》（八卷本 2012 年作家出版社出版）

美术作品集

《华丽的沉默与孤寂的饶舌》（2007 年湖南文艺出版社）

《任性的尘埃》（2016 年海峡书局）

《海百合》（2018 年十月文艺出版社）

主要影视作品

1.《弧光》：电影，由本人根据自己的中篇小说《对一个精神病患者的调查》改编，1988 年首映。该片获第十六届莫斯科电影节特别奖。

2.《风铃小语》：电视单本剧，由本人根据自己的获奖短篇小说《请收下这束鲜花》改编，中央电视台黄金一套 1993 年首播。该剧获第十四届飞天奖，中央电视台首届 CCTV 杯一等奖。

3.《千里难寻》：十一集电视连续剧。北京电视台长青藤剧场 1994 年首播。

4.《雨中花园》：电视电影。作为全国十大女作家向世妇会献礼片，中央电视台黄金八套 1995 年首播。

5.《星空浩瀚》：电视单本剧。作为全国十大女作家向世妇会献礼片，由中央电视台黄金一套 1995 年首播。

6.《富起来的人》：八集连续剧，中央电视台黄金八套 2002 年首播。

7.《德龄公主》（与人合作）：二十九集长篇历史电视连续剧，根据自己的同名小说改编，于 2006 年在中央电视台黄金八套首播。

8.《延安爱情》（与人合作）：三十八集电视连续剧，2011 年东方卫视首播。

9.《虎符传奇》：三十集长篇电视连续剧，由本人原创，由著名导演郭宝昌执导，美亚长城传媒（北京）有限公司投资，2012 年在中央电视台黄金八套首播。

徐小斌文学活动年表

1981 年年底，参加《十月》杂志首届发奖大会，短篇小说《请收下这束鲜花》荣获《十月》首届文学奖；

1986 年年底，参加第三届全国青年创作会议；

1988 年年底，参加电影《弧光》看片会，《弧光》电影剧本根据作家中篇小说《对一个精神病患者的调查》由本人改编而成，获第十六届莫斯科电影节特别奖；

1992 年，参加由《中国作家》杂志社组织的长篇小说《敦煌遗梦》研讨会，这也是作家生平第一次的作品研讨会；

1995 年，世界妇女代表大会在京召开，参加了中国女性文学的系列活动；

1996 年，作为中国女性文学代表作家受邀在美进行了为期三个月的访问讲学活动，分别在美国杨百翰大学、科罗拉多大学、宾夕法尼亚州立大学、圣玛丽学院等举办了题为《中国女性写作的呼喊与细语》的文学讲座，是第一位被美国正式邀请讲中国女性文学的作家，讲座受到研究中国文学的海外学者的热烈欢迎；

1997 年，参加在贝尔格莱德举办的第三十四届贝尔格莱德国际作家会议；

1998 年，参加首届鲁迅文学奖颁奖大会，中篇小说《双鱼星座》荣获首届鲁迅文学奖；

1999 年，参加在台湾举办的两岸文学研讨会；

2000 年，参加在越南举办的文化交流活动；

2002 年，参加在加拿大举办的渥太华国际作家会议；

2004 年，人民文学出版社召开徐小斌作品研讨会；

2005 年，参加北京作家协会组织的赴埃及、土耳其的文化交流活动；

2006 年，参加北京文学杂志社组织的中俄文化交流；

2007 年，接到美国文学翻译中心（ALTA）副主席 Rainer. Schulte 先生的邀请，作为惟一的中国作家赴美参加由五十个国家的作家、翻译家参加的美国文学翻译中心三十周年庆典及国际文学研讨会；

2008 年，参加为期一个月的香港国际作家工作坊活动；

2009 年，参加中国 – 厄瓜多尔文学交流活动；

同年，英文版《羽蛇》全球首发，人民文学出版社同步召开新闻发布会；

2010 年由于希腊文小说《亚姐》出版，接受希腊文化部邀请赴希腊交流访问；

2011 年受到美国纽约亚洲协会邀请，赴美讲学，与著名作家苏童一道在美国哈佛大学演讲、座谈；

同年，与莫言等同赴澳大利亚参加"首届中澳文学论坛"与"墨尔本文学节"；

同年年底，应台湾印刻出版社邀请赴台进行文化交流活动；

2012 年，作家出版社举办"特立独行、历久弥新——徐小斌写作三十年作品研讨会"；

2013 年 6 月，新长篇《天鹅》新闻发布会举行；

同年 10 月，参加"首届海峡两岸文学笔会"并作主题发言；

2014 年 1 月，应邀赴泰国进行影视文化交流活动；

3 月，应邀赴澳门大学讲学，在澳门大学郑裕彤书院建立"徐小斌工作坊"；

5 月，荣获加拿大第二届国际"大雅风"华语文学奖小说奖首奖，赴多伦多领奖；

8 月，参加第三届汉学家国际研讨会；

10 月，参加"海外华文女作家双年会暨华文文学论坛"，与余光中、席慕蓉等同台演讲；

2015 年年底，长篇小说《水晶婚》获得年度英国笔会翻译文学奖；

2016 年 4 月，应邀出席伦敦书展并在英国利兹大学演讲；

2016 年 11 月，参加中国作家协会第九次代表大会；

2017 年，在温哥华讲课及举办文学座谈会；

2018 年，《双鱼星座》入选"百年中篇经典"和"百年百部中篇经典"；《对一个精神病患者的调查》入选"百年中篇经典"。

图书在版编目（CIP）数据

密语 / 徐小斌著 .—北京：作家出版社，2019.8
（徐小斌经典书系）
ISBN 978-7-5212-0668-5

Ⅰ. ①密…　Ⅱ. ①徐…　Ⅲ. ①散文集－中国－当代
Ⅳ. ① I267

中国版本图书馆 CIP 数据核字（2019）第 173109 号

密语

作　　者：徐小斌
责任编辑：秦　悦
助理编辑：李炫屿
装帧设计：蔡立国
责任印制：李卫东
出版发行：作家出版社有限公司
社　　址：北京农展馆南里 10 号　　邮　　编：100125
电话传真：86-10-65067186（发行中心及邮购部）
　　　　　86-10-65004079（总编室）
E-mail:zuojia @ zuojia.net.cn
http://www.zuojiachubanshe.com
印　　刷：北京明月印务有限责任公司
成品尺寸：152×230
字　　数：273 千
印　　张：20.25
版　　次：2020 年 1 月第 1 版
印　　次：2020 年 1 月第 1 次印刷
ISBN 978-7-5212-0668-5
定　　价：45.00 元